U0909756

丰玮
作品

A NOVEL

B.A.D.

Busy,
Anxious,
Depressive

译林出版社

B. A. D.

丰玮

作　品

目 录

第一章
漂浮的数据

第二章
遥远的洞见

第三章

螺旋的策略

第四章

复杂的损益

2018 年夏天，我坐在公司格子间里锁着眉，差不多三天了，没什么进展。

每年夏天，是我们这一行开始写下一年产品计划的季节。每篇写成的计划，因此都带着蝉鸣、蛙叫、莲花或是空调味。这些算是怡人的。也有一些因为内容和风格的关系，带上了汗水、焦躁、郁郁寡欢或是陈年真丝睡衣的味道。

坐到天色已暗，依旧淹在一堆资料和数据的汪洋里，我面前的电脑屏幕，就盛着那一汪海洋。

对面格子间的人，收拾起身，大概是看到了我脸上一副不习水性的样子，她多看了我几眼，打开抽屉，递给了我一叠纸。

——这年头，应当递给你一个电子版的才对，但我这人如其名，愚钝，还是纸质的看起来舒服。我这过去二十来年的产品经理经历，前后算是目睹了八九代人，但除了目睹，真也没什么招数可帮你的。你呆坐在这儿也是坐着，不如看看这个打发打发时间，是一个朋友在 2010 年给我的，算是第五代产品经理吧，结构呢，就是每年写产品计划的结构。

她说完就走了。她叫虞盾，嘴右下角有颗痦子，陪了她五十年。听人说她当了二十来年的产品经理一直没升职，她摇着水桶腰下班远去的背影，看上去倒完全是一幅自给自足的画面。

至于我呢，我是谁？我穿着一件灰色正装连衣裙，裙间一条装饰性宽腰带，勒着我的日子，从八年前毕业的那天起将日子分作两段。它也系着我的那张名片，名片上有雇我的这家五百强公司，我的职位，姓名，手机……八年间，我在日子的波浪里慢慢随着它迁移，在公司里开始扎根甚至长出枝干，上下左右有了一些说不清是什么的黏黏糊糊的关系，脸上也开始有了长年与人共处的那种表情。

第一章

漂浮的数据

Data

有人看到由数据的碎片堆砌成的表面，

数据如冰块漂浮，一边被拼凑，一边在融化。

有人借由数据，拼出关于世界的一幅图画。

更少的人可以钻入图画背后，一步一步还原以

接近真相。只是，永远到达不了真相。

Ming Gong Marketing Textbook

1. 一条虫

它终于收拾好，十平米左右，匿在家的一角。

斜靠在门边，看它，如同看自己与这世界的关系。

而此刻这世界恍然无知，凌晨三点的白色，正覆盖着整座城市。白得像初生，像幻想，像包含所有。这时候，想必全城没几个人醒着吧。

不错，天气预报说得真是一点也不错，全北京城正飘着手掌大的雪片，整个世界静得可以听见每片雪花落地的轰响。

在有那么一两秒的妄想中，眼前的它，又不止十平米那么小，甚至能成为另一个世界。想为它起个名字，于是小心地找。踮起脚，左顾右盼，闭眼躲闪，避开脑中有些词，翻找那些让呼吸顺畅的词，想起了久违的这个，赤子之心。

这是最初的一晚。

这是最初倚在房门的斜姿，蜷于半空，航拍自己与这世界的关系：子集与全集的关系？

这是最初打量"赤子之心"的眼神：

——墙清癯，白色，灯光微暗起了薄雾，一排亲手组装的书架，也是白色，上面堆着试图跨越各领域的书，水族馆一样丰腴，但也没有明确的去处。目光掠过刚翻过的那一本，新鲜的体息还在，它叫《利玛窦的记忆之宫》。

人人可以造一座"记忆之宫"。佩服那个叫利玛窦的，四百年前对中国人这么说。

其实，意大利人利玛窦说的是一种记忆法：最宏伟的记忆之宫，数百幢建筑物组成，风格各异，但大家还是量力而行，也可动手去建一些素朴无华的宫殿，一座寺院，一组官衙……甚至更小，寺院的一个祭坛。

明弓自己呢，则是动手去建造一小间"赤子之心"。选灯时，不要照得房间雪亮，留点幽暗。得有书架，书架上要杂，要美味。打开那些封皮，钻进一个隧道，渐渐生出翅膀，飞往金黄色星辰闪耀的远方。对这十平米的布置，选得最仔细的是门槛。一米二长的一道门槛。不同于全城所有公寓里的门槛，它有二十厘米的高度。需要有意抬脚，才能跨入那房间。

选得最仔细，不是花了远远超出预算的钱，也不是门槛的材料和造型有多讲究。是花了最多的心思，以至这心思牵带出不少古老的东西，包括那太久远的童年。明弓为此回了一趟老家，在家人们不解的目光中，回到萧败的祖宅，把童年那一道木制门槛扛回北京。所谓家人们，其实呢，真正清醒着的只有一位。

一颗赤子之心。

一座记忆之宫。

听上去都是有些质感的词，在其核心和外围，皆闪着一圈幻想的光芒。

“听起来很玄吗？其实不难。”四百年前，利玛窦对中国人说。

你们，不妨用这几种办法来选择记忆场所：

一是来源于现实里曾见过或住过的场所。

二是凭想象完全虚构。

三是一半真实一半想象的场所，一幢熟悉的房子，设想在它后墙上开一扇门，凿开一条隧道……

选择完记忆场所之后，下一步是把每一件希望记住的东西，赋予一个形象，分派一个场所，借记忆之法在脑中重现。这，就是记忆法。

在凌晨三点，在新建的“赤子之心”里，明弓觉得利玛窦就像遥远年代的父亲。只是再过几个小时后，赤子之心、记忆之宫……这些词将会遁形，她将洗脸，她会整好衣领，她拿上手机和地铁票，她拎着笔记本，面对袭来的另外那些词，面对一个格子间。

她将从人贴人的地铁大狱，从成千上万的大军中杀出一条钻出地面的路，阳光迎面猛地晃闪过来。她穿过层高显贵的写字楼大堂，侧身挤入电梯，盯着暗红光闪烁的楼层号，走向格子间。

像小学时的田字抄，格子如出一辙，面积两三平米。格子间里的人，面前一台电脑，屏幕赤白。桌上一盆吊兰，吸着装修后的不良空气，从心枯起。几根竹子插在玻璃瓶中，枝头蹿出来的嫩绿，至少算是一缕励志气息。左首手机，右手握鼠标，再右首是电话。眼睛死盯屏幕，时不时邮件、电话穿插进来，有的掀起小小涟漪，有的搅起波澜，进而激起薄嗔、愤懑、搏杀之心。

——不是吗，总有一天，对大多数人来说，“长大”就是等于找个格子间，为稻粱谋。如此越过中年，渐渐坐扁。心尖蜕下皮屑散落一地。

会想起在芬芳的无知中追赶小学操场上一只总也到不了手的蝴蝶吗？你那时头扬起望着天总觉得有无穷多的可能。

会想起十几岁时与他，或是与她擦身一隙间蹿起的委身欲望吗？熊熊大火托起千百年间所有可以拿来比证的诗篇。

会想起七月炎夏爬上北京西郊东灵山每天跟着老师辨认天地间种种植物涌起的凌云大志吗？你以为是扁鹊华佗张仲景还是达尔文呢。

——天，我究竟到这里来做什么？又为什么，和这么一群人日日贴面？最初的明弓，每天都在问。

这么一群人是谁？比如邻座格子间，明弓的八〇后搭档。他那姿势，像一匹凌空越栏的骏马，四蹄随时准备甩开周围同行，意欲矫捷扑向“成功”。明弓呢，一路念书加做科研至今的三十岁高龄，趴在写字间的姿势，像一只乌龟，虽有着长命百岁的典型特点，可是外表木讷，动作迟缓，语言笨拙，脑筋基本还停留在《查拉图斯特拉如是说》和《分子克隆实验指南》。

这是两本书。

《查拉图斯特拉如是说》,尼采唯意志哲学重要的一本,凝结他毕生精华,也是最复杂、争议最多、最难懂的一本。放在外企打工的上下文里,没一处管用,甚至比这更甚—— 全是反作用。

冷泉港,全世界分子生物学者神往之地。一九八二年,《分子克隆实验指南》这部,诞生在美国冷泉港实验室出版社。之后二十余年,成为指导生命科学前沿科研工作的"《圣经》"。中国、美国、法国……哪一家分子生物学实验室的桌上没这本书?无数只手,将它翻烂,直至翻出可以发表的论文。

——错时,错地,错人。一双鬼魅之手抹过,渐渐模糊不清的面目。最初的明弓每天感慨。

"回国?那就扔了那本冷泉港。你这样的,待不了国企,开不了公司,就剩一条,去外企当白领,"费城上好社区一栋别墅的后院里,吃着葡萄乘凉,别墅男主人说,"不过,小心一桩,办公室政治。"

政治?明弓听见自己喉咙里发出了一串难听的呜噜声。从小到大,政治科目考试都不及格。那些事关"采分点"的词,对明弓来说,都是想躲的词。

"但凡成百上千的人,堆在一起,为名为利,政治就少不了。外企也一样。"别墅男主人是曾经身边那人的同事,年轻时是全国级奥数选手,"有个 office space 的电影,扫扫盲。"这部格子间入门片,译成《上班一条虫》。明弓更喜欢另外一部,《成为约翰·马尔科维奇》,男主角在格子间上班找资料时，在办公室的文件柜后，意外发现了一条黑黢黢的通道，探身进去，发现是进入著名演员约翰·马尔科维奇心灵的入口，上班虫的日子陡然有趣起来……

最初，连写邮件这样的事，都气得茅小姐从十米开外一路训过来。惊起沿途一群人刷刷抬起头，从格子间的边缘往这边瞟。

什么都做不好，每天就只能消磨时间，喝水是其中之一。饮水机，也是国内办公室一景。刚上班时，窃窃问：这是？遭人笑话：哈，你，饮水机脑袋呀！全进水了?！最初，每天喝水八趟消磨时间，八杯水，不是有外貌碧蓝清韵的某化妆品也这么说。唯一留有往日痕迹的，是那盛水的杯子，像一只量杯，玻璃制成，有刻度，工工整整，一长横一短横，显示毫升数目。接水时，起身去离座位最远的那台饮水机，如此往返可消耗时间。回座一路，看这办公室，如同一把快刀切蛋糕后的效果，方方正正格子间，飘浮着一颗颗黑黑的脑袋，具体坐的是谁，反倒无甚区别，都是一个样，你你我我，在一个跻身全球五百强公司的汪洋大海中浮游。

茅小姐这么训的：咋整的！你这邮件，数一数，起码五百个字以上，都得用鼠标翻篇，一眼扫去，也不知道要干什么，懂不懂，你？是在和全国几百个销售代表沟通？简单，清晰，KISS 原则，Keep it simple and stupid。记住，这是沟通的原则。

听到“沟通”，光亮和空气全然消失。

用力攥紧手中盛水的量杯，越攥紧越觉得手中的量杯模样古怪滑稽。杯子失神一顿，水洒出来，溅在裤子上。明弓想：如果此刻屋顶上方有一双俯视眼，自己一定笨拙。不出意外的一只龟的姿势。卡夫卡为什么要让那上班的家伙变成一只甲虫，怎么翻身都笨拙，最后一定要死死守住墙上那一幅穿皮大衣女士的画，甲虫那火热的肚子紧紧贴在那幅画的镜面玻璃上——至少，这张藏在身底下的画谁也不许搬走。就像自己此刻，一定要守住手中那只量杯。

“还有，最后加一句：让我们一起努力，赢得战役的成功！知道吗，鼓舞士气，对销售这样的沟通必不可少。重写。”

听到“战役”“鼓舞士气”“沟通”三个词，明弓吐了。量杯里的水，洒了一地，溅在茅小姐身上。

咋整的?！茅小姐皱眉头，扔下一句：像这样，过试用期真成问题。

啧，写邮件，要副总监教。邻座格子间八〇后骏马，端着水杯站起来。

量杯人一边吐一边想：沟通，销售，鼓舞士气，战役……很多词都不习惯，它们勾起的一连串生理反应，不过是用另一种方式告诉自己：眼前这生活根本不适合自己。

2. 四千字

是明弓自己下的诊断。用了十多年，对世间的常用词一一尝试之后，初步诊断为过敏性词语症。

为什么只学了生物，没去学医？是因为居然翻遍医学书、心理学书，没人定义过这困扰她的疾病。直到有一天，读到一位生物学家的比喻，如一串闪电照着她眉心劈来。生物学家将人类比作一名吉卜赛人，流浪他乡，宇宙对他所弹奏的音乐充耳不闻。于是她选了生物学。

第一次，是十岁时，一大家族人聚在那栋青瓦平房一起吃饭。除夕夜，鞭炮轰响，炸出点点火光。十岁的人，因为着凉有些感冒（后来学了生物才知道，有些病就是由病毒感染引发），头有些晕。但看着被照亮了的夜空，舒坦起来，喝了杯爷爷酿的米酒，脸开始热，进而滚烫。

如同水一样，滚烫后就会升腾。她更起劲地仰头，看那夜空，羡慕那可以炸出声照出亮的鞭炮，想象自己的一生也这么过。这么想时，自己腾空起来，高于那横在门口的二十公分高的门槛。眼前，也不只是红光。

开始有黄的、绿的、金的光芒……

不小了，得有女孩样，得有规矩！

手中装酒的大杯，被人夺走。她手掌握空，嘭的一声坠落在地，磕出砖头地面的烦闷声。眼前光芒尽数消失。像从快意世界被人逮捕，扔进另一只笼子。比这更甚，她浑身揪紧，如一只入瓮的鸟，憋喘大汗，四周紧闭。也就是，连光亮和空气都全然消失了。嗓子里像有条蚯蚓，进而想吐。

十岁的她并不知道妈妈说这话时，可能是在对另一个从前的自己发怒。十岁的她知道的是，自己不喜欢“规矩”这个词。

但喜欢不喜欢一个词，其实并没得商量。在世上待的日子多了，就越来越明白。别人说了，你就得听。如果大家都在说，就更得忍。哪怕浑身揪紧，憋喘大汗，光亮和空气全然消失……都是自己一个人的事，何况环顾四周，别人安之若素。

就这么生生地把自己在这个世界孤立起来了。明弓感觉自己其实是个孤儿，虽然那时父母都在。

只是总还有一条路。逃。

二十世纪九十年代初报大学时，逃开“商业”，逃开“计算机”，以上两者都是她的过敏词。她选了生物学，心想，它也许事关世界之根本，学了它，体会人只是世界中万万分之一，宇宙对人弹奏的音乐充耳不闻。等念到不能再念的博士，没别的路，只能逃开接下来摊放于眼前的“集体”生活，逃开那人那一句“承诺”。去了美国费城，面对老鼠或是基因，搞个人主义。

出国前，找了个黑夜，雷雨刚过，大乱后恢复大静。趁着巡逻校卫队不注意，把过去八年间的那些生物学书全扔了，扔进北大未名湖里。没勇气像老舍或者王国维那样投湖，那就用生物学书代替吧。为免弄出声响，一本一本往湖里扔，激起的水声在黑夜中温柔，像一双抚过离别之脸的关节嶙峋的手。扔到最后那本厚厚的《分子克隆实验指南》时，月亮移出云层，水中映出过去和未来，无甚内容。想到曾经有两双手一起翻过这本厚书，她把它捧到胸前，雷雨再现，眼泪打在上面……

那时捧着那本厚书，对着一面静寂湖水，会想到日后在某个异域机场扔了它，钻进上班大笼？会想到清晨闹钟响起将是每个工作日的第一荒诞时刻？那千千万万的人之一，在闹钟声中被劈开，身体里一部分还在梦境，另一部分已匆匆走向洗手间，拧开水龙头。二十分钟后，人被整揉成另一副刻板、急匆匆模样，扔进一条既定的铁制轨道。那里漫长，拥堵，杂碎。那里通向公司格子间。在费城，清晨闹钟响起，是身边那人第一声脆骂：Fuck！她曾可以看着，保持客观地轻笑。这情景是千千万万的人之一。他俩一起看过电影《美国精神病人》。纽约清晨中，男主人公起床准备上班："我住在西八十一街，美国公园大厦十一楼。我叫Patrick Bateman，现年二十七岁，我信奉自己照顾自己，定量进餐，大量运动。每天早晨，如果脸皮有点松，我会在做俯卧撑时敷上冰袋。我现在能做一千个俯卧撑。除下冰袋后，用深层毛孔清洁露。冲澡时，用水洗凝胶清洁剂。然后，蜂蜜杏仁磨砂沐浴露，脸上用去角质磨砂胶。接着，会做个薄荷草药面膜……我常用不含或只含少量酒精的刮面后香露，酒精会让你的面部干燥看起来更老。然后是润肤露，抗衰老眼霜，保湿霜……"

那时，会想到日后对自己来说，白天其实是一场躲避利箭的漫长窜逃？它的存在，似乎只为了更急切地盼望天黑，离开城里那栋张扬地闪着公司 logo 的写字楼，跨过那道二十公分的门槛，走进"赤子之心"。来自遥远年代的父亲，利玛窦，这么鼓励不善虚构的中国人：为了记得更多，应努力创造出一些虚构场所，或将虚构场所与真实场所结合，经常实践回顾，把要记的永远刻在记忆中。把这些虚构场所，变成一种"似乎真实且永难去除的东西"。

是的，她想，还是得命名，有些命名是美妙想象的开始。虽然别人的命名，披盔带甲，踩踏一具异世之身。时间早二十年，在所有大陆出版物里，是断断没有像白天这么高频率的"沟通"二字吧。她又想，所谓的"白领"，也许是把一堆标榜正确的词，敛在手里，放在嘴边，进而集体大武装自知或不自知，最近二十年尤甚。

"当个白领也好。挣钱多点，也体面点。"在有葡萄架子的别墅大后院，奥数男搂着老婆，倚在长椅上对着天说。

先卖才能买，虽然并不知道自己能卖什么，那晚明弓喝得有点多，忘了自己首先是一个必须绕开诸多词语才能生存的人，忘了自己并非一个了无牵挂的自由孤儿，也忘了妈妈在早晨（对另一边错开的时间来说，是晚上）打来的电话……一直试图掩埋在种种具体之中的脑袋，仰起来看天,夜空有表情疏离的星星,散落在葡萄藤的空隙里。看着它们,如同看着想象中的自己,有些熟悉,有些遥远,一些未知的东西胀得人想飞。做实验做了有十年,有时,我们不禁想成为自身的实验和实验动物呢。甚至,也许可以自己设计实验方案,以自己为实验动物,得出一些实验结果……比如,接下来的这段,这越来越逼近的人生中间段,大家以为应该膨胀壮实的这一段。

“听说,国内不少外企白领,本来老实打份工,自我感觉好了叫‘小资’。中年往后,发胖的白领,其实是‘中发白’。本来旧社会时应该成为知识分子的,都拥着去挣生活费,挣职位。可是,哪儿有个头呀。”奥数男说,环顾了眼前这大 house,好社区,房子周边郁郁葱葱,棵棵树看着起码五十年的年龄,“我呢,这辈子,本来该去攻数学难题的,现在也就是一美国金融白领。终究,没什么劲。”听他说到这,明弓想起那晚往未名湖一本本扔生物学书。

奥数男说:“推荐一法国人的小说,《基本粒子》。等钱挣够了的那一天,我就做两件事,看牛小说,解数学题。”

生物学家说:我们都是生存机器,作为载运工具的机器人,程序是盲目编制的,以永久保存所谓基因这种禀性自私的分子。

在费城机场,行李超重。明弓蹲着,拉开箱子,扔了那本硬皮大开本的英文版的冷泉港《圣经》,留下《上班一条虫》录像带和奥数男送的《基本粒子》。

“回吧。活着,无非是凑样本数,凑概率的分母。不在 A 地凑,就在

B地凑分母。”奥数男说。

明弓转过身，与曾经身边那人拥抱。他张了张嘴，没说出什么，眼眶一点点泛红，似乎想拥紧前晚因离别而激发的缠绵。

敛齐在拥抱中快散架了的零件，一人奔到登机口，她用克尔凯郭尔的这句给自己提气：我是个能应危机而生的人，一只实验用的兔子。她身陷嘈杂候机人群，手机剩最后一条短信，是他发来的：Everyone is a moon and has a dark side which he never shows to anybody。人人都是月亮，都有不曾向别人展示的暗面。有一刻，她想反悔，像在眼前这段话里已尽欢。但抬头看机场，灯光赤白雪亮；遥望安检口，已数米开外，已然程序繁琐……所有借口，在这遥望中一一消失。

只剩一条路，就是随那飞机，别过头去，冲向高空。

自此，这个存在手机里的叫David的名字将与己无关，她把手机扔进机场垃圾桶。拥挤的候机厅里身旁有人在听歌，耳机开得大声，传出冷艳男声：一切不由得我和你，世界有太多眼睛，不说真感情，只要做一场给世界看——的——戏。听到这，她会心笑起来：这个，就对了。她恍惚闻到一股费城中国城的气味，是见过太多，于是见怪不怪，继续老实活下去的朴素味道。她和身边那人，每周末在费城中国城的一家老广东馆子一起吃早茶，真切地闻过这股味道。吃完早茶，每周惯例，他起身去探望前妻和两个孩子。明弓一人回实验室翻“《圣经》”，伺候老鼠。天黑了，他回家，带着一身她并不了解的过往，在她身旁躺下。费城郊区豪华且冷清的大公寓里，相差十余年的两具身体并置。长久无语，双臂双腿不再有交叠的冲动。偶尔,她会立在时间的裂缝中想起当年一起翻《分子克隆实验指南》的手,那双有点苍老的关节嶙峋的手,有一截手指被硫酸烧伤过的手。四周太静,每次心跳因而显得认真,没有偷工减料。侧耳听,每一秒无声流过,一遍遍响亮地问:你们真在一起?真在一起?这么问时,她快忘了自己是一个过敏性词语症病人。

如果盘点一下回来在公司上班的这两三个月,排名第一过敏词当属这个——“沟通”。随着打交道的人增多,参加的会增多,每天听到它的频率也越来越高。这个词,每次听,心就被钩起来。憋,闷,麻,喘不上气,强烈的羞愧在不到五秒的时间内,如一床破旧厚棉被包裹整个人。钩钩捅捅,难道是下水道的管子工?但公司人人嘴上挂着这个词,经常一整天培训课就为培训这个词。如圈内秘语,如狩猎口诀。

“来,来,你回来后,咱还没好好沟通过。”又是它,沟通。

大胡子师兄,拎着黑色方正公文包来公司谈业务,是又一名“沟通”武装者。

“谁让他们正好缺个读文献的,看在是师妹的分上,介绍你来。可是,你为什么回国?”

“想回,就回了。”

“有三十了?那边,有男朋友了?”

“算,有吧。”

“那你这决定,少见。这 decision making,什么路子的?!”

听到 decision making,明弓脸烫起来,憋闷。又一个过敏词,还穿着一件英文外衣。

“随意吧。”

“随意？公司里可不喜欢这种。你得面对客户吧，客户也不喜欢。”

客户？她喉咙发出一串咕噜声。她甚至能闻到自己张开嘴准备吐出点什么的那种酸味。

“进了这公司，都不知道客户？说大点，还分内部、外部客户。”

“都是，什么人？”

“销售队伍就是你最重要的内部客户，说深点，茅小姐也是内部客户。别看她成天说‘咋整的’，做市场很有两把刷子。”

“刚训过我。让写邮件给销售，喊励志口号。喊不出来。”

“都三十了，入世的事，还没摸到门。你这架势，倒像来看戏的。”

他拎起黑色方正公文包，摇头扔下一句：“以后多沟通吧！谁让你是我师妹。”

又是它，沟通。

一个词得有多大的威力，能置自己如活捉在作案现场一般不自在？调用过去十几年的经验，明弓劝自己：如果不能逃，那就忍，直到很久很久以后，安之若素的那一天降临。对她来说，这也许是最逼真地体验“时间”的方法。

听说，一位北京搞艺术的坚持把自己的家盖在铁道旁，专为听那每隔一小时一班的火车轰鸣，每列火车压着一格格铁轨咔嚓咔嚓哐当哐当的声音。他说，是为让自己能“逼真地体验时间的流逝”。对明弓来说，参加一次正襟危坐的公司会议，听着那些过敏词，就如同一天二十四趟火车从这位艺术家门前驶过。

纽约总部刚来的消息，竞争公司的产品，突然宣布撤市。一大早开会，茅小姐双颊泛红："做产品，碰到这种事，百年难遇！看看怎么整。"她随手拍起身边的明弓。

总经理问：茅，产品 leader 招到了吗？

准备招的人，八〇后，是明弓和八〇后骏马的领导，茅一直暂时代管。

"Market 上合适的 candidate 不多，好不容易有几个，正 evaluate。"

听到中文夹着英文说，虽没有明确过敏词，明弓也有明显的反应。刚回来时，她克制自己，接电话时不说"hello"说"你好"。但其实公司里大家都这么说，听人力资源部讲政策，居然说"for 大家的 reference"（供大家参考）。写字楼电梯里，一褐色套装女如此打电话：我很 proud 你有这样的 team working skills，so far 你的 performance 很不错，希望你 keep passion，让 situation 变 better, bye bye Peter。

这是哪国人？哪国字？杂交以致乱交？

接下来一天的会，"沟通""decision making""客户"从甲、乙、丙、丁诸位嘴中不时喷出。还冒出了新的词，"分享""analysis""communication strategy"……明弓几次用面巾纸捂住嘴，喉咙里发出不清不楚的呜噜呜噜声，一只蜥蜴在那里上上下下。

散会遥遥无期，过敏词一个个频频砸过来。明弓瞥见座位前放着一叠白纸，一根削好的铅笔。那铅笔头，尖得像难得一见的闪着光的思想。在眼前的封闭人群，封闭房间里，它的光芒格外尖亮，耀眼如一把解决问题的解剖刀。

她抓起铅笔，每听到一个过敏词，撩起左手衣袖，用尖锐的铅笔尖刺胳膊，直至露出红点，直至长长舒口气。

“需要全面 review 一下医学 data 和 evidence，列出 action plan，管理内、外部 customer。”八〇后骏马跃出，又一段中文夹英文。

二十年前，大家不是这样说话的吧？明弓撩起左手袖子，继续用铅笔尖刺出胳膊上的星星点点，那图案依稀看起来，像一个漂亮的淡红色的字：“干”。

“除了列举证据，得找一些更形象的理由，在医学上，解释我们产品和撤市产品为什么不同。”医学部总监说。这句还好，没有中夹英，也没有那些过敏词。众人沉寂，低下头掏空脑子想。法律部总监，开会前一直嘀咕，早上开电脑一看，坏了，股票跌了。他是公司最资深的元老之一，手上捏着不少股票，因而与公司共命运。如果能想出不同，他是最愿意想的，可惜非他专业所能。

师兄说得不错，她来看戏不是来演戏的，只是看得并不兴奋。她喝一口量杯里的水，继续看左手腕卡西欧电子表一格格变数字。也曾有人说：哦，你这不是正装表哎，不符合公司 dress code。在费城实验室，一直戴着它。出国前导师送的，说是方便做实验计时。现在这只表陪她又回来了，在做一场更巨型的实验计时。

众人沉默了五分钟，医学总监有些为难：我们部门的产品医生，不巧这几天在国外休年假，得找个医学背景比较强的，一起负责。

爱接活的茅小姐（公司里的词，是有 ownership），突然拍了拍身边正喝水的明弓：其他人都很忙，就她来整吧，新来的，Biology 的 Ph.D，反正也闲着。

没人转过来正眼看明弓。明弓本能地往椅背一缩：我？不行吧。

茅小姐侧脸：咋整的，别总这么 negative！

Negative?! 刚喝的水顺着食道流下，一股气逆冲上来，本来想吐，明弓吐出了一串话："上周倒是看过一篇文章，讲同一个类别，不同的分子结构，不同的基团会导致不同的安全性。"

众人同时说：赶紧，写篇文章来说明这个！

咋整的？这个妙！急要，四千字，今晚交。茅小姐说。

待一人埋在办公室里写四千字文章，明弓倒仿佛回到费城实验室，回到一手翻冷泉港《圣经》一手查 PubMed 的日子，那三十岁之前无比熟悉的日子。写长篇大论，写得有理有据，写得一张科学脸，是多年念书落下的毛病。四千字，在别人看来如同论文，对明弓来说却是熟练工种。等标完所有的文章出处，再复读检查一遍，已是夜里十一点。隔壁，八〇后骏马还在格子间里加班，虽然两人只有一张三合板之隔，这一天中竟没说过一句话。

这回，她试着写一封"简短"的邮件，把文章作为附件发给茅小姐。铅笔刺字的左手臂隐隐作痛，她决定请一天病假。摁"发送"键时，像把某种曾经熟悉的生活，发送到了外面漆黑的夜空里。“发送”那一刻很容易。那之后，却漫长。失重，不知于何处着地。如此半空中悠悠晃晃时，只有左手臂隐隐作痛，提醒着白天词语的袭击，提醒着一具身体的存在，那些曾于不同时刻躺在身旁的熟悉身体，带着体温，此刻都一一在哪里游荡？

窗外，淡蓝与大红的霓虹灯交错显示，那一排排壮观字母，皆是入驻写字楼的五百强大公司名称。因为夜色渐沉，一切开始变得虚实难辨。想起看完《美国精神病人》散场，他曾说喜欢电影中这段，那男主人公在纽约清晨中把每个毛孔洗干净准备去上班，对着镜子独白：

—— Patrick Bateman 是一个意象，抽象得很，并非真正的我，只是那么一个意象……非常模糊。尽管我可以掩藏冷酷，你与我握手时仍感觉到我有血有肉。你甚至会感到，我们的生活方式颇为相似。但其实，我非真我。

3. 三条建议

小区是新的。这新，是拼凑的楼房、绿化带、伪欧洲风格围墙及入口拱门堆成的“新”。满小区，飘着一股浓浓的分期付款的咸味。一些并不宽裕的年轻人，豁出去，交了首付然后天天上班交月供。那咸味，是焦急的劳作汗水味。难免，楼道里的电梯四壁，包着外表破烂的塑料纸，以防装修和运家具时划伤。难免，会看到一个个废弃的建材垃圾堆，水泥堆，运装修材料的铁推车，每天一身白灰、疯狂打钻的装修工人成群结队。

如果不出门，所谓休病假在家，就是和一波接一波的电钻声、装修的敲打声搅拌在一起。如果看过开演前正装幕布、正布置舞台的剧院狼藉现场，大概再没有看戏的胃口了。明弓对自己说：瞧，自己真没点实验精神。

那就出门，但离市里太远，不如就在小区转转。绿化带里的树看上去都像童工，异地移植而来，一身的水土不服，瘦豆芽体型。老人带着皮肤生癣毛发不整的狗在遛弯。老人抱着小孩在问：乖孙子，你长大了

Patrick Bateman 是一个意象，抽象得很，并非真正的我，只是那么一个意象……非常模糊。尽管我可以掩藏冷酷，你与我握手时仍感觉到我有血有肉。你甚至会感到，我们的生活方式颇为相似。但其实，我非真我。

要挣多少钱？会给奶奶买宝马吗？老人在童工一样的树与树之间舞木质假剑、打太极拳、双卡录音机放着《青藏高原》跳红绸布扇子舞……偶有几张年轻面孔，是带孩子的保姆，脸上表情显示这孩子绝对与己无关……明弓在小区里转着，那些遛狗的、抱孙子的、翻转红绸布扇子跳舞的老人们，也在好奇地瞟着她嘀咕：大白天的，年轻人，为什么不去正经上班？

其实离那一天也不远了。有人说，八〇后骏马申请了空缺位置。有人说，八〇后骏马帮她总结为“三不小姐”在民间流传：不加班，不参加中午聚餐，不主动写 email。

回到家，依旧是电钻声敲击声，强悍如“公司”这东西，如茅小姐，如八〇后骏马，如“沟通”“客户”这些词。撩起左手衣袖，那里带着铅笔芯味道的暗红色星星点点。电视里的音乐频道，在采访 Garbage 乐队的女主唱。三十来岁的摇滚女主唱说，自己从前经常用刀割自己一把，并大喊救命，以缓解情绪。差不多十二三岁时，开始感觉到身体的存在，开始知道自己所拥有的和自己没有的，常常在靴子里放上尖锐的东西，压抑焦虑时就会割自己一把。直到接触到音乐，在舞台上释放。但想要伤害自己的念头仍旧在，几年前，在一场演出前因为和乐队闹别扭，她重新恢复了老习惯。

是谁，曾在年轻的靴子里放着尖锐的东西，有时割自己一把？

摇滚女主唱说，公开地谈论这些事，只是为了帮助其他有类似经历的人。因为，她也曾看到，有的孩子用香烟头烧自己。

休假完毕，茅小姐找谈话，先说："有些句子太长，学究气。文章总体写得还行，倒是出乎意料。知道为什么要四千字吗？越长，显得证据越确凿。"

明弓点头。

"试用期到了，谈谈转正的事，"茅小姐开始有点不自在，想了想，"可以考虑转正。虽然一个星期前，我不这么认为。但这段时间，发生了对手撤市这样的事，也缺人手。"

明弓点头，不知是因为同意前半句，还是后半句。想起前天休假在家，太阳落了，四周凉意一层盖在一层上，人，像只敲碎壳打开散了黄的蛋。是回了，回是为了什么，住在一个到处都在盖房子的巨型工地里？自己，千千万万的人之一，又如何成为良医去治好自己的病，进行一个巨型实验？

不由回过头去，想费城生活。那时每天和老鼠、基因作伴，它们一个个乖乖不说话。面对加样笔、细胞培养皿、离心机……也没人搭理你。身边那人很少打扰自己，他也是一个话不多的人，也不急于了解她的所有。她也一样。浮在这样的日子里，慢慢地，除了基本色调的孤单和寂静，慢慢生出一点点力量。那力量，居然是来自隔绝。听说，张爱玲死在加州的公寓里一个星期了才被人发现。明弓想，美国这地方，看来活生生就是为有"孤儿感"的家伙们准备的。一大张风景画，基本色调的孤单和寂静，以及由此生出的一点点力量，来自隔绝。

真是一段太简单的日子，以致"过敏性词语症"都少犯。直到

"九·一一"。

Terrorist,恐怖分子,这个词在广播、电视、生活闲聊中一次次出现。是这个词,激起了好久不犯的病,让她想起自己本是一个"过敏性词语症"患者。《聊斋志异》里,那狐狸变成美女,虽与凡尘书生一起读书过夜,总还是不能脱了真身。只不过,比这过敏反应更泛滥如疫的是,原先深藏的恐惧,被一双大手从每个人心底生生翻出来,他们并不是过敏性词语症患者。除了上班,大家都不再出门。平日懒于做饭的明弓和身边那人,也像大伙儿一样乖乖回家,掌起了饭勺,因而更多的时间,他们在那间郊区大公寓里面对面相处。

这才发现,岁月有痕,身边那人的头发越来越少。一年前认识他时,头发至少有三倍。"九·一一"之后,每天待在家中没事,他都在数浴缸里自己掉落的头发,如同数着一颗颗逝去的象征着生命力的精子。数学职业病的他,寻找不同因素之间的相关性,结果发现:头发掉得越厉害,他在金融公司上班赚的钱居然就越多。

有天他数完,轻叹一口气,撑着腰直起身:今天最多!二十三根。

他又对着厨房说:不如"结婚"吧!我有"绿卡",你就有了"身份"。

三个词:结婚,绿卡,身份,在一句话里,撞翻了正端一盆蔬菜汤出来的"过敏性词语症"病人。一只入瓮的鸟,四周紧闭,光亮和空气全然消失。

那天尤其见鬼。因为久不犯病,因为一句话中三个词同时扑来,如三支箭同时穿心,那天反应高出平常,浑身揪紧,最后竟是一汪眼泪狂涌。食道里像有一条冬眠后苏醒的蛇,扭来扭去,拼命往外钻。她吐了一地,新铺的奶油色地毯上,一堆饭渍加几片鲜绿油菜叶。理性告诉她,这绝不是对眼前这人该有的反应,可身体是控制不住的。它存在,它就要表达。

如此一路眼泪狂涌时,闻到浓浓的腐烂味道,那画面是低着日渐荒芜的头顶,数着浴缸里的一根根头发,如一团漆黑夜里渐被掐灭的光亮。

他先是愣住了,接着不耐烦地摸头,越摸剩发,沮丧呈指数级上升,再不像往日那么耐心:“奇怪了,有病呀。那你自己给自己医吧。”

搞砸了。

面对一个搞砸了的摊子,明弓并没有太多自责。对于一直在“逃”的人,这场景并不出乎她的意料。对于一个藏身人群的“过敏性词语症”患者,露馅也是早晚的事。《聊斋志异》里,那些狐狸得付出更多才能藏在人堆里。她得储藏精力,在这人世继续隐匿地活着。

像已经过去了的八百来天一样,她回到实验室,和加样笔、细胞培养皿、离心机一起,老实待着。只是实验并不顺利,犹太人老板请她中午吃比萨,聊实验进展:“怎么样?今年的就算了,明年 AHA(美国心脏学会)年会,能赶上口头汇报吗?搞不上这个,搞个 poster 也好呀。手上基金不多了,你得有点新结果出来。”

“AHA?赶不上哎,几个克隆片段还没准备好,上一批老鼠不知怎么的,九月初突然都死了。单是老鼠的骨髓移植,起码还要半年时间。”

“你,来这里多久了?”

“两年多。”时间真快，明弓想，这两年好像什么结果也没做出来，实验老鼠倒是死了好几批。

“两年?！哈，我要是你，判了那么多老鼠死刑，我还不如给自己一针，拿自己做实验动物算了。”犹太老板抽起桌上两块比萨，砰的一声移开椅子，走了。一整个本来三百六十度圆圆整整的比萨，现在张着九十度缺口，剩下四分之三。

明弓看着那九十度空白，起初看是“缺口”，越看到后来，倒越像是一张乐得合不拢的嘴。

真的，如果眼前已无穷逼近数字〇，一个一再证明与自己无关的世界，那还不如给自己一针，拿自己做一只实验动物算了呢。这个念头，让她有些兴奋起来——结婚、绿卡、身份三个词都不要，回国，拿自己做实验。第一个实验，就是自己给自己医好这病。她看着缺口的比萨笑了。

半小时后，犹太老板吃完比萨来找她：“对不起，亲爱的，这两天心情不好。上周 NIH（国立卫生研究所）又拒了新申请，实验室没钱花。原谅我这中年危机的坏脾气！”

“嘿，我得谢谢你！你的话，倒启发了我。我决定回国，拿自己做一只实验动物。”

他问：“哦?！”

看着对方眼中的肯定，他摸了摸秃顶：“看来，我那歪眼睛导师还真是说对了，每个搞生物学的家伙，都是一个试图独立于这世界的疯子。只是，这年代搞生物学的，除了在实验室里鼓捣和在专业年会上演讲，剩下的还有什么？就像一位船长，在以为是海洋的水沟里，行使着最高指挥权。一旦船上了岸，他什么都不是了。”

明弓说：“至于我，哪里都一样。上了岸，无论在海洋或是水沟里。我呢，打算把自己当成一枚DNA探针，回去测试一趟火热的中国生活。虽然它并不属于我，但它是这个年代。再说，本来也就没哪里属于我，不是吗？就当是一组实验吧。实验者的意志，实验动物的意志，集于一身。怎么样，这想法？”

一枚DNA探针，必须是特异片段，长度一般为几百碱基对，是某一基因的全部或部分序列。用放射性同位素或荧光分子标记后，DNA探针遨游一片待检测序列的汪洋大海，只与互补片段结合。待它与待检测的DNA（或RNA）链按一种叫作“碱基互补”规则结合时，就会形成双链杂交分子，用像放射自显影这样的检测系统，就能检测出杂交反应结果。在检测实验里，它具有高度的敏感性。

“酷，”他叫起来，“那，实验时间是？我什么时候能知道结果。”

“快则八年，慢则十年。如果我愿意，就回来告诉你。但为什么要知道结果呢？做实验的家伙们，也早该看透了。”

他咧开了嘴，大笑不止。

两个搞生物学的家伙，一老一少，一男一女，两个试图独立于这世界的疯子，就这么拥抱告别。越过老男人一年年耷拉下滑的肩膀，明弓看见实验室窗前的一棵火焰树，红得刺眼。这多生于亚热带的热情之树，居然已经在实验室窗前站了这么多年，从来没多看它一眼。第一次认识火焰树，还是学植物学时在北大校园里跟着导师，带着一种植物一种植物地认。想起那些植物，还是会想起那双有点苍老的关节嶙峋的手，右手有一截手指被硫酸烧伤过。

对身边那人说的是：九·一一了，爸妈担心我待在美国不安全，我回去陪他们。

有一半是真的，确实接了妈妈一个电话，就在三个词撞翻的那天晚上。行走在这世上每条生存的路途，都可能有撞翻的事在发生，生活在大洋另一边的父母也难免。只是家里的事不会跟他说。他俩似乎从没交流过彼此的忧愁。或者在他俩的共同地带里，已无所谓什么忧愁或是快乐了。他像往常一样尊重她的决定，只是小声说：你父母，反正退休不当老师了，其实也可以来美国。

所有与此相关的分别场面，没掉过一滴眼泪，倒是到了回国的那趟国际航班，看着不相干的陌生人，流下了近三年躲逃生涯里的第一滴泪。

从芝加哥转机，不用看登机牌，就能辨出哪个登机口回国。二十一世纪刚开始，仍旧能看见这样的情景，一副扁担挑着两个包袱，包袱是蓝条红条相间的蛇皮袋。或是，一对老夫妇，手里抱着一个孩子，三人衣服都是典型的县城百货商场商品，特别是一条裹着小孩的大毛巾，看上去上了年纪，洗过很多次而变得有些浆。老夫妇看小孩的表情，恨不能吞了，仿佛所有关注悬于眼前这一线。看着这些，明弓眼眶发热。更不用说，那些京片子、东北口音、河南口音……家长里短，这座儿与那座儿很快连接起来，亲热聊起来，更像一个大集体宿舍，一张腻人的人情大毯子盖过来。

登机吃过后，众人便裹着毯子，斜着钻入梦里。捧一本书睡不着的实在是少数。把往事留在身后以一千公里时速远去的北美大陆，她捧着《基本粒子》读：两个同父异母兄弟，一个生物学家，一个当教师，生物学家无性，教师浸淫情色……口味有点重，但重口味的往往都是真。她一杯接一杯喝红酒，三杯后渐渐高了，升入更高天空，慢慢连人世也忘了。

基本粒子，在夸克理论之前，它曾是人们认知中不改变物质属性前提下的最小体积物质，世间诸物的组成基础。所有基本粒子，皆是共振态。共振态分两类，不稳定的，稳定的。但其实，并不存在绝对稳定的基本粒子……在万米高空做的梦，都是关于粒子和星球。身边的集体大宿舍，仍有小孩在厉声哭闹。那并不会打搅，反而显得热热闹闹，鸡在飞狗在跳。

她醒来时，发现自己的头歪在邻座肩上，赶忙翻身，碰翻了还剩一半红酒的杯子，洒在邻座上。邻座国人一直在看书，不时笑出声来。她忙道歉。

邻座说：没事，让个姑娘赔我条裤子也不合适。

看酒洒过的痕迹，竟是他下半身的那部位，她装得更无所谓。又好奇一瞥，他的书，是《花花公子》杂志主人的传记。

你喝红酒？手指长，拿着杯子好看。国际航班上，国人喝红酒的不多。

被他的语气激起了：“看《花花公子》的，也不多。”

邻座盯着她:“我是医生。以前在波士顿做过几年生物学实验。参加 AHA 年会,刚回来。”

听到 AHA,明弓猛地醒来,回去这一趟是干什么的,转过脸:医生?还做过生物实验? AHA ?这,都没法解释你看《花花公子》。

他说:真做过实验,是在波士顿那个自我感觉特好的医学院。有天,他们拿我的 DNA 做了个神叨叨的测试,结果发现我居然可以活到二十二世纪初。人群里的概率大约是千万分之一。求我吧,我可以帮你,向二十一世纪说再见。

明弓瞟了他一眼。

“如果你是个木匠,正在打造一个漂亮的五斗橱,你是不会在柜子后面用三合板的,哪怕那一面对着墙,永远没人看到它。你知道它在那里,即使是柜子后面,你也会用上好的木材。为了能在晚上睡个好觉,你会在审美和质量上自始至终争取做到最好……相信吗,这段话,出自一九八五年的《花花公子》。”

“别告诉我,你包里还装着《阁楼》。”

真装了一本。他得意地从包里取出来。

她拿来,封面女郎的一条大腿上赫赫写着名字:安箭。

“你这路子的,少见。”

“少见吗?给你个电话,有空,可以多了解我,”他又说,“如果生活在从前那年代,坐轮船才能从美国回来,相信吗?等到中国之前,咱俩会成为好朋友的。”

如果有时间，每个人都会拿着一把尺，在人群中筛选某种东西，某种自己看重的那东西。明弓拿着尺，一路筛的是什么呢？可能是这个，赤子之心。

他有点流氓，还有点无辜，眼睛最终却有一种闪亮。虽然听上去一派胡言，说什么可以帮你向二十一世纪说再见。明弓是不需要了，那时自己也不在这世上。自己单告别二十世纪，已有两次。一次在北京，一人看机场窗外那个与己无关的世界，再不回来了，然后扭头登机，兜里是借来的五百美金。那天北京飞美国的航班晚点，说是机器检修，等一个重要零件送来。一直等到一九九九年变成二〇〇〇年飞机才起飞，满机舱的人喝彩，左右邻座拥抱。也许是乘着新世纪的祥云，到美国时提前了不少，连机长都兴奋了：我开飞机二十余年，这是唯一的记忆，现在是美国当地时间一九九九年十一点五十九分，朋友们，我们再来说声：再见二十世纪。她抬起睡梦中疲惫的头，探向窗外漆黑一片，此地与彼地的天空并无二致。

再见，二十一世纪。放在眼前上班生活的上下文里，想来倒像是月亮上的一次对话，像是国际航班万米高空的一个梦。那什么是它该放的地方呢？也许是新建造的"赤子之心"吧。但奇怪的是休假一天在家，她反倒没想起跨过二十厘米高的门槛，进入"赤子之心"。到了休假尾声的夜晚，明弓想，也许凡人的日子，就是经不住拷问。一个凡人，就该混在大伙儿里，顺着那各种无序运动抵消了较量了之后综合起来的大潮流，混在大家实实在在的烦恼、实实在在的打拼里，直到流出汗来，涌出泪来，身体疲乏，挤得内心空白，倒头睡觉。第二天，重新老实上班去。

“转正了，如果真想做好这份工作，给你三条建议。”在转椅里转了半圈，茅小姐脸上的不自在消失了。

“一，彻底把身上从前的学究气洗掉。二，多和销售沟通，和他们泡一起。三，多关注一下客户脑子里想的。”

——又是这两个词，“沟通”“客户”。

“另外，学会正向思维，别总那么 negative。要有 passion！”

——听到“正向思维”和“passion”，明弓心里猛顶了一下，此刻她无比想念一根闪着光芒的尖头铅笔。

“有个培训，高效能人士的七个习惯。很热门，学费很贵。本来轮不着你，正巧有个名额空了，问了一圈人，都出差了，不如你去听听。”

——“培训”？“高效能”？又是些什么词？

明弓捂着嘴逃出了门，再差一秒，就得对着转椅中的茅小姐吐出来。

4. 七个习惯

一九六九年五月三十日

信正，

我这些时一直惦记着寄两本《北地胭脂》与《半生缘》(《怨女》迄未收到)给你送人，因为没有够大的padded信封，只有一家较远的书局有，这一向忙着许多未了的事，又患感冒占掉两星期的时间，所以迄未去成。结果还是昨天收到你寄来的《半生缘》，给敝本家写了上款，也送你一本——你买的可以留着送人——另打包寄上。乘这次到邮局去，也寄书给陈先生，寄到办公处，不确定房间号码，还是请你转交。我想七月初来，知道那边房子一定难找，如果你有工夫代找，当然再好也没有。不过在你自己搬家的时候给你添麻烦，实在过意不去。我需要的是：

(一)一间房的公寓(号称一间半)，有浴室，kitchenet；

(二)离office近，或者有公共汽车来回方便。地点合适，宁可多出点房钱,每天可以省不少时间。

(三)最好房子不太老,比较干净。

(四)此外都随便,家具可有可无,如有床,最好是榻床或沙发。装修、光线、嘈杂、房间太小,都完全没关系。

你看有差不多的就请代定下,寄合同来签。如果没有,也许有宿舍或是 rooming house 有 room with bath,(附近恐怕没有 residential hotel?)先住着再说。再不然夏天 sublet 的公寓,那就远点也行,不过小的少,恐怕也要马上定下。匆匆寄出这封信,因为怕错过合适的,不是等着回信,请慢慢地找着看。

信最后署:"爱玲五月卅日"。

读了一叠被公开的信件,才情惊世的女作家,说的多是找房,找工作,找出版商……每个人都有一摊具体如布片针眼的生活。是另一重人为的地心引力,消散着飞升的可能。

每天的唯一期待就是回家。整个家其实不足六十平米。比起费城郊区豪华但冷清的公寓,没有 B&O 音响,上千美金买来的人体工程学办公椅,没有酒柜。但对一个隐秘的"过敏性词语症"患者来说,坚持到今已属不易。客厅、厨房、卧室,是食色性,是一个人的现实,是白天。一间不到十平米的房间,是赤子之心,是攒起气力对付完现实可以将现实遗忘的另一个世界,是黑夜。

仍旧笨拙地颠倒,昼夜界限不清。明弓在实验报告本上写:何需提,

"实验者的意志，实验动物的意志，集于一身"这样的大志？

白天的生活是这样的，在高效能人士的七个习惯培训课上，再次因为地铁太挤错过两班而去晚了的明弓，只能坐在离老师最近的课桌，唯一的空座。众人目光追踪中，坐下。片刻自责后，抬头，扫看整个会议室，眼前一幅阳光景象：一张张脸仰着，老老嫩嫩，虔诚地听课。她周身开始滚烫，如同做了一件远比上课迟到要羞愧的事，堪比听人说"沟通""客户"。

她暗自庆幸，出门时在口袋里装了一支削尖的铅笔。她想，也许是一堂励志课吧，也许用体系包装、制服式语言堆积的励志，在公司就是受欢迎，如此才能产生——茅小姐所说的正向思维，以及 passion。

老师说，为了提高讲课的效能，"效能"是本节培训课的关键词，鼓励每桌同学主动发言、"分享"。

——"分享"，又一个挤入"沟通""客户""正向思维"队列的词。最近几个月，一只只拍过来，每拍一下，震着五脏六腑，再悄悄把散了架的自已，拼凑完整。明弓掏出铅笔，撩起左手衣袖，那里已布满"干、什、么"这三个字的图案。

老师手中有一副扑克牌，每次主动发言者，可代表本桌抽一张扑克牌，等课程结束，计算哪个桌抽到的牌得分最多，这个组的每个人就可以得到奖品。

——这样的激励游戏？分享什么，分享那些"正向思维"和"passion"？课才十分钟，她像一枚摁下发射按钮的火箭，想逃出课堂。

她掏出尖尖的铅笔，撩起右手衣袖。

至于那令人期待的奖品，是什么呢？《高效能人士的第八个习惯》，同一个作者的另一本新书，全球再次畅销。老师的嗓音往上扬，匹配的阳光劲。

——作者不能一下把八个习惯都写完吗。是之前七个反响不错了，又企图延长自己的产品线？

她再次抬头，看整个会议室，一张张老的嫩的脸都正仰着，以老师的位置为中心，成为向日葵。老师踱步，扫视全场，希望用自己强大气场收拢起更多的人。以及，在第一时间筛选异己分子，改造他或者孤立他。

——这是什么？集体洗脑？大公司是一场接一场的集体洗脑？削去异己，洗成一颗颗自己甘愿劳作的螺丝钉，洗成一只只面貌和叫声相似的绵羊？

老师提问：谁愿意分享一下，自己对高效能人士的理解？

老师走近，先是极专注地盯着明弓，她立刻扔下铅笔，低头数手指，换一副与己无关的表情。尽管低着头，她能感到，头顶上那一束目光如炬，如锥，仿佛可以将自己早就闭合的囟门凿开。见眼前死水一潭，老师继续踱步，晃着手中的扑克牌，鼓励下一个人：记住，有奖品哦！

有人举手，说："高效能人士，通俗点说，就是劳模，新长征突击手。"明弓旁的同桌小声议论，此人是负责工厂生产质量的经理，最后一拨工农兵学员。

"在单位时间或单位体能、心智投入里的，最大产出。这是高效能。"

是茅小姐的高亢嗓音。

“哦？咋整的，我说得这么好，才抽了个二。”还是茅小姐的声音。

老师浮着鼓励的轻笑，笑的成分，技巧远大于真诚：“这位同学刚才说的，也许‘高效率’更合适。还不算，高效能。”他继续用慈爱的眼神（仍然大多是技巧成分），等待下一个主动举手。

这样的“分享”，耗掉半小时，实在不能算是“高效能”吧。如果早一点就读到这段话，第一次坐在大公司培训课堂里的明弓，也许不致那么孤单：

> 某些大师的秘诀之一，就是把一个简单、显然的观点复杂化。《时代周刊》说到斯蒂芬·柯维的书时，评论：他的天分在于把“显而易见”的事情复杂化。枯燥无味的文章里充斥着时髦的行业术语——empower（授权）、modeling（建模）、booding（纽带联结）、agent of change（变化动因）……没有了这些，他的书会像泄了气的轮胎。

教室中那培训老师的神情，则将列席诸位尽收眼底，如上帝俯瞰地球。明弓尽量不让自己看着古怪，但其实内心翻腾，还夹杂着歉疚。错位，边缘，自责，这就是一位“过敏性词语症”患者必须忍受的——在一个热情的培训大课堂上坐着，在一个词将众人都收拢时，这个词却将她劈开，从皮肤伤口如蚂蚁爬行，探到心里慢慢割。

那些习惯，又是怎么造出来，成为正确的呢？也许得重新认识一下这三四十年来人们拥趸的流行思维，翻出家中"赤子之心"的书架上那本古斯塔夫·勒庞的《乌合之众》。

习惯一，积极主动。（这个，茅小姐刚批评过，自己就是负面，没激情，关注圈大，影响圈小。但自十几岁就喜欢一个作家的这句：怀着对大背景的悲观，享受每个小快乐。它出自浑身散发着坟墓里爬出来的气息的张爱玲。）

习惯二，以终为始。（从不规划，甚至有意不规划，在拐角处等着某些偶然发生，带自己去主干之外的岔道，有可能也是惊喜一场？它们其实是来世上这一趟为数不多的乐趣？）

习惯三，要事第一。（什么是"要事"？如果按眼前世界的排行，要事第一，该在美国结婚有个身份接着繁殖子孙才是，不该回北京拿自己做实验。也不该因为要做实验，就得在北京做房奴，月月还款。更不该来公司做班奶，到处是自己放不进去的夹缝。讲到这里，老师放一段斯蒂芬·柯维的录像带，是把一盒沙子和几块大石头，放到一个瓶子里。有人先放石头，再倒沙子。那个先倒沙子再放石头的胖女人，在众人同情的目光中不及格地退下。）

习惯四，双赢思维。（你赢我输，你输我输，你输我赢，你赢我赢。这四种看似穷尽你我关系的可能性，但地球上，衡量关系的唯一标准，只剩"输"和"赢"？还是，眼前就是一个绝对赢的世界，输，已没有存在的可能，更没有被尊重的可能？ Beautiful Loser，低沉吟唱诗歌的加拿大人

Leonard Cohen,《美丽的失败者》,还有人看一眼吗?)

习惯五:知彼解已。(几乎不可能的任务。本质上,隔层肚皮,人间巴别塔,就是不可沟通。除非一些聊甚于无的技巧安慰,除非双方都容易满足于一知半解的煽情,那多半因为太寂寞太隔膜?那多半仅止于表皮层?)

习惯六:统合综效。(天才人物在工作室里孤军奋战、改写历史的日子已一去不复返。天才时代的逝去,也一并失去了情调,失去了生动的细节。协同作战的集体事业,占据主流。什么时候会带一个团队,进行所谓的“创造性合作”?你以为你是在主持一项发射火箭的工程吗?)

习惯七:不断更新。(人们自认为的“新”,埋葬了许多珍贵的“旧”。看北京城那么多新建筑,覆盖在被推倒的旧建筑废墟之上……与其更新,不如溯古。废弃之物,无用之物,往往有其美,提醒着人的局限。)

每一个习惯,有一个对应的理论、新名词、公式或是图表,然后放一段录像,然后分享,然后老师点评……研究下来,这是培训课程的方法学。

这一段里,请写下你的 Personal Mission Statement。是习惯二。

“想象参加自己的葬礼,在葬礼上会听到别人什么样的评价?想想,自己在家庭、工作、服务过的社团中,有怎样的人格、成就、贡献。你希望最终,最看重的朋友、同事、家人……如何在葬礼上评价你,”老师说,“谨记人生使命。人生计划是你一生的追求目标。半小时后,我们一起来分享。”

三十分钟呢，怎么熬过去？

众人低头，拿笔齐刷刷在印制精美的培训手册上写，仿佛被高僧棒喝，有很多话要对自己说，有很多迷雾要走出来。

明弓无望抬头，她猜自己满眼盛着五百毫升的绝望。她又希望能发现满会议室哪怕一个同类也像她这么走神、这么环屋四顾、不知所措……

但，没有。

为躲开老师那一束几乎可以凿开囟门的谴责目光，她低头，佯装翻面前厚厚的培训手册。满屋的人都在沙沙地写，自己一页页佯装翻书样子一定很奇怪，她也拿起笔。写什么？将来，谁去参加自己的葬礼，肯定不是年长二十来岁的导师吧。也不是大自己十来岁的费城身边那人吧？

不过，这倒是个不错的小说主题。细细看，眼前七个习惯里的每一个的对立面，都是不错的小说主题（但都那么的负面，不受眼前世界欢迎）。它们一一对应的是：悲凉，无常，随缘，伤害，离心力，循环往复……

总得写点什么吧。但如非写“正经事”，就不能写别人一眼就懂的中文。

第一行，写，brainwash。听说，这个词其实是一名关注东方问题的美国记者从中文翻过来的，五十年前才在西方流行。

第二行，又写英文单词：学校、公司、军队、宗教、独裁、商业文明、广告……老师在桌边逡巡，她只能写一个英文单词就用笔画上一道，看不出单词本来面目。接着写：催眠，糖衣炮弹，小圈子压力，削除独处或个人思考，语言暴力，统一着装，不许提问，批评和自我批评，重复，忏悔……细数十大洗脑术。

还有二十分钟，继续用英文写：

为什么要洗脑？——金钱，权力，控制人群的欲望。

如何对此免疫？——找到你自己的那条路，不被恐惧征服。

……

到后来，再无字可写，一遍遍在纸上写“葬礼”。

即将可能发生的葬礼，会是谁的？爷爷，还是父亲？可能先是爷爷吧。想起回老家去取门槛，爷爷还在，但衰败得已没人愿意接近。他还算活着吗？很多人会说：其实不算了。随着年岁增长，他整个身体已经积聚了不下十种病，涉及人体各个系统。身体越来越像张薄片纸，越来越轻。那里散出一股酸腐的老人味，越来越重。酒精进入体内的化学作用，更加重了这股味道，他酗酒已多年。

听说明弓要回老家取门槛，妈妈叹：哎，这孩子出国又回国，越来越怪了，真不知道别人会怎么说她。也是，还会有谁，能带着一星半点对往日的热忱，来这时间的尘土中、灰烬里，翻箱倒柜呢？

老家破败，曾经的青瓦变成暗黑，一棱一棱不再码得整齐，有的缺角、有的碎片，像无人瞥一眼的记忆。搬离老家，住进水泥楼板码成的居民楼，是二十世纪八十年代末。爸妈工厂分来的宿舍。那曾是一家当地很有名的纺织厂，几乎支撑了这个小城一半的经济收入。这片位于长江边的区域，一百年前一家纱厂冒出第一缕烟，纺出第一缕纱，后来二十世纪初还有了一段由纺织工业撑起的小康童话。这里的一名清朝最后一拨状元，转投实业，奉为“富强之大本”。一百年前他演讲：一个人办一县事，要有一省的眼光；办一省事，要有一国的眼光；办一国事，要有世界的眼光。这可能就是，茅小姐他们常挂嘴边的“策略性思维”？

走之前，去家中光线最暗的房间一角，不需开灯，如趋化因子顺着那一股酸腐味道越来越浓的方向去。躺在床上的老人，枕边一只快空掉的酒瓶。他躺着等待死亡，酒精是他的一道门槛，跨入另一个世界，在那里身体还能暂时飘飞。就像自己也将拥有一道门槛，可以跨入另一个世界，身体暂时飘飞。有一刻，她好像也很能理解他。

但他眼睛微闭，并不是熟睡，谁能一天熟睡二十四小时呢，他从枕头下摸出一叠纸片。帮我烧掉。他说。

那叠纸散出同样的酸腐味道。除此之外，颜色老黄，是人老珠黄。她本想走开，但不忍于一种自己终也某一天必须经历的孤独，每个人如出一辙的曲线下落的轨迹。如果它那曲线最终是走向下坡路一直降到底，那还不如接住它，这一叠纸。聊算肉身难敌的荒凉之余的一点安慰。

到了北京再掏出爷爷给的那叠纸片放在“赤子之心”书架一角时，明弓才觉得自己并不知道这个“爷爷”是做什么的。从记事起，他就无业，他就丧妻。唯一爱好是，每逢有戏曲团来演出，会叫上明弓一起看戏。多半是，京剧、越剧、黄梅戏。一老一少、一蹒跚一蹦跳地走在无星夜空下，用并不对等的人世经历议论着剧情。

——那公子，良心不好哦。

——为什么呢?

——他变了心,是坏蛋。

——哦? 变心,就是坏蛋吗?

——那当然。

黑暗中,爷爷顿了会儿说:

——并不一定哦。也许有他自己的原因呢。再比如,如果他,是你亲爸呢?

——那,不会的。不过,他唱得好。我喜欢。

——那你就听他唱,就可以了。唱得是真的好。

——唱完了,戏结束了,还是想骂他。

——哦,也是,那是戏子的命。

是陈世美那出戏,京剧《铡美案》。

到了登台时分,这时老师清嗓:半小时“葬礼冥想”结束。她慌忙写下五个字:抱紧眼前人。这回是中文。

“我们先请几位同学上来分享。”还没点名,茅小姐快步上前:“我来!”

“看到这个题目后,第一个假想的,是我的葬礼上我以前的爱人来了。”站得离明弓这桌很近的茅小姐,脸一别,停了一会儿。

明弓突然很紧张:不会吧?

“我离过一次婚……”茅小姐又把脸侧过来,明弓不小心触到那目光,看到那眼里有泪水,又急又惊,这种事,跟这么多人说? 这么多陌生人？还这么大量的伤心？

“如果，有可能，我希望自己……今后……懂得……珍惜每一份感情。”泣不成声。

老师上前，扶下正哭的人。

待她坐定，同桌有人提醒：该你抽牌。

她叫：“一张老K！大牌！”已然与泪水全无关系。

又有一位头顶有点秃了的男子上前分享，张口一嘴京片子：“在我的假想葬礼，我最在意的是家人的评价。如果不是这节培训课，有些重要的事儿，我都没时间去回想。所以，感谢老师，感谢斯蒂芬·柯维。我快到不惑之年，在医学部管临床试验也十年了，上了这节课，才真正有不惑的感觉。刚才，想葬礼，我就想起前年我爸去世的事儿。他就我这么一个儿子，但他心梗去世那天，我正在外出差。我这工作一直出差很多，我父母其实身体一直不好。现在想起来，奋斗，是为什么？职业发展，是为什么？”说到这里，有点哽咽，他咳了一声，化转回来。

怎么，都在一片忏悔中？好像全是因为工作忽视了最重要的感情。怎么，说的又全是家庭？或是父母？明弓从小对妈妈的印象，就是头上一顶纺织女工的白帽。对爸爸的印象，是一堆钳子、锉刀、扳手、钢锯，机油的棕黑色。他是钳工。他不怎么说话，说话都是两人吵架时。他动手比话多，妈妈一边去关门，一边嘴里说：别人都听见了，我们家那点面子全丢光了。明弓拦在他俩中间，试图以齐他们胸口的高度阻挡一场架。

回家取门槛那次，自己那个称作妈的女人，坐在客厅昏暗的灯光里，问：北京工作怎么样？

“还好。”

“没什么烦心的事？”

“也有，几乎，每天。不想上班。”

“瞎说。得有工作，别人才看得起。”

听到“瞎说”这个词，明弓强压住周身蹿出的反应，毕竟这个房间里，已经太多事伤害了眼前这个年近六十的女人。

在搬进工厂宿舍楼后没几年，家中两人一起下岗，改成天天吵架，妈妈仍是一边吵一边挨打一边去检查门是否关紧。到大学第二年，明弓连学费都交不上，但妈妈说：“千万别跟同学说，爸妈是下岗工人，人活着要有个面子，否则别人看不起。”有时，明弓看着他们，就像看见一道贫穷展露的伤口，那不只是贫穷本身，是伤口展露后的沮丧和卑微。她不再挡在中间试图阻止，倒更愿意承认这就是生活，只要带着伤口，就会时不时发炎，因为毕竟暴露在一个到处布满细菌的世界。两人中途也曾短暂合拢，齐心做一摊水果生意，没过半年就亏了两万，于是继续吵。那一年，明弓开始出去做家教。是个住在长安街边上颇富裕的家庭，真皮沙发家里围了有两圈，电视有三台，父母是中国海关的不小的领导，一儿一女，都需要明弓补习数学。谈好一小时五块每次两小时每周两次的交易后，男家长礼貌地要求送明弓出门过地下通道。地下通道黝黑无人，头顶上是车辆如流水的宽阔长安街。他突然抓住她的手，撩开她衣袖。这时对面走来一群年轻人，打打闹闹的，她趁机甩开那只手。钻出地下通道，眼前长安街，路灯雪亮像某一种难得的坦荡胸怀。她想：每个家，都有一些藏在面子底下的事。

“没班上，怎么行？像我们这样？要是有班上，你爸也不会在工地摔成这样。”这个年近六十的女人坐在昏暗的灯光里，抹泪时轮廓都模糊掉了。她一定看着眼前和自己说话的女儿，觉得越来越陌生。也许人活到老，就是一天天看周围一个个人越来越陌生。

老师到底还是没忘记明弓：“你呢？”

“我，我，人生最重要的，就是，就是……”她绝望地猜：其实一开始老师就想点自己的名。

一片静，众人在看她，这个不熟悉的面孔，整堂课上一言不发的面孔。

“抱，紧，眼，前，人。”总得说点什么吧。

“嗯。”老师低头踱步。

“大家回看的都是——记——忆。记忆，并不是个靠得住的东西，甚至会成为一种负担。”老师继续踱步。

——记忆虽靠不住，但并非一种负担。只是并非所有记忆，都可以规整地放在“记忆之宫”的某个房间，像利玛窦说的那样。巴拉西国王能在数十万人的军队中，叫出所有士兵的名字。东汉倪恒在长途旅行归来后，能记住途中所有的碑铭……但有的记忆，无影无形，像一缕烟，然后每次回忆时会再造。当试图用语言表达时，它会附上语言的外衣，又一次再造，走形。

有的记忆，还是一种填塞“记忆之宫”的空气，一种味道。就像在费城一家巨型商场闲逛，她在人群中闻到一股味道，像是突然被抓回一段熟悉的时光，纹理无比熟悉。她仔细分辨，但仅止于在记忆之海里模糊地打捞，用一张洞眼过大的渔网。她在人群中搜索、甄选，发现这味道来自一位四十来岁的高个子男人。她一路跟着，他逛男士服装店，她跟着进去。他逛内衣店，她跟着进去。他逛男鞋店，她跟着进去。他进试衣间，她坐在店里等。最后，他提着四五个购物纸袋回到停车场。那个时候还是来了——和熟悉时光分别的时候来了。她深深嗅一口，周身蜷缩像是于汪洋之中试图集中，专注，瞄准一处。终于，从记忆之海中打捞出来了，那是导师有时会抹的一种淡淡香水味混合着烟草味。但这记忆之味，是无法装在“记忆之宫”里的，也无法用语言形容。一旦变成语言，那记忆就像一条上了岸的鱼……

“没有了以下这些探问，这一生，将是一个失败者。你的人生计划是什么？你的生活重心是什么？你为了实现这个终极目标，你会坚持做好哪几件事？”老师问，他试图敛聚精气神，制造压迫的气氛让落单的人屈服。

她咬住下唇，不让那句已在齿边上的“去他妈的”沿切线飞出。

她拿起铅笔刺向右臂，那里已密密麻麻。这几天培训，一个接一个过敏词涌来。右手臂图案，已依稀是“怎、么、办”字样。那尖锐的笔尖又一次扎进皮肤，碰到细细的静脉，渗出淡淡的血，在与血管的深入较量中，笔尖折断。

“啊！”她叫了起来。在心里如同轰响。只是因为双唇紧闭，才半路夭折为沉闷的声音。众人埋首，在思考老师振聋发聩的问题。她在这内心轰响的尖叫中，扔掉铅笔，飞奔出门。

穿过层高显赫的气派大堂。穿过购物人群热情刷卡的商场。穿过某家店面响亮獠牙的音乐声，那是一首最近的台湾歌手流行歌，地铁里一半人的手机设为铃声。

一边跑一边想：铅笔已不管用，笔尖已不管用，也许治好自己疾病的办法之一是，选择性地关掉耳朵，在一个根本操蛋的世界里听任大家唱歌、说过敏词。

不再刺伤自己，不再用烟头烫伤自己。

淹没在词语的浑黄大河里，去选择，做一个选择性的聋子。

这么想下去，可尝试的解决之道并不止一条呢。

她跑到后来，大汗淋漓地笑了。

除了选择听、选择说，还可以选择写。

5. 六封信

回来已三个月的明弓，你好：

削好铅笔，这就开始写。

北京还习惯吧？北京还算性感吧？

回国是为了拿自己做一个实验的，这件事你还记得吧？缺了口的二百七十度比萨，实验室外一棵灿烂火炬树烧得噼啪作响，一根根浴缸里的落发，一批接一批死去的实验老鼠，法国人写的重口味小说《基本粒子》……这些，还记得吧？

算一下，回来后这三个月你丢了些什么，有了些什么，列表如下：

丢了的：那人。那个小人。父女关系。

差点儿丢了的：工作。赤子之心。

有了的：一套钥匙，可以打开分期付款买来的房。越来越多的过敏词，随之而来越来越强的孤儿感，以及总想撤退的心。

数一数，七样。最近流行七，高效能人士的七个习惯。昨天的数量是二和五，加起来也是七。因为你写了两封信，五种版本。当然七，也有它古典之处，七曜，一星期七天。

好长时间不写信了吧，特别是短信、email、QQ、MSN……轻便地占据了人与人之间的“沟通”后。写到这里，有余光折转，回头看刚才写下的那句，你暗笑：看，自己也开始使用“沟通”这词了。依多年经验，自己又开始被一个强大的词给收编了。自进入这家公司，过敏的词一个接一个。太多了。如果连续累积三个词让你过敏，等待你的将是无法控制自己，一汪泪水横流，毁了你竭尽所能维持的看起来平衡的局面。

生活实在是一件要攒起所有力气去对付的超大实验项目，不是吗？你最近正接受第二个培训：项目管理。仍然是因为，别人都去不了，实在找不到人，茅小姐恩准你去的。你开始试用上一次“七个习惯”培训后逼出的灵感：选择性耳聋，才没有飞奔跑出培训课堂。不错，这也许是治疗方法之一。你暗自得意。

每周，你会打开小区里的信箱，除了小广告，其实空空荡荡，这激起了你的哀伤，也激起了你的灵感。

写信，是你预感可以治疗自己病的另一方法。是因为写信时，可以选择词，可以绕开那些过敏词。你回到“赤子之心”，拿起曾用过的铅笔利器，不再刺向手臂，而是给自己写一封信。

在从前，不管是十年前的“从前”还是一千年前的“从前”，写信是隐秘的，专注的，可以将心脏扒开，面对一个你在乎的世界展露，赤诚相见。不过这次的信，不一样。

一封是写给公众的，以总经理的名义。竞争对手撤市了，不少大众媒体，特别是到处嗅财经新闻的记者，开始关联和演绎，逻辑不通也无碍，只为吸引眼球。这样，牵涉到了你这家公司，你的这个产品。“美国公司依旧在华售卖撤市毒药”，这样的标题都出来了。茅小姐拎着那张报纸，脸通红，满怀正义，押着一个假想肇事者，走遍市场部这一片的办公室，一路咆哮。

“应该与公众主动进行坦诚沟通。”茅小姐在又一次跨部门小组会议上提议。自竞争对手撤市事件后，成立了一个“跨部门工作小组”，这个叫作“cross-functional task force”的名目（真是一个绝好的分摊责任、互相推卸的临时组织，公司里常用武器之一），每天都开一次会。确实像大师兄说的，茅小姐身上似乎有一种天生的感受器，使得她对外界变化有些本能的快速反应。这些反应，甚至都没经过大脑的修饰和理性分析，迅速，直接，但却贴切。有时，你远远地端详着，看她那神经对接时的迅捷和火光，会看到一种神奇的闪电之美。管公司沟通事务的总监倒没这么积极，他在会议室一角，一直在整自己的袖扣。也许他知道，茅小姐就会“积极主动”揽下所有活儿，高效能人士的第一个习惯。

总经理也同意茅小姐的建议。讨论后，几个总监决定发布一封对公众的公开信，以总经理的名义，客观陈述整个事件，声明撤市是另一家公司的产品，目前与本公司产品无关，公司对产品将秉持一贯对健康负责的原则……

最近参会太多，每一场，你频频遭遇让自己过敏的词。一场会议，如人世一年，你开始试用“选择性耳聋”大法，让它们成为一声声“哔……哔……哔……”。实在因为工作躲不开的，你就暗示自己：所谓外企上班，就是目光坚定、口齿清晰、面容正色地吐出一个个让你过敏的词，说得正经，说得顺口，渐渐像常用武器一般。

众人洋洋洒洒半天，最后分活儿时，公开信的事落在市场部头上。茅小姐脸一别，像那天在培训课上一样，她脸一别，目光触到你。理由是，那篇四千字文章登在专业报刊上，反响还可以，可以推论你笔杆子不错。再说，现在其他人都在忙更重要的事，就剩你了，你还比较闲。

“写三封，三种语气，不同的沟通力度，我们再一起看，选哪一封。”茅小姐真贪心。

“三封？”你惊讶。

“一封是完全正向的，偏乐观的，一封是中立态度的，一封是偏保守的。不同的tone。”

Tone?

并没人回答你的问题。

众人散去，留下你一人回到两三平米的格子间里写信。中途，茅小姐又腾腾快步过来吩咐：“注意几点，一，写信时的语气，是以总经理的名义，要有他那个位置的感觉。二，你沟通的对象，是公众，所以行文要绝对通俗。三，要体现我们对公众的关爱，以及我们的科学性。”你仰脸点头，是真的点头，因为跳过那些过敏词，你看见了那种直觉感受器在茅小姐的额顶闪着蓝光。

还是白天，还是身在格子间，还是八〇后骏马与同事们热烈聊天的气氛，他们刚从香港参加亚太区市场培训回来……但这一切，又与你更不相干——因为你在写信。你披上一层神秘外衣，这外衣将你与众人隔开，你在用那个世界的文法，那个世界的逻辑。文字为马，驰骋假想时空。

不同于自言自语，不同于记日记。写信是向着一个设定的对象，你准备将自己的某一部分暴露出来，给对方看。最正宗的写信，以赤诚作底，只不过希望暴露给对方看的，对方并不可见，因而要借助语言，就会有一种陌生进而是孤独溢腾出来，晨雾一样笼罩写信人全身，笼罩于整个写信过程，成为那件神秘外衣的织染色彩。

不一定能说得清，不一定对方能看得懂，不一定你写信的浓度就能同等地传递给对面，因为言语这媒介就是这德性。都是不一定，但还是专注地写。这恰是迷人之处。谁说一定要“以终为始”？你感慨，也许，写信的过程，就是人之为人的处境的最佳写照。

自己最近一次想写信，又是什么时候？

回国不久吧。你从麻醉药散退的晕眩中醒来，医生说，再躺半小时，你就可以回家。回家时天已黑，整个小区罩在一片昏黄的灯光中，那是自每家每户的窗口射出来的昏黄，因为距离近，融为一片。你想起，在费城郊区某豪华也冷清的小区里，这样融为一片的昏黄竟然罕见，反而是孤零零、彼此不融合的窗户各自闪着光。只有一次，下雪了，你从实验室回家，不断飘落的大片白色将整个小区连成了一片，白色响亮，成为

白日明晃晃的戾气和灿烂，此刻都熄灭。人都散去，由浓至稀，此刻分散运动在各自那不为外人知的生活里。搭最后一班公共汽车，车上共有两个人，一位是司机。看窗外再不靠灯光强撑的幽暗夜景，遁入清冷。刚才那伏案背影，也是清冷。这让你觉得如同亲人，好比看见自己，遇见同路人。

主角。

你推开家门，是签了二十年贷款买来的家。有一刻很想写信，告诉曾经身边那人：我们曾想连成一片，最后免不了还是孤立的存在。如今又一个也离开了身体，再次成为彼此孤立的存在。这一路向前，只为一次次证明彼此不可融合？你还想告诉他，曾经的生物学生生涯，关于父母的真实故事——在信中。

信并没有写。刚做完小手术，有些昏，体力不支，不足以进行一场掏心掏肺的暴露。得储蓄好精力，得吃一顿饱饭，得睡一个好觉……能不能写成一封信，有时就是对一个人生命力是否还够旺盛的考验：是否还能玩真的。像那一架昂起来冲向更高的飞机，不再回头，回头就会有牵恋，对更真更浓的期冀。飞行原理，逆风起，逆风降，侧风不能过大。

你没有写信，你走进厨房，弄了点吃的，在每一次刀铲与铁锅交接的拨弄中，听离体生命的远去，想起这句：人心是不待风吹而自落的花。

几小时前，你在新销售代表培训的课堂上端坐，听公司的培训老师讲销售技巧，讲“特征利益转换”，讲销售“缔结”。你真切地体会自己已被一个商业为王的世界雇佣。长相清秀的男培训老师，挺括白衬衫上系着红领带，对一拨新入职的销售代表点评：“销售的艺术建立在对成功的饥饿感上，把握心理，熟悉技巧，然后你终将收获。”

是感到饥饿，但术前不能进食，你从课堂后方撤离，汇入街上人流。你跨进医院，找到那位约好的医生，是安箭帮找的。你没精力去谢他，迷迷糊糊走出医院时，看见前面不远处安箭的背影，一左一右各搂一位个子比他高出不少的女人，三人一起走进车里。看上去与周围这现实世界太不协调，像一个魔幻故事，叠加在另一现实世界故事之上。

离题了。第二封，是写给医保官员和药剂科专家的信。下午茅小姐冲到格子间，说这封更急。跑政府事务的同事刚来找，你们产品可能进不了国家医保。需要写一封信，给评审的医保官员和药剂科专家，做最后的努力。介绍产品的利益，它将会以不高的治疗成本，节约更长期的医疗资源。

能有戏吗？你脱口而出。

咋整的，别那么 negative！有万分之一的可能，也要争取！茅小姐眼神每次正视都像是正确。而你映照之下，都是需检讨的错误，这让你自觉像一个永远背着"-"号的负面人。

茅小姐急急说了前后过程，你匆匆记下几笔，一边记，一边又佩服茅小姐似乎明白每个沟通对象的需求，精准切入对方感兴趣的那一点。

——写到这里，有余光折转，回头看刚才写下的句子，看，你再一次用了"沟通"这个词。

这世界，必定还是有不少功用性的写信吧，旨在"沟通"。比如你今天写的这两封。也许就在不久的将来，你越来越发现，许多曾经隐秘的、精神的动作，都将一一带上功用。

写完这些工作信后你发现，写信时，你仍然会去想象一个具体的人，一张具体的脸。需要对方气息的存在，需要对方眼神的注视，需要对方的表情瞬息变化……因为你每次下笔，并不想只写成一纸公文。你希望写下的字，是基于某种珍惜，基于某次词语的甄选。这是最后的底线了。你的生理反应对词语固执至今，可能也是因为妄图想坚持点什么吧，只不过这坚持对比于界的强大，太自不量力。你记得读王羲之《快雪时晴帖》："羲之顿首。快雪时晴，佳想安善。未果为结。力不次。王羲之顿首。山阴张侯。"大雪中读，离群的飞鸟撞在费城公寓空落落的窗棂，激起金石之声，热泪四溅。

终于改完两封信，确切地说，是五封。不是说不同的 tone 吗？写信时，你的心情就会不错，于是"主动积极"地把第二封也写了两种 tone（这能算是高效能人士培训课程之后的成果吗？居然倒没有人来追究你那天为什么课没上完就飞奔出教室，可能就众人有限的想象力，只以为你是急急去了洗手间）。

惊喜！好！下班！写东西需要天分，我从小作文就不好。茅小姐一直在办公室等交作业，竟歉疚一笑。

待你浅笑撤出，这么晚加班的，不止你一个。不远处的办公室也亮着灯，一个伏案背影，深灰色背影。恍惚失神之间，那倒像是那个多年前你深夜经过生物系大楼导师的背影。它在眼前这片如汪洋大海的大公司里，渗出不可掩饰的清冷。茅小姐的大嗓门传过来：老板，还加班呢。

这是晚上十点，办公楼与它周围设计平庸的同类连成一片。白日明晃晃的戾气和灿烂，此刻都熄灭。人都散去，由浓至稀，此刻分散运动在各自那不为外人知的生活里。搭最后一班公共汽车，车上共有两个人，一位是司机。看窗外再不靠灯光强撑的幽暗夜景，遁入清冷。刚才那伏案背影，也是清冷。这让你觉得如同亲人，好比看见自己，遇见同路人。

你快忘了，曾有一刻是想写信给曾经身边那人的。那一刻，你觉得他如同亲人。你从医院出来后第二天并没请假，装作一切如常。第三天，八〇后骏马敦促你出差，陪一位美国教授去广州讲课。分明感到小腹坠痛，但你说好。你早早起床，身体一部分还在梦境，一部分已急急冲向洗手间，拧开水龙头刷牙时，厌倦像混着牙膏沫的水吐出来。这是第四天。

美国教授高个子，中年末段，但表情是不出意料的美国式进取。整张脸上，最突出的是围着上下嘴唇的一圈胡子，修整得用心。

Amazing，到处都有 Starbucks，感觉就像站在纽约街头！

长城，那是来中国的第一个大梦想！

他边说边拿出在长城上买的一顶帽子和一枚勋章，上边无一例外地写着“不到长城非好汉”。

你看着他微笑，什么也不想说，隐隐坠痛，所余精力不足支撑一场有来有往的对话。

去过美国吗？我在费城念的书，那里宾大医学院一流的。展示完长城旅游纪念品，他问你。

没有。你惊讶自己的回答，又朝他微笑，想弥补刚才说谎的愧疚。

“你以前做过销售吗？”四小时后落地广州，酒店大堂见面不到三分钟，广州地区经理问你。

“没有。”这次是真的“没有”。你如一名罪犯南逃，被活捉现场。

“哦，那你以前做什么的？”

“做生物科研的。”本来你想说“做生物实验的”，但这会让本就失望的对方，失去最后的尊重。

“那你，怎么能了解我们这些销售的需求？”对方盯着你。

“需求”，这个下午，这个词再次让你想吐出来，连同这天醒来对着镜子刷牙就有的那种厌倦，真想瘫倒在酒店大堂明晃晃的地面，彻底缴械。

“我看心理学。”真是听上去太可笑的一句！残存气力敛起来，只够一个微笑，这是唯一可以给他的。你想转身撤退。

迎面美国胡子先生换完休闲装，看见你像飞蛾看见灯光走来：走喽，出门逛逛这城市。你想起早上对他说的谎，决定补救一下，忍痛陪他逛广州。

闷热中走进中山纪念堂，看到传说中的 Dr. Sun Yat-sen，胡子先生很兴奋，搭着你的肩：来，我们合张影！

拍完照，围着伟大塑像转几圈，你撑不住了。再多转一圈，整个人就会散架在这伟大塑像脚下。他目光从孙中山移到你身上，拥抱你。有一秒，你想干脆就在这拥抱里睡过去吧。但你敛起气力支起身，微笑告别。微笑，这是这一天下来你不想不能对话的唯一挡箭牌。

想想那时的你，真是衰呀。后来都快忘了胡子先生，有天你收到一封邮件，从美国发来。他附上了你俩的合影，在著名 Dr. Sun Yat-sen 塑像前。你随手就把照片删了，然后读信。

“原谅我，因为种种原因，到现在才给你写信。”信开头第一行。

“谢谢中国之行的一路安排。北京和广州,真是两个神奇的城市。”常见客套话,你微微一笑。

“你也许不知道,在中国的那几天,是我今年最开心的时间。”看到这里,你稍稍愣了一下,但又想,可能是比较夸张的美国手法,用形容词最高级时,眼皮都不眨。

“这可能是我最后一趟中国之行。你可能看我一直在笑,一路跟你聊天,但我其实是一个病人。”看到这里,你愣了,怎么说的像是那天的自己。

“我诊断为周围神经炎已有一年,有时疼痛难忍。比这更糟的是,病情进行性加重,可以预见的事,一天比一天疼。今年又离婚。老实说,我已经有点厌世了。”

你想起送他去机场前,礼貌性地带他吃饭店旁的“水煮鱼”,隔着小桥流水的店内装饰,你说,水煮鱼,是你的 favourite dish。

他高举竹筷,每吃完一口,两臂张开,闭上眼睛深深呼吸,浮出满足笑容:这是此生以来从没尝过的味道,一种神奇的味道,神奇得带有一千零一夜的味道!

分别时,你礼貌微笑,谢谢他这一路的演讲。

他再次两臂张开,拥抱了你,如同拥抱一盆有着一千零一夜味道的水煮鱼。你当时哪会知道,眼前是每天都在逼真地感受疼痛的病人。

“但一路看到你的笑,被你感染,在中国的日子我也一直在笑。”

“有时我们笑,是为了暂时忘记疼,不是吗?”这是他信的结尾。

余不多言。

有的事,慢慢,也就有了眉目。

6. 二十斤铅衣

那晚，不如想象中畅快淋漓。入夜时分，在一家没有灯光的热门黑暗餐馆吃了饭。饭后，往嘴里塞了太多的草莓，在漆黑想象中变得越来越红。去往房间的路上，开车好像连星星和路灯看着都晃眼。以往一拖二的三人戏，是挑战的是刺激的是鲜美的，君王骑上战马，驰骋开拓疆土。

多半是她们，虽然可爱，但个子太高。看来模特不太适合自己。架子有余丰腴不足。如同这几天连续读的几篇论文，逻辑有余，灵气不足。

早上八点，进导管室准备，这一天排了五台手术，病人年龄跨度从三十多到七十多。今天白天需谨慎。这周还剩两天，接连两天都是手术。这周末就不走穴了，约一年前认识的那位去郊区。那位胸大臀大，脖颈细瘦，肤如老玉。在这些之上，年长十岁的她还有一种气势，气定神闲把玩天下。

安箭白天的头发，整得没有一根站错地方。穿上那件绿色短袖手术衣,接过护士递过来的病历,仔细再看一遍最新检查结果。

导管室秦护士近五十了,一边匆忙喝着路上买来的豆浆一边问他今年职称评选,有戏吗?

安箭盯着病历:没戏,主任那儿不会过的。

还是因为作风问题?你技术口碑这么好。

安箭没再答,第一台病人这时推进屋。他穿上那件二十斤重的铅衣以防辐射。有时,他觉得自己选择的这一行,像一出科幻小说,如一名太空人,如一位主动自杀者,如把眼前这个扁平世界搞成一个四维世界。介入手术需在X射线包围中进行,年久会脱发,会影响生育,白细胞数会变低,免疫力会减弱。二十斤铅衣依然不够,因为手术室是无菌操作,需要在铅衣外再穿一件无菌手术服。这时,他更像一名太空人,一位主动自杀者,投入一条把扁平世界幻变成四维世界的隧道。

秦护士帮他穿衣,一边唠叨:还准备做多少年?每年升职都没你,这行业基本是自杀,长年高辐射。

"我可是要活到下一个世纪的人呢。"大家都说这行业是自杀,但安箭喜欢。大家都抱怨,每次做完手术出来,贴身的衣服总是湿的,但安箭喜欢。

他喜欢这潮湿贴身的感觉,甚至有些迷恋。这是一次彻底投入后的体现,如同和她们在一起的那些时候。

一样的,都是一次进入的过程,都是一次解决的过程,都是抽出后倍觉爽朗。如果人生是一条短撅撅的线段,那么是这些过程成为了这条单薄线段上加厚的那几个圆点。

入行已十二年,从安箭二十二岁那年到这家医院开始当住院医生开始。十二年,一般都会混上副高职称,但他至今主治。每次科里讨论职称,都会提他的两大伤。一是学历本科。在这医院混的大多是博士,本科纯属稀有动物。其实混个博士也不难,不少人暗示过他,找一棵大树傍着,找一个后台靠着,找个博导读在职博士还是挺轻松的,现在市面上有的博士论文都是花钱托人找枪手写,再花钱找地方发表。但安箭不。他不喜欢念死书,小学到大学十六年,早就受够了。

二是作风问题。第一次听说这个,安箭还以为时代倒回他爸在国营单位工作的二十世纪八十年代。但这词,从那些穿白大褂挂着教授铭牌的老夫子嘴里说出来,如判刑一样。

他们说是就是吧。不过,离婚两次,搞过带教的医大学生闹得她天天站科室门口痴痴地等,每每被人撞见一左一右各挽一个女人钻进车里……确实都和他有关。唯一除了导管室秦护士,几乎如溺爱母亲般包容眼前这小子。东北口音的秦护士是强悍的,是高大的,虽然曾是外科大夫的丈夫手术台上突然早逝留下一个有点智障的儿子。从导管室里下完手术,她会抽一根 1.0 的中南海烟解乏,有时安箭陪她抽,喜欢看她的手指长长地捏着烟,看吐烟圈的样子,强悍高大的她斜着嘴吐烟圈,什么都打不垮的样子。他禁不住想:多希望自己的妈也这么强悍。黄昏时,秦护士描述着下班路上打算买点什么菜,到家给儿子做什么吃的,说完继续仰头吐烟圈,她捏着烟的手指长长的,靠近脸,快落山的太阳照在她爬着皱纹的脸，那张脸在夕阳下闪着一轮自己的光。京城天空泛黄，太阳光也泛黄，眼前医院屋顶青黑……有一刻，他感觉自己与眼前这张老脸紧密相连，穿着同一件铅衣，从眼前这个扁平世界幻变进入一个四维世界，他轻轻靠上前去，贴近那张脸。

有什么好大惊小怪的呢。每个人用自己的方法认识自己之外的同类、动物、植物。每个人用自己的眼神端详自己与世界的关系。在安箭的体系里，对女人的认识和兴趣占了主要。女人身体各部分中，他最先看的是手。多年前的最初，是臀。后来通过兴趣转移的方法，手代替了臀。

在安箭的体系里，对每一个女人（有时也称，果儿）的了解，是从“进入”开始的。失去这一启动环节，接下来的都无从谈起。会有一些人，在这样的探寻途中渐渐疲乏，是因为他们发现，接下来其实也没有什么，人抵百无聊赖的庸常生活，如出一辙的重复动作。但安箭不这么看。在启动环节之后，可以继续玩味，互相探索远方的边界，顾盼生姿，直到新的亮点进入视野。时间不应该浪费在对庸常的忍耐对眼前的苟且中，进而成为死皮一样的习惯。应该不吝对她们的欣赏，与她们共同探索远方的边界。

但那次在国际航班上遇到的果儿，有点不一样。她一直捧着本书，像是物理学方面的，猛灌红葡萄酒，端酒杯的手倒是长长的。其实那天航班上提供的加州纳帕谷的梅洛味道很一般。她喝着喝着，一猛子下了决心似的倒头睡去，中途几次头歪倒在安箭肩上。安箭看她几眼，这人不像是回国，脸上倒像是一去不回的那表情。等她醒来碰到酒杯，没喝完的洒了出来。正好，可以套磁了。

她睁开眼说话时，安箭发现眼前这人一去不回似的那表情更逼真了，甚至把他镇住了。

那张其实也没什么具体表情的脸告诉他，她看上去低微，在人群里，其实也坚硬。像是从几百年前的人，被一枚火箭发射来到二十一世纪。是个坚果儿。

对眼前这果儿，他心里有了不同以往的打算。也许周边逡巡一段时间，伺机而动。也许也因为，那表情确实把他镇住了。

倒是隔了一个多月，她先联系的，请他帮找医生。接着，又是隔了两个月，说想换工作。每次她都不说谢，一句都没有，好像他理应就是大哥。安箭一点也不生气，因为他被那张脸最初的表情镇住了，镇住了他某处以为早就忘了的记忆碎片，也还因为他发现这个坚果，从开始就没有像别人大惊小怪过他的品相，从第一次在国际航班撞见他读《花花公子》《阁楼》起。不装，这就是一个女人的美德。

渐渐地，在周边逡巡，倒成了一种习惯，倒不急于到手。他不希望像无数个已成为历史的果儿一样，创造一些共有的新鲜，玩味一阵，又有其他新的亮点出现，她就离开了。如果不希望分开，那就得寻找另一种关系的可能性。这时他才发现，在对待女人这件事上，从十几岁站在一台破旧工厂机床旁之后，自己第一次有了点哀伤。

贴身的短袖手术衣被汗水浸透，黏在身上，安箭脱下那二十斤重的铅衣后想：奇怪了。

7. 五百强角落

几次堵截下，藏在角落里的千千万万人之一终于被劫进办公室。这回，逃不过去了。

年中绩效评估的邮件，人力资源部发了一个多月。第一次看到这邮件，“绩效”，这词让明弓过敏。想自己在这五百强公司的汪洋大海里，没有人在意，直到截止日期已过，直到茅小姐几次截住她，该上级与下属面谈绩效了。

如果去意决绝，为什么要自评，自己那无从谈起的绩效。整个公司一千多人中，明弓想自己可能是最离题万里的那一个。

先说说你设定的目标。

目标？没有，入职时没人告诉我。

咋整的?！那你回顾一下，这半年的 achievements 和有待改善的。

……

看着坐在黑色转椅里的茅小姐，还是演不起来。听到

“achievements”和“有待改善”,明弓用新练就的“选择性耳聋”大法,这句话成了:

——那你回顾一下,这半年的%￥#@和&× ~%。

技艺还是不娴熟,没深到自己的骨髓里,去那杂志社面试时,这大法就忘了用。明弓找安箭,说不想在公司做了,安箭问还有什么能耐。她说,从前是做生物实验,可她不想在中国继续PCR继续电泳,继续侍候老鼠,那会交不起月供,侍候不了在家父母。安箭说,姑娘,生活不止眼前这点苟且,还有诗和远方,不过可以帮介绍一个生物科技公司的老总。

老总看完简历:学历没问题,装装门面可以,但你来这里,你能管人吗?

管人?从前在学生会做过,算管吗?在美国,实验室里管过一个实验助理,克罗地亚的。

你们念书多了,容易犯的毛病,是太真。象牙塔里待久了,应付不了复杂情况,就是傻。社会多复杂,你知道吗?你会玩虚的吗?你下手够狠吗?

老总说到这里,手掌立起,矮小敦实的他做了个刀劈的动作,眼睛躲在镜片后让人捉摸不定,嘴角扬起一抹戾气。

下手狠,难道是要打仗?她几乎百分之百自卑撤退——人们别对自己下手狠,已属万幸。

安箭又问,那你还有什么能耐。她说,码字算吗,其他没了。

比起坐在黑色转椅里的茅小姐来,对面那位坐在银色转椅里、自始至终腰板挺直的时尚女,方姓女,方主编,方时尚人士,更像一个魔头,对着入室面试还未坐定的明弓,从上到下打量,如一台全身测定仪,与她预先设定的参数一一对照。两片梦露版厚重红油彩的嘴唇间,吐出第一个问题:背什么牌子的包?

Targus 的,双肩电脑包,三年前美国 Best Buy 买的。

平民品牌,无论 Targus,还是 Best Buy。

这,重要吗?我来应聘当编辑的,我上学当过校报主编,在美国时想念中文,投了短篇小说给文学杂志,登了,叫《这国的时钟,那国的想念》。

这题目,嗯,还算有点意思。要是换成《瑞士的时钟,法国的想念》,会更适合我们杂志。不,确切地说,我们杂志要求时钟要写上是什么品牌的,比如 Vacheron Constantin,一个字母也不能拼错,江诗丹顿。相思如果与香水有关,也应是写上品牌的,比如香奈尔 5 号。

全身揪紧,心慌,出汗,如一只入瓮的鸟……但分明对面方姓女、方主编、方时尚人士刚才这一段中,并没有过敏词。是她周身上下的某种气势?那一股不知从哪来、以什么作底的强壮自信,从一根粗管里突突往外喷,袭击对面的人。

"别,这么糟践字!"明弓用尽最后一丝力气。

安箭托付的朋友埋首在也是方寸之地的格子间里,正对着一大堆打印稿件之间校对。听完这段面试经历,她小眼睛一翻,露出眼白,薄片嘴唇特别脆:“装B呗,哪儿都一样,十年前还都穷掉渣儿呢。”真是说话如其名,王枪枪。

王枪枪白白壮壮的胳膊抖抖桌上的包:瞧,这是我们这的必需品。那面积不过900平方厘米的包上,G字母通体铺满,每一个剪下来都可以当教版,教小孩学认字母。王枪枪掐着大G字母:你这学理科的,有思维,有学位,干吗来我们这儿混,这,根本就是个操蛋的行业!

那你,还在这儿?

既然没得选,要谋生,就得认,多少人还想进来呢。你要真喜欢码字,就甭拿这个当职业,把它好好藏起来,别人糟蹋不了,回去老老实实上班,顶多,我约你写。

“你一开始写的四千字文章,应该胜过医学部了。后来写的两封沟通信,也算到位。其实,你在竞争产品撤市时的危机管理中,表现还可以。”坐在黑色转椅里的茅小姐,干脆自己动手,帮着捡这一路的零碎。

——怎么听下来,全是码字的?

茅小姐接着说:“当初招你,就是看你简历里写了一栏,在大学里是办报的,市场部需要笔头强的,能读英文文献的,能书面准确沟通信息。你,谈谈这小半年的感受吧。我今天有的是时间。市场总监去总部轮转回来一段了,你们空缺的领导也招到了。”

——从何说起?从进了公司就常犯的“过敏性词语症”,三天两头提醒自己是个不适合这里的人。不适合这里,又适合哪里?人世丛林,望过去,遍布荆棘和壕沟,唯愿自己珍惜人身,小心趟过去。已不大记得清了,火炬树下拥抱作别的那根DNA探针,就是自己。“赤子之心”的某个地方,放着里尔克这句:新的、生疏的事物侵入我们生命,我们的感情蜷伏于怯懦局促的状态,一切都退却,形成一种寂静。

“你要多表现出ownership,这是做产品经理的基本特质。”

——没有哎。翻成中文就是“主人翁精神”吧。一位女同事在讲台上大幅挥手“分享”:每次到开全体销售会议就兴奋,终于可以与我各地的千军万马相聚!时间金贵,相聚难得,务必让他们知道下一步怎么走!人群中,明弓在纸上写不易被人识别的英文,写一行画一道。

“你要多练练口头表达。Presentation skills。主动争取在销售面前演讲。”

——是有一次,开全体销售会议,茅小姐问她,是不是也讲一段内容亮亮相。明弓急急摇头。八〇后骏马一纵上台,灿烂如两百瓦灯泡,从销售回顾到策略到项目,讲了三个小时,中间穿插“让我们加油!”“让我们一起为成都团队鼓掌!”……明弓一遍遍将自己与台上人对换位置,一遍遍确认不适合那里。除了过敏性词语症,对演讲这件事一样恐惧,嗓门架那么高,对吐出的词那么确定,堪比电视购物,堪比邪教领袖,从何攒出这么多笃信?

“过不了自己那一关。嗓门大,说话绝对,煽动众人。站在讲台中央,灯光照着,成为焦点,也做不到。”总得说点什么吧。

“可这是必须的,如果你留在这里发展。你得成为一个有号召力的产品经理,才能激励销售士气,有斗志去执行你的策略。展现你的

passion，眼神、语调、手势……展现你的 energy！”

“内容呢？如果眼神、语调、手势是必须的，那就不发展了，我只能写写书面的。”

“那留在这里，就有些……”

“是想过辞职。”

“还是再给自己一段时间……我总觉得，一个内心敏感的人，可能会成为不错的产品经理。”那眼里，公务褪尽后有种纯度高的闪亮。明弓想起手里拿着的那把尺，在人群中筛选某种东西，第一次竟开始留恋这地方。

是的，纵然堪比落难逃荒，堪比世景纷乱，堪比自己生错时代，但总得活下去。

你我不期就遇在这路上，深一脚，浅一脚。明知有朝一日分道扬镳，但既然那一天还没到来，既然遇了，就得点头，打个招呼。既然一路上一起走，就得混熟，就得礼貌，就得谦让，谨守一个过客的本分。

这角落，像北京的胡同。停满了车，码满了自制煤球、冬储白菜。是挤得不能再挤。

公司一直在扩张，在招人，每人能分得的格子间就越来越小。人力资源部的一个女孩，头上扎着朝天辫，衣袖挽得高高的，天天管拆格子间，再重装格子间，手里拿着一把卷尺，量每个人格子间的长和宽，算计每个人的人均面积。涉及到的，是普罗大众的生存环境，那些头儿，继续住在单间办公室里。

于是，明弓桌旁的水养竹子被搬走，面积降为两平米。进而，隔开座位的三合板也被拆走，竟成了一条大通铺。一人立足之地为一张桌一张椅，桌挨桌，面积降为一平米。不知八〇后骏马的聪明用在了哪个关键节点，倒能一直保有原状。

现在，与明弓一起奔跑在这逃荒路上的难友是：左首的方眼镜男，右首的崇文妞，对面的大龄姐。皆是大通铺的同路人。桌上放着一台笔记本电脑，一部电话，剩下的桌面堆满推广资料和会议资料。一只无甚分量的脑袋，埋首这堆资料中。有一天，堆得太高的那摞资料砸下来，砸飞了 IBM 笔记本（后来改名叫 Lenovo）键盘上的字母 S 键。

Sucks！明弓叫。

过敏词依旧存在，甚至随着公司生活的深入，会议越来越多，认识的人物种类越来越多，过敏词的品种一直在增加。但她得感谢王枪枪手摸大 G 字母拎包薄片嘴唇喷出真理，她开始老实上班，转而端看这一路景象，做好本分事，摸黑回家一跺脚（这个动作很重要），忘了白天所有，跨过那道门槛（这个形式很重要），钻进“赤子之心”。

逃是逃不开了，或者逃到哪里都是一个样，人群里的明弓开始调动更多的忍耐，体验更强的时间流逝感，等待更高的阈值出现。小时候学校组织春游，其实是清明时节去烈士陵园扫墓。大家正按命令安静下来，肃穆状，一一排队进烈士陵园，她想去厕所。老师说：“我们得有集体荣誉感！”“我们”，有时是一个泛着暖意的词，不只是我一个人。但如果是

"我们"吞了"我"呢？如果是"我们"成为一个更强的"集体"呢？可就不一样了。听到"集体荣誉感"，烈焰蹭地被点燃，两腿间蹿上来，撞击着饱满膀胱，明弓大声说：我，必须，上厕所！然后，她就真切地体会到如此没有技术含量的反抗，本质上绝无意义，老师说：不许！众人哄笑，大门关上。

在没实力反抗也无路可逃时，不错的办法是下次听到这个词时，自己先把它消解成"Bi-U"的一声——"选择性耳聋"大法。只要够耐心，在"选择性耳聋"大法的协助下，它们终将变成一个个稀松平常的词，再没那么刺耳，进而也可以再不计较。

左首是方眼镜男。明弓几次想记住这与自己一路逃荒者的中文名字，未果，不如转而随大家一起叫 Gary，他邮件署名 Gary Gan。他一身标准 MBA 毕业生面试的职业打扮，是市场调研经理，天天翻一大厚本 Market Research 英文教材，翻完就叹：啥也没说，全他妈废话，全他妈套话，全是他妈空话。明弓答：这就是生活。

除了这几句比较密集外，他其实话不多，明弓暗喜与自己同道，这是之一。之二，他做 presentation 也就是演讲时，声音低沉，没有煽情，没有夸张的身体语言，没有众人力荐的电视购物状——大家口中的 passion（曾经的过敏词）。他下巴颏一直待在手握的话筒上，讲完一套幻灯，下巴和话筒都安置不动。

每天下午六点，Gary 准备收拾下班，他老板来大通铺这边巡视，问几个问题，看两个邮件，布置几件任务，收尾一句轻飘飘："今晚九点前，交给我。”这时，Gary 方眼镜镜片后的光尽数扑灭，透出三个字：死定了！但他脸上并无什么表情，无大喜亦无大悲。明弓同情看一眼：下班了，我先撤。他说：你走好，我加班，菜鸟命。

有天，他那一直没什么表情的脸上，太阳冲破云层，在大通铺这边宣告：再过一年，我房贷就还完了，和老婆把手上有的现钱凑凑，今天先还一半，再过一年我就不是房奴了！明弓问：那生活岂不是没目标了。Gary 推推眼镜：怎么会，生个娃当作希望。

右首是崇文妞，也有一英文名，叫 Victoria。她落户大通铺，见旁边坐的是明弓，不由咧开嘴：真是缘分，生物 Ph.D，饮水机脑袋。明弓回：抗议跟你挨着坐，每天旁听你普及性生活知识。性话题女王 Victoria 很喜欢“沟通”，电话从早到晚不断，与销售、专家、广告公司、会议公司……听她的电话，全是关于泌尿男科、性生活满意度、ED 诊断标准、阴茎几级硬度……因为她是治疗 ED 产品的产品经理。

明弓说：Victoria 这么华贵腔的、脂粉气的词，安在你身上？你这么致力提升全民硬汉，7 天 /24 小时。

——“那些妇产科男大夫，穿上白大衣不都要进行无性别测试吗，白大衣一穿，就进入中性人工作状态，在他眼里，没有性别之分，只有器官，我也一样，就事论事，在商言商。”

除了电话沟通，Victoria 很喜欢去各城市和销售队伍泡在一起，她挂在嘴上的 buy-in 一词，表明她很在乎这件事，但她说得太多，明弓每次听，浑身就被小虫咬一口。有时不出差，讲完一上午的电话和阴茎硬度，

Victoria 就叫上饮水机明弓一起去食堂吃饭。

写字楼食堂，是一个绝好体验上班虫（还是别叫什么“白领”吧）生活的地方。明弓更喜欢一个人去，买好一托盘简朴的荤素，专找那种已有三人盘踞热闹聊天的四人饭桌，她把自己嵌进去，傻瓜一样面无表情地吃，听其他三人旁若无人地继续讲他们所在公司的事。装在这栋写字楼里的公司，真是名目繁多，卖可乐的，卖电脑的，拍电影的，还有传销的……卖可乐的，吹嘘全球 CEO 如何看重中国市场，中国公司这边得知要来访，提前一晚不惜高价把出机场高速的巨大广告牌拿下，喷上可乐的宣传画。卖电脑的，销售们抨击某外企的客户经理真不是东西，给那么多回扣还不给人情让下一个大单子，装什么蒜。拍电影的那家，来食堂吃饭的多是跑宣传的小年轻，每个人都在说自己侍候的那个明星太龟毛，和导演潜规则上位的，什么东西呀，就真以为自己是名演员啦，要不是为了份工作，早把公告表摔她脸上了。传销的，则是阿姨居多，五十多岁：我来分享一下最近的成功经验，我相信你肯定也能做到，年龄不是问题，白头发也根本不是问题，即便更年期了又怎样，我们还是女人，五十五，要从头活，活出真正的精彩，活出真正的价值，这一行只要吃苦，付出真诚，一定有回报……其他老阿姨听着频频点头。原来，高效能人士的七个习惯培训课，无处不在。这就是每个人实实在在的日子，在或消或涨的浪涛里，各种亦正亦邪的价值支撑下，信以为真地过着每一天。有时明弓听着笑，有时听着酸，像王枪枪在时尚走廊里掐着 G 字母说的那些，眼前也才是最真实生活的励志。

饭桌上，Victoria讲过去做销售:我就是卖这个药起家的，那时是北京的代表，和泌尿科男医生说得一板一眼的，关于做爱那点事，全公司就数我推广这个ED诊断量表最认真，每天都在琢磨怎么能把我的产品卖好，连着拿了两年全国销售明星，加上我又能说，特有passion，被产品组相中，来做产品经理。明弓说:这句送你——给我一粒产品，我将摇动整个地球。Victoria也苦恼:别的都好，就是穷，我的中学同桌，早是我十倍年薪。

对面的大龄姐，一直扛着没有起英文名。她说这辈子就想看看自己这个中文名，虞盾，能不能也在外企一直混下去。她是全部门最大龄的产品经理。自加入这家公司，七年里，一直管一个治疗精神分裂的产品，一直没升职。但盾姐说根本不在乎:吃不着葡萄，不如认为这世界上根本没葡萄。

她有与年龄不相称的童心，本就面积不宽裕的桌上除了资料还堆满卡通玩具，以猫为主。问是不是偷她女儿的，她说，十一岁的女儿已经开始听摇滚乐，根本瞧不上这些幼稚玩意。问来公司七年，是否有七年之痒？她说，无欲则刚，也就不痒。她有着与年龄不相称的丰沛眼泪储备池。如果看她置身于办公桌一堆卡通玩具中哭，倒也觉得相称，除了眼角堆着的密集皱纹外，和她嘴右下角的那颗看上去有些老的痦子。

她指着那颗痦子说:长右边，长对了，我这人算挺“右”的，爱劈魂，眼舔字，跳伞……明弓后来才明白，她有一些自创的叫法，尤其这几样:劈魂(其实是做爱)，眼舔字(其实是读书)，跳伞(其实是做梦)。盾姐说，别人其实并不知道她这个毛病，因为和公司其他同事聊天时聊不到这几件事。

她会在上班中途突然扔给明弓一本书《半生为人》，说:看哭了！她会在座位上翻《失败之书》，一边抽鼻子一边对明弓说:这个牛！她会满足地笑着，扔给明弓一只肉夹馍，说:这个牛！正宗秦风。有时，她像故事篓子，给明弓普及这家公司历史，正史野史全知道，她还会画公司里历史和当前各人物之间的关系图。

——去过布鲁克林吗？你以前是在费城，是吧，去纽约布鲁克林还不是顺手的事。不过，我猜你去曼哈顿的多，那儿光鲜，热闹，虚荣，游客都爱去那儿。是这样的，大约一八四九年光景，一对表兄弟一个是学化学的一个是做糖果生意的，从德国来了美国，在布鲁克林办了这家公司。没什么技术含量，也就是一家族小化工企业，主要卖糖丸的，就是你小时候肯定要吃过的，那种驱寄生虫的糖塔。

没几年，就南北战争了。这公司为北军提供药品，规模开始变大。后来，又建了实验室，研究用糖发酵的方式生产柠檬酸。柠檬酸，你肯定知道的？一种挺重要的化学产品。这公司开发了一种新型发酵工艺，用黑面包霉菌为基础，可以大批生产，就不再受欧洲那些柑橘种植商的控制，这一下，就成了美国最大的柠檬酸厂家。

一九二八年青霉素发现了，这公司跟着重心转移。第二次世界大战，接受美国政府的任务，用特有的一种深罐发酵技术，成了世界上第一个生产青霉素的公司，产量占了全球市场的一半。

来中国,也就二十世纪九十年代刚开始。落户在一海滨城市,第一个合资工厂。那时没什么人知道外企,“白领”这词也还没叫起来,你那时还在考大学吧?我那时做什么?我那时刚从中医大学毕业,进了一家医院的理疗科,天天喝茶看报,负责拉那些快散架了的理疗设备的开关,就是一名开关工人,没什么含金量。

一开始在中国,也是挺小的公司,大部分员工都是工厂车间的工人。根本没什么市场部,就是几个人管管注册,几十来号人卖药,剩下的全在工厂。先后来了几个一落地就自信爆棚立刻颐指气使的老外,任命叫这家公司的中国总经理,海边租一栋别墅住,司机接送。也没什么事,下午三点就下班,几个和老板混得好的员工蹭着车到海滨路,下车,沿海跑步。有时,也会任命一些台湾、香港人,一样自信爆棚颐指气使。直到五年前,总部才搬到北京。我一开始进这家公司,吓了一跳,文化水平,素质水平这么低,怎么自信又这么高?什么跨国企业,一闻,浓浓的国营企业味,即便在海边待了那么几年,也没吹掉身上那股国营味。

国营味,什么味?明弓问。

盾姐认为明弓是个不错的听众,不大说话,但也不走神,只问一些短小问题。

土,混,官僚,自满,每个人都屎尿不及,除了领导。盾姐像在说产品特性。对了还有,全公司都喝茶,没几个喝咖啡的。

盾姐管的是治精神分裂的产品,接触的都是这一领域的医生,她总结,做这个领域的,无论是医生还是药厂的,都神神叨叨,自已也离进安定医院不远了。在这之前,她在另外一家外企药厂管过两个产品,第一个是治疗尿不出来的药,男性患者居多,第二个是治疗尿得太多太频的药,女性患者居多。“我每管一个药,就容易暗示自己,跟着也有那种症状。入行十二年,管的全是些不着调的药,于是,人生也跟着支离破碎。”盾姐笑完,又哭了。明弓知道这时根本不需要安慰她,这是盾姐心仪的诗歌化表达方式。

有天,她们仨从食堂吃完饭,大通铺里埋头劳作的 Gary 抬起头,看着她们走来,不动声色地评价:霹雳娇娃三人组,赐你们三个大名,大软、大疯、大疼。

大软 Victoria,管男人那活儿的硬度。

大疯虞盾,管精神分裂。

大疼明弓,管的是止痛药。

得有多疼,才叫大疼?

8. 一个人一张椅

得有多疼,才叫大疼?本想第一句写这个,但还是画掉了。白天仍旧上班,晚上跨进“赤子之心”拿起铅笔,写王枪枪约的专栏。

从今以后,你是我的作者资源,我们这个圈,除了混各大品牌的公关混时尚 party,每个人还有立身之本,作者资源,我把你包装一下,成为一个特别的东西。王枪枪说。

东西?!

王枪枪没理,接着说她们杂志:打造大胆、有趣、独立的女人。

所有从那张薄片嘴里出来的东西好像尽数被消解,明弓没过敏,笑弯了:看在你面子上,我得宽容“打造”这词,到处都在标榜大,打造大,大国,大楼,大器,大酒,大鹏……我写写小。

王枪枪说:安箭不也喜欢大吗?奇了怪了,他交上你这样的朋友。

曾迷恋电子显微镜下的每一张照片,它们的模样堪比美术史上的名品，有时，它们甚至非人的想象力所能到达。它们是细胞、细菌、肿瘤切片……有好有坏，有自然也有异常。我经常长时间将赤裸裸的肉眼凑在显微镜镜片前，两眼化入镜中，如同它们长为身体一部分。也许是因为，我希望进入其中，体会这世界除了好和坏，除了自然和异常之外，还有很多其他划分标准存在的可能性。

关于可能性的想象，总是那些神经上滑走的光芒，神经突触之间迷人的接应。

它们很小，在电子显微镜的视野映照下，却也辽阔得非我们所能理解。我已忘了自己还有镜外的身体，只有惊怔，脑中思想和推理遁形，盯着它们，看好几分钟。一股力量从其中伸出，将你拖拽，吸引。就像在美术馆里转，转到一巨幅画前，整个人傻掉，被一股力量吸引。甚至不知道它的作者，它的名字，它的主题。

理解大与小，路径可以很多。我从上班的二环随车驶出五环开外，一路巨幅广告中，一半以上是楼盘，它像极了我所处的一个真实世界比例。读着那些广告，那些字，那些词，也像极了我所处的一个真实世界里的虚张声势。不少印有“豪宅”“巨献”“无敌社区”的字样，它们都与大有关。吵闹的大，嗓门有意拔高的大，想告诉别人和这世界我很大的大。而我，终将随车驶向自己的家，五环开外一间小公寓。其中，有个房间小得可以，它的名字“赤子之心”一道一道刻在门槛上。

十平米左右，匿在家的一角，灯光偏暗。每天上班结束，盘旋其中，几秒的痴心妄想中，又不止十平米那么小，大得可以变成另一个世界。

一个世界与另一个世界之间的分野越清晰，另一个世界的存在，才不会变得混沌。我从老家运来一个门槛，木制的，二十公分高，一米二长，是小时候横在家门前的那道门槛。砖砌的老家年久失修，我将它带回北京。每晚我需抬高腿，越过门槛，跨入另一个世界，赤子之心。很多个夜，在无人知的切换中，如此寂静、柔和地消失。如同一条记忆之神的纯金链条，绑住一辆四轮飞转的车。

……

“一辆四轮飞转的车”，是希腊神话人物普赛克（Psyche）出生时收到的礼物。这丰意，来自为众神送信并掌握商业和道路的神使墨丘利（Mercury），为让普赛克此生能以惊人的速度旅行。但记忆之神总是用一条沉重的金链将它绑住，使它下坠。

沉重的金链，就是记忆的锁链。希腊神话中，普赛克是人类灵魂的化身。在“赤子之心”读到这段，明弓猜：是神话，也是寓言。

写完第一篇《十平米之小》，起身到书架前。

扔掉那些快速翻过便能明白意思的书，两百张纸为了说明一句话的书。

扔掉解闷、逗乐、让人笑得不情不愿或哭得不情不愿的书。挠痒痒的书。

扔掉那些培训课上发的书。不打招呼就来、有失礼貌的粗鲁野蛮洗脑之书。

还扔掉所有在流行期间一时冲动买的书。再看到它们时，泛起后悔、自责的酸水，如同回头看一团炫目镀金外层褪色后的泥巴，如同眼光折返，看见某一刻自己跟风之后的枯干背影。

留下字典。

“有时候我也梦到字。字虚假，字吵闹。”一位头戴一大朵黑花的黑衣黑裙写字人说。

如果把一本字典拆开，摊平，明弓会踮脚，绕道，躲开某些过敏词。如果在剩下的词里挑，三十岁前明弓选的大多是形容词和副词。它们总在本质之上加以不确切的修饰，因为不确切，所以要堆砌更多，层层叠叠。年轻时总喜欢堆砌形容词，基于对“美丽辞藻”的理解，总是先选择形容词，一个不够，一串连在一起才能解乏才能尽兴，如同浑身上下挂满装饰叮叮作响的女人。

现在不了，她会选择名词，老老实实的字。

比如一本苗木基地的目录。花灌木类苗木有：西府海棠、紫叶李、红叶碧桃、榆叶梅、红宝石海棠、美人梅、紫叶矮樱、木槿、紫薇、珍珠海棠、红王子锦带、四季锦、棣棠……

比如一张椅在不同年代的叫法。椅，坐具一种。汉代以前，席地而坐。用茅草、树叶、树皮或兽皮制成“席”。后来，一种类似马扎叫作“胡床”的坐具从北方传进来。“椅”从唐代才有。“椅”，本意倚靠，是一树种名。到明代，椅的名目已有交椅、圈椅、官帽椅、靠背椅、玫瑰椅……

但明弓环顾家中，只有一把椅。一张沙发更强势地占据了客厅。“沙发”，洋名直译而来。四百年前西方的软包沙发，用马鬃、禽羽、植物绒毛作填充，外用天鹅绒、刺绣品等织物蒙面，一如当时欧洲流行的华星格尔椅（Farthingle），最早的沙发椅之一。

电视上这位姑娘的房间里，没有沙发，只有一张椅。

她倾诉烦恼：九年了，只要一听别人说“胖”字，就会有生理反应——心跳加速，胃疼，喘憋，恶心。一米六个子的她，体重一百六。如果有一本字典在她面前摊开，唯一要绕开的就是“胖”字。现在，她被送上治疗线。电视主持人如福尔摩斯般表情，一身贴体黑西服，掐出腰线，头顶黑礼帽，双手白手套——他以为他要侦探一个关于人类的巨大秘密呢。

自此之后，其实只是一架摄像机如静静顿河，对着一个房间，一张椅，一个她。

把她关在一间空荡荡的房间里，房间里只有她一个人，一张椅。其他什么都没有。

每隔一小时，进来一位陌生人对着她说“胖”字，理想速度是每两秒一次，一小时合一千八百次。

起先，胖姑娘在椅子上坐立不安，用手捂着胃部。转而捂紧双耳。但请读我唇，读唇也是能知道对方是在说那个字。她脸开始涨大，涨红。她跳上椅子，蹲着，双手继续捂着双耳，蜷缩成一只虾米。

两三分钟后，她开始扯自己的头发，先是戚戚，后来大哭。

接着，她捂着耳朵在房间里狂奔，围着四周墙边打转。那个声音那个字仍然铿铿作响，频率齐整。

她开始跺脚，上下翻跳，听上去能想象出喉咙正充着血的尖叫。看上去不为逃避声音，倒像是为把自己搞累。跳了一阵后叫了一阵后，她停下大口大口喘气，头发混合着眼泪痕迹，胡乱地盖在脸上。那个声音还在，那个字还在。

这时，是轮到第四个陌生人进屋，对着她说"胖"字，理想速度是每两秒一次，一小时合一千八百次。她眼中无人，神情恍惚，缓缓扫视房间，一小步一小步走进椅子，把它翻举起来，挡住自己的脸和一侧耳朵，人和椅合在一起，成为一个希望和解的东西，蜷缩在墙的一角。那声音那字韵律齐整，她随之呼吸，渐趋齐整的呼吸导向平静之乡，蜷缩身姿如同卧于母亲子宫。

……

第九个陌生人进屋时，胖姑娘端坐在椅子里，一口一口地咬着苹果，咀嚼的频率与陌生人说"胖"字的频率吻合，倒像是一只节拍器，在帮她打着无关痛痒的拍子。她那样子，像一只 Aplysia 海参。

Aplysia 海参？神经生物学家埃里克·坎德尔的实验动物。五十多年前，埃里克·坎德尔还是个犹太小子医学生。

他说，想研究记忆与大脑。

老师说，那太过了，知道吗，大脑得一个细胞一个细胞地研究。

十平米左右，匿在家的一角，灯光偏暗。每天上班结束，盘旋其中，几秒的痴心妄想中，又不止十平米那么小，大得可以变成另一个世界。

他没理会，就开始干了，他用 Aplysia 海参这种大型海参的神经系统作为实验模型，研究大脑如何工作。选择 Aplysia 海参，是其神经细胞数量相对较少，约两万个，且多数细胞体积相当大。

他发现，如果去摸海参的鳃，鳃会反射性缩回。如果反复触摸海参的鳃，收缩本能就会消失。在鳃被反复触摸之后，感觉触摸动作的触觉神经元，和负责告知海参反应的运动神经元之间的突触，逐渐弱化。两种神经元的接触度，会在短时间内，从 90% 降到 10%，明显的可被重塑性。

因为研究记忆这件事，二〇〇〇年，他成了诺贝尔医学奖获得者。

如同希腊神话中那一辆车轮飞转的车和绑着的记忆之神的沉重金链之间的关系——时时刻刻，日复一日，有意识无意识，我们的行为改变着神经突触之间化学物质的流动，从而改变着大脑。任何重复性的经验，都会影响神经突触，改变人脑运行。

一个人，一张椅。

一口一口咬着苹果，坐在椅子上，明弓想象自己如著名的 Aplysia 海参，有那么一只大手一次又一次触摸着自己的鳃。

滚滚向前、转瞬即逝的，是一天天日子本身。

第二章

遥远的洞见

Insights

有思维中的直感，有对营销这门手艺的尊重，也有对人的起码尊重：把人当作一个有血有肉的个体，还原他那活生生的世界、临床路径、思考过程、内心活动、内外部障碍……抛除市面常见的隔靴搔痒、装腔作势、对追求智力美感的深度和广度的粗暴蔑视——你有可能得到它，Insights，洞见。

只是不同于艺术，这次你得到这些，是为服务那个神：商业文明。

Ming Gong Marketing Textbook

1. 扁平人

他们是一类。你是我是他是，她也是。

如你在二〇〇〇年初的北京国贸附近见到的大多数族类一样，两块巨板相向快速推挤，压成扁平人。十年意欲浓缩其他国家几十年商业文明的快速夹生产品。匆匆上市，因为时间等不及，容不得一刀一刀精细雕刻。扁平人，也是三合板人。

扁平人穿着不太舒服的职业装，有的西装袖上依旧有标签。扁平人是装在套子里的人，但这套子也是某一张硬挺的名片，某一种社会身份，扯脱不开的、必须的甚至是荣耀的名片和社会身份。他们经过那些奢侈品店，品牌名称尚还发不出标准音，尤其是法语和意大利语。他们知道等时机到了，或是去香港了，得搞个大牌货，装点门面。他们不想去搞明白某个美国人在《瓦尔登湖》里说的话：绝大多数的奢侈品，以及所谓的生活便利设施，不仅不是必不可少，还是人类高尚情操的真正阻碍，一个人的富有程度，与他生活中不需要的东西的多少成正比。

扁平人脚步比路人快半拍，一律像赶去做某件重要的事，某件必须自己在场才能做成的事。除了脸上写着：忙、拼、抢、熬，扁平人的脸还往外渗出一缕抱怨，抱怨身边傻瓜很多，老板、同事、另一个部门的搭档……都是傻瓜。

扁平人也有绝望。往上看，一层又一层的老板，经理，高级经理，副总监，总监，VP……名号繁多，一叠一叠如爬天梯。此外，他们还有小小的自豪，小小的骄傲。人们起初称之白领，后来降为打工仔，有些是洋打工的而已。但在面对其他族类，仍不失优越感——仿佛衣食无忧，仿佛自己是世界五百强某公司雇员的几十万分之一，就可以附送一枚标签“安全感”，再加一枚赠品“优越感”，可以在人群中高出二十公分。

他们是可以相互替代的标准化零件，一种强大语言或系统或生产线，可将他们的标准接口如零件对接，至于管用多久，持续多久，尚无定论——扁平人也是 IKEA 家具人，不，应该是没有了“我”（I）的 KEA 人。

白天，明弓是其中一位。雷朋 Joan 也是。

雷朋 Joan 来大通铺巡视，她长发有时放下，有时梳成辫子，高个，下巴尖，像一根标枪，盾姐说如果戴的是一副金丝眼镜就是典型女研究生打扮，但她戴的是黑边框雷朋眼镜，所以是，“八十年代长相”混合着“新千禧年时尚”。

雷朋 Joan 标枪一般直直走来：啊呀，这么早就吃饭了？茅小姐中午招呼大家一起吃饭，是很好的 team building，你为什么总不参加？你应该参加的，增加 exposure，与大家沟通，分享，多好。

我不吃早饭，午饭必须早。明弓顺嘴编借口。听到 team building、exposure，心里有只拳头猛地往外轰。至于“沟通”和“分享”，已经听多了，习惯了。

中午和众人一起吃饭这件事，让她苦恼。在大家的嘻哈中，总插不上话，一句不说，又显古怪。好不容易插上一句，说出嘴不到一秒，自己就觉得滑稽，进而怀疑自己在偌大饭桌上的意义。再看身边众人，刚得一贵子的男产品经理正让大家对下联：上海自来水来自海上。见无人应，他神秘抛出下联：日照老年人年老照日。大家哄笑，有几个笑得神秘，几个笑得夸张，前仰后合。不同于还没反应过来的茅小姐，自己，实在笑不起来哎。

雷朋 Joan 一上岗，八〇后骏马就转岗了。他不能忍受向一个外来生人汇报，还是个女的，何况自己也曾竞争过这位置。通过“运作”，他去管另一个产品，下面有一个助理产品经理（升职了！带人了！他在格子间欢呼），他说自己是要做决策的，继续留在原来的组，他的“平台”和“空间”受限，时间不等人，三十五岁要成为市场总监，四十岁成为公司的 country manager。大鹏，有大志。

“运作”“平台”“空间”……在公司明弓常听人说，都是些大词，让她总想起宇宙三维，其实呢，都与职业发展有关。

Joan 已做了六年产品经理，跳槽来这家业界有名的市场部，虽然由于她那偏小的脑袋脑容量偏低，还不能判断出为何八〇后骏马撤出，也不明白为何这位叫明弓的下属怎么三十岁前都在傻念书怎么特别不愿和大家一起午餐(又不用掏腰包,都是茅小姐付),但毕竟,Joan手里攒了一堆圈内名词一堆培训课成果,时间在她脸上雕出一副典型公司资深班奶的模样。扁平人之一,一张模糊的脸,那只脖子上支着的脑袋没有兴奋,很少释放多巴胺。但这,足以让她可以用一份简历、一小时的圈内名词、经典问与答堆砌的面试套路,获得一个更高的职位,加涨幅百分之二十的薪水。

Joan来时,让人联想花冠高马,金篷顶大马车。每天上班她右手挽的名牌包都不一样,LV家的有不同限量款,其余从G家到YSL到TOD'S均有(看来,是王枪枪那杂志的拥趸)。她不喝茶,喝咖啡,每天端一杯星巴克款款入室。盾姐检测后的结论是:一样的土,混,官僚,自满,除了爱喝咖啡不喝茶。茅小姐过生日,别人带蛋糕,她带香槟。开香槟的Victoria悄悄说:不是她自己买的,瓶身上贴着前家公司的名字,是前家公司发的,抠门。

与此一并的特质是,雷朋Joan不爱干活。于是,明弓或在大通铺一人埋头工作,脑袋因此埋得更深了,深深地,不是深到了尘埃里,是深到了笔记本电脑的硬盘里。或拎着男人款IBM电脑包出差,坐飞机坐火车坐长途汽车,与销售一起贴地爬行,他们为指标挣扎蹦跶讨生活,她跟着一起挣扎蹦跶,眼角有时会流出泪来。她一个人,面对"外部客户"加"内部客户",对着外部客户讲产品,对着内部客户讲策略和项目。

回到那些宇宙三维的大词。雷朋Joan来了,骏马走了,明弓惊觉:自己的"平台"和"空间"大了——没经过什么"运作"。

只要是演讲，就会用到词。也没什么词可供挑挑拣拣，只能用大家都放在嘴边的词，要不台下的同事如何明白？公司这玩意儿，岁岁年年，还会将词语的数量和内涵渐渐狭义化，唯有这样，才能符合其简单对接、标准化运作的需要，“沟通”的需要。

“对于今年力推的这两条产品信息，产品组给大家设计了一个外部客户沟通平台，每个季度一次全国十七城市巡讲，请大家务必保证客户邀请的准确性。产品组每隔一个月，将组织地区经理对活动效果进行总结评估，以提高活动的有效性。”

——客户、沟通、平台、准确性、有效性、评估……天！一个个曾经的过敏词，出自自己嘴里？她掩饰不住地拿起纸巾，抹抹嘴。

有一天，已连续转完青岛、广州接着去杭州，再换乘长途车去温州、宁波，再次对销售团队吐出这段话，她这一路已见过二十三位专家，六十一位销售，参加了五个会，讲了四场培训。这时，她惊觉，连日舟车劳顿后，自己这一路没一点过敏性词语症反应——难道，治好自己病的方法就是，当一个词让你过敏，你不如捡起它，投入情境，自己主动说出来。说得正经，说得真诚，说得上下文服帖。跟真的一样。

她感慨：入戏了！

——但，那个不是“过敏性词语患者”的自己，还是自己吗？那些词从嘴里吐出来，骗不过另一个正在看自己的自己。一架“吐词机”？一个个标准模具浇铸的词，经选择后功用性粘贴？夜里做梦，还是这些词，魔方一样翻转。

之前，青岛地区经理领见了当地一位古怪的风湿免疫学专家。因为谈到生物学标志物，正是明弓老本行，两人竟使用同一种生僻科学语言，相谈甚欢。地区经理送她到机场，别后又来短信：像这么敬业、博学的产品经理，真让我们销售感动。

明弓竟回短信：如果我的工作能帮你，已很开心。

她还是掩饰不住地拿起纸巾，擦了擦手机键盘：将心比心吧。如同在写字楼大食堂里听每桌讲实实在在的日子，你我他都在或消或涨的浪涛里，亦正亦邪的价值支撑下，信以为真地过着每一天。

到公司年会时，雷朋 Joan 已不再过问任何事，任由明弓一人拎着笔记本电脑走进会场，对着眼前一百来名销售，洋洋洒洒三小时。每句话落音，她观察听众反应。她进而开始实践自己的理论：对销售讲课，该用“新东方”老师的方式——把那些培训知识融在趣味和调侃中，亦庄亦谐，偶尔插科打诨，而非板着脸装蒜照本宣科。又灵光一闪：在此之上，还得加上个人特点。比如自己爱码字，不妨掺入耐回味的文字，“子绝四：毋意，毋必，毋固，毋我”，讲一个地区经理应如何客观了解他的市场。明弓开始明白了，这叫“定位”。在公司做人就是做“定位”。做“定位”工具之一，是与词有关的沟通，过敏词亦在其中。要有个性，但也需拉来某些过敏词，以武装某种专业性。

——但，那个不再是“过敏性词语患者”的自己，还是自己吗？关电脑那一刻，明弓看屏幕中映出的脸：不过半年时间，曾经害怕每一次对着众人演讲，更不用说语音铿锵手势豪放，今天也到了如此地步？

也许,对一个过敏性词语症患者,不如主动说出那些词,调动更多强悍元气将它说出来,在它将自己放倒之前?

也许,一个像她这样的活在现世需要两处着脚之地,一处在现实,在客厅在厨房在卧室;一处在内心,跨过门槛,在“赤子之心”?

不仅是大疼,原来也是,大疯。

2. 他说

David 决定回北京一趟，是在一个黄昏的决定。下班后，白色 BMW 驱动着他如同公司驱动着绩效，循着每日轨迹回家。回，回到那个费城郊区豪华但已人去楼空的家，一屁股坐在那张 Herman Miller 人体工程学办公椅上，开着 B&O 音响，继续对着苹果二十七寸显示器屏幕。

对一个四十来岁开始大面积掉头发的男人来说，生活似乎再没有什么可以打击他的了。再坏或是再好，都没什么大不了。即便是扎根在一个与己无关的疆土，即便是钞票不缺但不知道能把它们用在哪里买来开心，即便是五官残废闻不到暮春秋色的任何味道……也没什么可以再打击他的了。在这个用材料和计算机语言精确砌成的世界里，他几乎已算是一块无生无死的大砖。

但以金融谋生，仍是他认为二十世纪以来人类最鬼魅的一件事。每一天盯着屏幕上忽进忽出的交易，赢时几百万美金，输时几百万美金，都是一眨眼。进公司时的培训，居然在一堆技术模块之后，还有一课，关于心理和哲学。其中一篇讲《金刚经》,翻译成英文的版本。印度老师摇头晃脑:一切有为法,如梦幻泡影,如露亦如电,应作如是观。

当时,他心里说:扯淡!

铆足劲憋了八年,就是为了奔小康。来美国八年,小康连根羽毛都没见到。前三年,在印第安纳一所排名不错的大学里学土壤学,那时,他的志向是学成归国,治理黄土高原。时不我待,再不治就完了。土地荒漠化,水资源短缺,水土流失……黄土特征:无层理,垂直节理发育,湿陷性,易于侵蚀……所以先修土壤学。他凭着这听上去诗歌一样的理想主义把学自动化的媳妇追到手。到了第四年,他俩穷得仍然为中午是吃一个素三明治还是吃一份烤鸡翅而斗争,那些学编程的家伙们,早已去硅谷上班开上了宝马,他们一家还在美国中部死磕舍不得去城中吃一顿buffet。在一个流星雨的荒诞夜,媳妇与他睁眼到凌晨,齐齐咬牙决定抛弃土壤学,开学计算机。又两年,他期待着像往年盛世景象,一个接一个的IT公司用奔驰车来学校接去面试。可惜IT泡沫不带商量地一下子破灭了,他只能延迟毕业,申请了又一个数学专业。因为高人指点,编程不管怎么说终归是劳动密集型,除非你碰上了二〇〇〇年左右的那段好时光,除非你有万里挑一的好点子。不如掌握点高精尖的,数学、物理什么的,才能在金融市场立足,华尔街上这种理科呆子一大堆。

八年后,当他从数学圈里拱出来时,已想不起土壤学的那个与黄土高原有关的理想了,如同让一只U盘,去回忆3.5英寸双面720KB低密软盘的从前。治理土地荒漠化?不如说,奋斗目标荒漠化。他对着镜子看，浑身上下毛发已经局部变白，包括头发、鼻毛、眉毛、胡须……终于，他进了费城一家最牛的金融公司。

但，怎么说呢？人生终归还是得回到《金刚经》。特别是从小读汉字长大的人。

David决定回北京一趟的那个黄昏，脑子里窜出来这想法。他开始一遍遍回想自己的中文名字，想来竟离自己万里之外，好像属于另外一个人。他感觉闷热，解开衬衫扣子，打开车窗看出去：高速拥堵，西天夕阳泛着一点黄光，边界清晰，是即将陷入混沌前的片刻清晰。好久没打量了的一轮夕阳。

高速堵得不像话，如是以往，他会放着蝎子乐队的歌，骂fuck。做了金融后，骂fuck如同呼吸一样正常。但在那个黄昏，他没有。白天因为自己的技术错误，试运行的程序让自己这个组损失了六百万美金。美国女上司，竭力克制着，鼻子上架着的那副天价玳瑁眼镜依旧一如既往的知性，但那后面的眼睛往外喷着一团团火，可以灭掉一路飞行的妄念蚊子和苍蝇，她的大胸脯一起一伏喘着气。盯着那大胸脯，他想起曾经身边那人如飞机场一样平坦的胸脯。“你，回家吧！”玳瑁眼镜仍旧知性地说。但他，其实并没有一个确切的家着急要回去。他其实也并不属于眼前这片疆土，却也在此莫名其妙地扎根并将继续扎根下去。这么想时，他甚至想撂倒方向盘，让车爱去哪里去哪里。

车窗外，残阳下，他看见高速旁的一只黑色垃圾袋，他看见有人扔掉的一张破沙发嘴张开露出海绵，他看见两棵闹了虫灾萎靡难撑的树，一块正欣欣向荣的玉米地却在黄昏的风中不知世事地摇摆。随着车流缓慢地移动,他一点一点接近现场:一辆破旧的白色尼桑车歪在了高速围栏上,车旁还能看出一串血迹。它拖出了这个寻常黄昏里众人的一长串唏嘘,也电到了宝马车方向盘后的人。西天夕阳,泛着黄光,他妈的,怎么它看上去就像年轻时假想如何去治理黄土高原时脑中画面里的那个夕阳。

昨晚,睡不着,后半夜看 VH1,采访时尚达人 Michael Costiff,伦敦时尚界的老顽童,精通摄影和设计,他在全世界各地开的精品店成为时尚圣地,特别擅长把光怪陆离的事物混搭。

这么一个老妖怪,时尚老江湖。记者问:你现在单身?有没有什么动人的爱情故事?

答:十四年前我妻子离开了我,从那时起我一直是自己生活。

十四年前。这个老妖怪的话,是后半夜淌下的一行老泪,无形,无声,无悲。

在填完转系申请离开土壤学的那个早晨,年轻得可以一夜四次的他就死了。在面前一辆白色尼桑旧车侧躺带走一车旧梦的那个印第安纳州傍晚,他又死了一回。在踏进那栋装潢前卫的金融公司的那个早晨,他死了第三次。

和明弓在一起,他已不是他。她躺在身旁,不过是一个年轻女人,一个不多问不多求的年轻身体。

David 决定回趟北京。

3. 刹那

回来近两年的明弓，你好：

打工还习惯吧？公司还算性感吧？

回国是为了做一个实验的，这事，你还快忘了吧？

尼采说，我们能够找到文字来表达的东西，其实是某种已在我们心中死去了的东西，因此，讲话这一行为，永远包含某种轻蔑。

你说不出这样的话。你脑子里的布线，决定了你说不出这样的话，虽然文字和语言的事，让你屡屡困扰。说到布线，你想到了那似乎永存于体内的过敏性词语症。它也许就是你的第六根指头，是你腰间的一大片胎记。只有当你用另一副腔调说着那些过敏词时，你好像才是一个有五根指头的人，一个腰间洁净雪白的人——但，你也一并失去了任何辨识标志。

刹那无常。这快成了另一种陈词滥调。但一位电台主持人，却如此激赏 the moment。他说，他主持电台音乐节目近二十年，最喜欢直播，电台最吸引他的是什么呢？是 the moment。他在控制台前摁下播放键，电波那一头有人其时其景旋律加节奏，如蛇绕身，突然被感动。是千万年中无法重复的一刹那。虽然，耳机一撤摁钮一关，其实什么都没了。

你明白他在说什么。

不是说好吗，晚上回家才认真。回到客厅、厨房、卧室，都不算认真。回到"赤子之心"才算。但为什么白天，有时也会被一刹那蛊惑？

白天的一刹那，是这样的。

你对着一群销售讲课，有双眼睛一直认真听，茶歇时走过来：你在找一种工作思维和方法，一种学术体系，也在尽力用这个来帮助我们，而不是简单的销售，大家一直以为的人际关系销售，更不是带金销售。

端着如中药水咖啡的手一抖，不会吧？这么认真的话，这么不可能在白天说的话。你被眼前情景俘虏。一分钟后你对自己说，不，不，眼前终将是一个与你无关的世界。

默念这句上场，继续站上讲台。你又看到刚才提及"体系"的那双眼睛。如一股电流窜来，不经大脑直接被感动。如一条化学链，启动因子释放，随后是指数级增加。继而你报以更投入的叙述，让人群随之起伏。这起伏，是自己能了然于胸的起伏，竟如初秋麦浪一样美妙。

白天的一刹那，又是这样的。

"请给我讲讲，你如何在专业媒体上为你的品牌布局？"市场总监翻着手中的一份疼痛学杂志，用英文问。

“我想过这问题，一个希望引领本治疗领域的品牌，需要引领治疗观念，它须有面向相应医生群体的学术宣传。有计划的、成系列递增级的宣传。整年度规划好，占据这些医生高度关注的学术媒体。尤其那些希望做强做大的品牌，学术驱动的品牌。”

总监点头，茅小姐笑着听。他俩齐齐看自己。那一刹那，如在荒凉人世，自己本甘认是落魄人，所吟所唱在别人看来皆是妄语。认了惨，认了输，认了生错世，不如闭了嘴，自己吞下所有冷清。但有人振掌，胸口一拍，拍出那些不可言说，成为火花成为闪电。

有时，白天的一刹那，又是这样的。

亚太区管疼痛领域的老板巡视到中国。雷朋 Joan 英文不好，让你汇报。对方飞速用英文问出一串问题：医生现在怎么看这个产品的治疗价值？还有哪些价值，是我们没有展示的，是可以形成强区分的？一个病人从开始觉得疼到最后见到医生开了我们的产品，中间有哪些关键步骤？又有哪些拦路障碍？……

你一惊：人群里，遇见高人。

对方是谁？ Maya，来自香港，人称工作狂，女强人。大家这么说时，脸上一丝恐惧哧哧作响，随后心存期待对方一同将之边缘化。但你对词敏感，你听到这两个词就在心里先踢翻了它。你看着 Maya，并不保养的脸上有皱纹有雀斑，整个身体却有与皱纹不匹配的挺拔，腰细，有力，凝为一股英气。

汇报完，在一间艺术餐厅晚饭，墙上好几张著名光头油画印刷品。

雷朋 Joan 说:开了一天会,俗话说得好,身体是革命的本钱。(不少人爱说"俗话说得好",在你的耳朵听来,死皮一样浮在一句干瘪话之前。)

对陌生的这句"身体是革命的本钱",Maya 满脸不解:昨天看宾馆电视,一遍遍说,我是流氓我怕谁?这又是什么意思?

众人笑。

她转而用破破烂烂的中文问坐在旁边的你,你什么 background?

学生物的。你含糊答,不希望饭桌上任何人关注自己,最好是当自己不存在。

她又问:生物的什么学位?

犹豫半天,吞吞吐吐说出:Ph.D。进公司快两年了,学位总是让你觉得羞愧。

难怪,能感觉出是接受过科研 training 的,story flow 严密,也许,writing 也不错。

怎么会?我,误闯药业。

误,闯,药,业。她重复着这几个字,像在琢磨具体含义。

她说:我刚才那么说,是认真的。

是英文翻过来的句式。但对方那眼神,让你觉得不再生错年代说错话。如同一种恰当的抚慰,人群中遇见亲人,在这个本来刻板、伪装的场合。那些短暂相遇的、人群中点头击中的美好,竟让自己停留,进而愿意为之双倍回报?你有些飘:"我美国实验室老板的导师说:每一个生物学者,biologist,都是试图独立于这世界的疯子。"

满桌人听完，露出消化不良的表情。雷朋 Joan 微微皱起眉头，瞪了你一眼。茅小姐没内容地干笑：咋整的？！

Maya 琢磨了一会儿：有意思！

又有一刹那，是这样的。

茅小姐刚代市场总监参加全球的市场营销会议，从美国回来第一天招呼加班的人一起吃饭。茅小姐激动：全球管营销的那个总舵主特别牛，大家叫她 Margo，我看见高人就激动，不过，这家公司最让我留恋的，是你们这些同事。

你理解她说起高人时的激动，自己也曾有过一刹那。但你，不理解为什么茅小姐看上去和同事这么有感情？但她眼里闪着纯度很高的亮。八〇后骏马则高呼：感动，老板！

茅小姐转头问你：你们这次来的那个英国专家，巡讲怎么样？

讲得好，人有趣，搞消化专业。

怎么有趣？

他跟我一路聊，他最好的死党，是个牙医。牙医帮他搞定牙，他帮牙医搞定胃。互治疾病，接触了对方的病体，越来越有感情，胜过友谊。

可能在刚才的感动下，你话开始多。一桌人听到这里笑。

他问我，听说中国人是吃动物的肠和胃的，都在哪里？想试试。于是在上海时，撇开那些本帮菜馆，我带他直奔一家川菜馆，点了麻辣鹅肠、五更肠旺、石锅猪肚……菜上来后，先给他普及了一顿消化系统知识。他夹菜下咽的表情，很矛盾，像是本行在吃着本行。一边是美味，一边是疾病。正和反混着，嚼下肚。

大家听到这里又笑。

还有！他其实不是英国人。他是冰岛人，那里多冷呀，他说他从小就喝酒御寒，十七岁时喝酒醉倒在大街上，被警察逮了起来。后来他到英国上学，学医多苦呀，学累了，经常到酒吧喝酒，有一次又在酒吧喝多了，刚出酒吧门就倒在大街上，是一个好心的酒吧女招待把他扶了起来。这个酒吧女招待，后来，成了他老婆。瞧瞧，这组合！

众人听到这里，表情奇怪地绷着。你无趣，赶紧埋头吃饭。这一刹那，你又想早早和众人分开，回家，回到那间“赤子之心”。

白鸥问我泊孤舟，是身留，是心留，心若留时，何事锁眉头。那些刹那，有的让人一惊，有的让人一喜，有的让人一冷……冷热交错，承受冲击，将你淬炼。

又有一刹那。

你站在部门会的讲台上。你讲写信，内容关系本质。茅小姐推荐你分享，一年前如何在产品危机管理时写一封公众沟通信。因为最近又有几个产品，面临危机管理。一位美国老人在服用“大软”药物后，欢爱半途，心梗突发，死在现实的 king size 大床上。这则新闻让 Victoria 对着媒体忙了两星期。

你站在台上讲写信，有一刹那，如同披上神秘外衣的隐形人，觉得自己就在写信。站在现实的台上荒诞地演讲，却将肉身赤裸置于一个事关性命的动作：“写信”，你感觉自己有一部分抽离出来，脱逸出来，从高空看自己，看自己与眼前人群的关系。不是说，演讲大技之一，eye contact，眼神接触？如此形成气场收摄众人，甚至如苹果大神乔布斯，收摄众人，形成“现实扭曲力场”。才不要呢，你听见自己的另一部分说。因为是在谈写信，你的一部分在高空里寻找人间锚点。有一刹那，看见那人转身去倒咖啡的背影，是写信那晚那个也在加班的背影，是从里往外渗出清冷的背影。

一刹那后，你和之前的你不一样了。

你身体一部分自高空落地，又被幻想软床弹起，飞向更高云层。哪来这一场，要不是一次失速流离，要不是一次张望关注。

起先你不知道我，我不知道你。刹那后，旧人被重新启动，安上新的操作系统，用一种新程序语言，去触摸这原先的世界这原来的人。沿着一条隐秘隧道深入前行，沿途有更多的信息加入。这些信息异于平时放大几百倍地被筛选，加入其中。如此这般，如何还能继续治疗方法之一：选择性耳聋？

你想起在“赤子之心”读：

我只不过为了储存足够的爱
足够的温柔和狡猾
以防　万一
醒来就遇见你

我只不过为了储存足够的骄傲

足够的孤独和冷漠

以防　万一

醒来你已离去

写到这里,你好像有点明白了,你和尼采是反的。你希望让文字回到某种敬重,表达我们心中真实的东西。可是,现实里并没有,所以你的身体里被安了个机关,用过敏来检测这种不敬重。如同地雷探测器。太看重一些词,比如“写信”,也许就会对另外一些词过敏。

写这么多,眼下,你最牵挂的还是刚才那几句诗。

你知道,选择性耳聋也不能再玩下去了,它也失效了。从那一刹那之后,你张开双耳,等待某些词语的到来,它们如风,如细语,如精致针尖。为听到自己希望的词,代价是同时忍耐更多的让人过敏的词。

但你不管那么多了,你期待刹那。更多的刹那

我还要再说　再说一遍

除了你的名字　没有什么汉字不是糟粕

除了我为你写的诗

没有什么诗句能够千古绝唱

(而他的名字,已远离了汉字,它是一个英文代号,附随多年。)

4. 假别离

第一周，泰国，曼谷。一团炎热，浅水中凹凸肌肤藏污纳垢的鳄鱼。

几乎以每周出差去一个城市的频率，强暴它们。那些城市被经过，被进入，然后，头也不回地被扔在机场身后。成为一声呜咽，成为一坨由劣质钢筋水泥和总是在翻修的马路组成的巨型垃圾场。滚滚向前、转瞬即逝的，是一天天的时间本身。开始用上了手机和电脑中的时间表，calendar，塞进各种会议日期和公务约会。那些画上记号的日期，已铺向未来两三个月，这一路下去，她将被一眼可知未来的时间表绑定。

曼谷城中马路上摩托车的马达，声音比地球上其他地方要高出一倍。湄南河水浑浊，像是记忆中夏日洪水洗虐过后的南方，鸡零狗碎的日常水面，漂着枯枝败叶。

跨进亚太区产品经理的培训会场后，一种奇怪的感觉来了，眼前那些人全都不认识，也没人知道她。自我介绍时，培训老师让每人介绍最喜欢的乐队。最喜欢的乐队，还用说吗，那个疏离、缓慢、宁静的 Low。

培训老师从美国来，说不错的品味哦，明尼苏达长年冰雪，酿就了这乐队的气质。明弓听完更兴奋，说自己写过音乐评论。反正大家说的全是英文，带着香港、日本、马来西亚……各种口音磕磕绊绊。对着陌生人，说另一种语言，她如获某种解放，把那个熟悉的自己直接扔在首都国际机场。

接下来的讲课有点无聊，是些产品经理的入门知识：市场调研，数据分析，病人流，从策略到活动制定……有个秃顶的法国高个，一直两眼盯着屏幕念幻灯，满篇幻灯经常堆着几百个单词，明弓几次出去倒咖啡。每次转身倒咖啡，就是一次抽离现场的清醒。接着换了个面无表情的美国男人，估计正中年危机，教训道：数据分析要尽可能全面、有逻辑。连说三遍。三遍后，明弓趴在桌上睡着了。

不错，大部分培训都是受罪，都是一些伪理论，装扮着励志和业绩的核心，指向逐利、积极有用的商业核心。那些讲师，无论是喷着唾沫的激情派，还是语调像冻豆腐一样刻板的平庸版，都披着一件权威的外衣，展开固定程序的步伐，操练这熟练工种，俨然正义和正确的化身。师兄说，是的，我也一样不喜欢培训，尤其不喜欢老师的常用武器“分享”，像一只劣质保温杯泡着隔夜茶，但，咱能不这么负面吗？

直到 Maya 出现。“讲课前，先说明三点：不许开电脑，不许打瞌睡，不许看手机。我随时提问。”旁边新认识的马来西亚友人，推醒明弓：“你这三样全沾上了。这女人有名的厉害。”

一位澳大利亚猛男站起来：请问，您讲的这段定位，与我们 MBA 课程会有什么不同？

MBA？恕我直言，它只会教会人们某种圈内语言。嘴上挂着那些暗语，就是一张通行证，但与真正的现实无关。

至此，明弓全醒了。

“从前我们认为自己手里握着一个真理，对方脑里有一个错误观念，强扳过来。但现在我们也许应该这么想：先研究对方脑里在想什么，在此基础上我们如何用可能的方法影响他，变成我们希望的观念，”Maya说大学时修过雕塑课，在她看来营销就是一门艺术，给你一块胚子，外表粗糙，你怎么研究它的灵魂，它的精髓，最终雕出它的神韵，“是这神韵，让我可以每天付出十二小时的工作，一个月中二十天的出差。”

与她破破烂烂的中文闲聊相比，台上她用英文讲课时，像披上一件战袍，举手投足间如一把剑，快进快出后，刀光剑影频闪。剥除一件件外衣，竟是一把名剑哪。她讲的是产品定位，力荐定位大师特劳特“定位理论”：把客户大脑看成一个战场，争夺那里的心智地盘。

第二周，中国，厦门。白天部门会，一家五星级酒店。入夜，登上一条大型渔船模样的餐馆，灯火通明。

部门会照例经验分享，基本款之一，best practice sharing。第一次在七个习惯培训课上听到这个词“分享”，明弓拿起尖铅笔头扎向手臂。现在她也说这个词，一秒钟不舒服后，就云淡风轻地滑过去了。

站在众人面前时，明弓应茅小姐要求分享“写信”，像每一个人准备正经讲幻灯，她腰挺起来，脖子顶起来，心想：这番前来，无非是为了找到人性中的那点真实，那点自由而已，告诉大家，这路子也是存在的。

从一位中文系朋友说起，他认为文字的最高境界：最简单的文字，最优美的意蕴。想起他，是因为此人也生活在厦门。

从一个好莱坞编剧大腕说起，每一个成功的电影设计，是为了让观众产生“移情”。所有的目标是让对方受触动，产生“移情”效果，也就是，感同身受。

从拉近说者与听者距离来说，需要打破那么一种程式、机械的语言，它们像一件旧衣裳，硬壳一样穿在所有的表达外面，让人感觉不到里面的跳动、呼吸着的暖气、流动的灵气。更遑论思维的闪电。所以，选用能释放对方内心潜能的表述，能让对方接近自由、感觉自己也有份的表述——也就是，原生态表述，每个字都闪着它自己的光芒。

结尾时，讲了一个听来的场景，那位中文系朋友，与擅长绘画、精灵小巧的但重病在身治疗无望的女友，手挽手攀上过街天桥，踱到天桥另一边，桥下急急人流莽莽车流。讲这些，只不过不想像众人一样，用一张干巴巴的“谢谢”幻灯收尾，此外，那场面一定也有什么东西打动了她自己吧。

一些人上来围住。其中一位说：你就是在那本时尚杂志上写专栏的，关于小的专栏？

但这些，与她无关。

又有一位说：原来，公司里也可以有你这样的。

但这些，与她无关。

唯一有关的，是她在讲时一部分脱逸出来，高空游弋，有一刻，看见那人专心在听，又看到其转身去倒咖啡的背影。那一刻，被重新格式化。

入夜，众人登上一条大型渔船模样的餐馆，很多同事在插科打诨，在穿梭社交，在感谢领导……这是多少次明弓极怵的集体主义场面。主持游戏的开始抽签。抽到明弓唱歌。唱郑钧的《赤裸裸》。“赤裸裸，不只是大家以为的意思，对一事、一物、一人，坦诚相见，赤面相对。”她解释，众人哄笑。她把自己当戏子，或是大疯！这些在对谁说。但夜不是已经黑了吗？虽然数百盏瓦数极高的灯泡，照得这巨大似舰船的餐厅如同白昼。你、我也许可以脱去面具吧？你、我漂流后停驻一岛，聚集即缘分，散开也与任何斗争无关。内心的淘气、自由、狂热……打开铁盒，释放蔓延？她眼角有余光，折向衣袖：大热天，依旧穿着长袖，掩盖左右手臂曾经的铅笔刺伤痕迹？那里的“干、什、么”和“怎、么、办”好像从没有消退，成为刺青图案。唱到后来，热血和伤感上涌，忘了秘密，卷起衣袖。那里有一点一滴的时间，以一点一点的刺伤堆叠。

每桌起哄拍集体照，他站在她身旁，搭着肩，她扬起手，擦不知觉间热起来的眼角，他瞥见那满布手臂的伤疤，用手轻指：“没事吧？”

秘密见天光，但她这回不惊不怵，想起万里之外的火炬树下，自己曾比成一根 DNA 探针，以碱基互补的原理于人海里探测。

舟中鐡钹星铙，宴歌弦管，腾腾如沸。

士女凭栏轰笑，声光凌乱，耳目不能自主。

午夜，曲倦灯残，星星自散。

第三周，中国，北京，公司办公室。开会，沿着格子间一路飞。

日程上标记：上午九点，开会。市场总监与茅小姐、明弓、雷朋 Joan 一起，看了一遍大疼产品的汇报幻灯。“每次给她汇报，我就紧张！”总监一脸应付大考的表情。汇报给谁？公司负责全球药品业务的总舵主 Margo 要来中国。据传，一米六高的她，在纽约平时开一辆高大悍马。明弓在一个总部发来的录像里看过她说话，没有政治套话，每个词都摆在它应该的位置，闪着光。年过五十的脸上，一双眼睛澈亮，也深。那眼神在五十岁往后的女人身上少见。一般这个年龄的女人，要么眼里流淌着浓厚的慈祥、关爱、家居气氛，要么往外渗出一股厌倦、疲惫、怨愤、恐惧半老徐娘之后的被遗忘。她不是。那眼中一道锐气，金刚钻一样，切开面前的道道壁垒，直击最核心、最本质。你若是跟随她这一路，必将在终点收获某种开阔的希望，阳光般健朗。她也果真让这家公司收获了希望。四年前，她力排众议，收购一个专门治疗现代文明病的药，不出两年，此药在美国销售已经超过三十亿美金。

“还是紧张！”开完会他自言自语，留下茅小姐和明弓：接下来会有些变动，我刚告诉茅一个秘密，过段时间公开后，她会找你。说完，他和茅小姐一起看着明弓，微笑。

身处一格一格切好的庞大办公室，如处一片桃花源，嗅到花香听到流水。她虽是镇静地踱步其实却飞一样地回到了自己的落脚点——大通铺。

飞的一路途中,她看见正在猛击电脑键盘双眼如钩瞪着屏幕的骏马——八〇后骏马自从离开大疼产品组单干后,更显意气风发,常常仰头甩一下其实不长的头发。她看见正用无聊眼神翻一本中华书局绿皮《史记》的盾姐——盾姐几天前去了一趟安定医院拜访专家,顺便跟着专家转了转病房,那个用食指写诗的诗人就不用说了:“当蜘蛛网无情地查封了我的炉台,当灰烬的余烟叹息着贫困的悲哀,我依然固执地铺平失望的灰烬,用美丽的雪花写下:相信未来!”有个原来在工厂工会后来下岗受刺激的女工,在病房里翻一本中华书局版的绿皮《史记》,抬头看跨进病房的盾姐说:“读过这书吗?巨牛!我这辈子没看过这么牛的书。”她停了会儿,又说:“你是谁?你从哪儿来?让我闻闻。哦,你从一个人不人鬼不鬼的地方来,铜钱味,再加点人和人斗的火药味。肯定不是和平年代。你那个地方你的人均面积比我这儿小,看着你的人比我这儿多。你有话咽在肚子里,我这儿有话全能说出来。你们那儿人多,我们这儿人少。来吧,一起来这儿玩。”

飞的一路途中,看见 Gary 正和同样管市场调研的搭档谈事(也就是“沟通”),前几天为了一起做的一个调研项目的功劳问题,两人起了争执。争执后,就得沟通,沟通他们俩之间的分工及合作,进而如何联合起来管理那个老掐着下班时间点前来布置任务的上级领导。Gary 那张脸仍如一罩面具,一潭水,看不出表情,什么事发生了都是一笑,没有涟漪。

她还看见大软 Victoria,正趴在桌上研究自己产品的推广工具,是一个可以环绕起来的纸条,像手链那样绕起来,有不同的刻度,用于男人自测勃起硬度。

一路轻盈,如同出门人回乡,外面已有花花草草,看见家乡人也亲切。飞到落脚点,碰到师兄问:做了两年 marketing 什么体会,这回,别跟我说那些 negative 的。

明弓答:在曼谷听 Maya 讲雕塑和特劳特"定位"理论,茅小姐也确实强,不是理论,不是机械,是强悍的直觉,一种感应力,仿佛进入对方大脑,是天生在意对方对自己产品的认知。你说 marketing,是不是攻心攻大脑,把品牌放进客户脑中?

师兄慢慢浮出笑,看着眼前这块胚子,外表粗糙怪异,他像在研究它可能的模样,慢慢雕出它的韵味,去完成些自己曾经没完成的事。

明弓又说,最近有猎头找,去另一家公司,已经谈得差不多了。

"千万别!继续这么装孙子!"师兄眼窝深深说。

第四周,中国,北京郊区,某度假村,继续开会。

讲个笑话,试图缓解一下气氛,总得用洒水机清除一下硝烟,但听众个个板着脸,自己这么做真是笨拙且悲壮。一想到不久就提离职,明弓又硬着头皮开始讲,对着下面十来位大区经理加销售总监,讲明年产品计划。

茅小姐让明弓讲,不知是不是觉得 Joan 能力有限?但为什么茅又递过一份性格测试问卷，明弓看那测试名称，叫 WORSE。问卷共有六百道题，不少会暴露真实生活态度，明弓猜自己身上那些负面、悲观的东西将一一被挖掘现形。其中一道居然是：你会对某些词，有强烈的不适反应吗？选了“有”，明弓想，反正已准备辞职。

师兄说“装孙子”，听上去像是虾米一样弓着，家佣一样挤着笑，戏一完卸妆一抹脸却有股愤懑蹿上来。明弓不能告诉他，决定换工作是为什么。如果希望和那人开始，平等地开始，先要切断工作关系——虽然一切都还是假想。但师兄说：“听我的。继续在这里装孙子。现在是你敛齐基本功的阶段，修身养性，集义养气。你敛了有一半招了，还有一半招没学到，动则损，损元气，损一以贯之的气。我很少职场咨询，一多半人会在第一阶段被我筛掉，仅限于知心大姐式的咨询，家长里短的居多。能进入第二阶段的，必是强手，肯定天地万物的成毁之机，接引强者，不接引弱者。”但明弓去意已定，像被一股喷气般力量驱使，在那些放大几百倍的瞬间、放大几百倍的信息中腾转，甘愿为之放弃所有。

之前几位先讲的产品经理，被销售问得落花流水。幸亏茅小姐压阵，如备战弹簧，随时站起来排难。轮到明弓，前半段还算顺利。到最后关键成功因素这张幻灯，把明年增长进行了分解，增长的指标来源于哪几个增长点。一直在看电脑的某女大区经理，这时抬起头，瞟一眼，尖脆地问：“玩什么数字游戏呢?！你以为，把指标这么拆拆，明年就能完成了？你真了解市场吗?！真了解这数字发生的可能性吗？”此女一向以强悍犀利闻名，上升势头显著。本就自觉螳臂当车，听到“数字游戏”这

想象中，应旋风一样关了会议室门，冲出酒店大门，哪吒一样从西四环这家酒店直上长安街，一路无挡，向东向东，不留一刻喘息地回家。但想象中的自己，总比现实琐碎绊累下的自己，要敏捷得多，要英雄得多。

词，明弓握着话筒止不住想吐。茅小姐噌地站起，如挎刀降落的女侠，周身一圈希望之光，嘴巴张张合合了五分钟。但强悍女只是继续看自己的电脑屏幕，漠然击键，不理不睬。

又有一壮实男大区经理加入：不同意市场部这么分资源，凭什么上海分那么多，广州就比以前少，每个地区都在涨指标。

原来是关于资源的问题。每个大区都能找出上百条理由来争取资源。明弓这才惊觉，幻灯终结处放置了一个引爆情绪的炸弹，求助目光越过雷朋 Joan（伊正盘弄头发，好像端坐梳妆镜前，看自己末端开花的长发），再次投向茅小姐。

已听不明白茅是怎么解释的，只想礼貌说句“谢谢”收场。在心里，明弓更想旋即提起电脑，冲出会议室，把准备了三天的幻灯和一堆质疑人群留在会场里。走时应像科幻电影中，竖起有力中指，令身后一切人和事凝固叫停。或者应如一股旋风刮过，留下剩余人群愕然。

——但在现实里，在现实的那个装修粗劣光线黯淡的会议室里，哎，总得关好电脑吧，总得拔掉电源吧，总得穿上外套吧。

想象中，应旋风一样关了会议室门，冲出酒店大门，哪吒一样从西四环这家酒店直上长安街，一路无挡，向东向东，不留一刻喘息地回家。但想象中的自己，总比现实琐碎绊累下的自己，要敏捷得多，要英雄得多。

——现实中，正是下班高峰。出租车到了长安街上开始蜗牛爬行，沿路看着窗外的车、人、城楼、入冬后长相开始变得抑郁老气的沿街松柏……似乎一口痰堵在胸口,因为碍于文明总不能当众吐出,但如将它闷在胸口,它会变得更黏滞更阻塞。回家已是一个半小时后。任何急速的愤懑,经过一个半小时的文火炖焖,都成了另一种面目全非的情绪,成了一缕云烟缠绕的沮丧。看着那道二十厘米高的门槛,连跨进"赤子之心"的力气都没有了。

茅小姐打来电话,正是沮丧蔓延之时:"必须要给你打这个电话。下午的事,你别放在心上,这种场面常有的事。"

"嗯。"

"你最近进步很快,真不希望这件事打击你。"

"我,打,算,离职。"

"哦?咋整的?"

明弓不能答。

"怎么,最近离职这么多?"

轮到明弓惊讶。

"算了,那个秘密也可以公开了,我老板要去纽约了。明天就宣布。"

还没开始,就要结束?

"我们讨论过你的发展,你有潜质,应有更好的机会。知道那个与现代文明病有关的新产品吗?想提升你去管。一是你来公司两年多了,这一年能力提升很快,二是上次的 WORSE 问卷测试,交到总部分析,显示你最合适。"

明弓更惊讶。

“留下吧。工作环境，可遇不可求。我在这行十多年了，每家外资公司都差不多。这里能这样，已经很难得。一批好同事，到别处也难遇到。所以，留下吧。”

第四周，周末。别离？或是假别离？

待真的接近时，绝望涌过来。并不了解你。该回到那本质，每个人本是独自行路。

你我中间，如隔一片太平洋，望不到边。如欲航到对岸，一路上那些惊涛骇浪、水底暗流，首先将航行者放倒。其实，是航不到对岸的。其实，那些身影、眼神、笼罩在那人周边的气氛……虚幻一场。

但，为什么还要来？

那日从会场冲出，在拥堵长安街的出租车里，曾想象另一场景：用信表白，因为她擅长写信，用文字表达一些细微和暗涌。但他英文更好，好过看中文繁体字，至于看中文简体字更不明就里。他收到信，回复说是乱码，他说更熟悉繁体字，能否发繁体。她到处找软件转繁体，又发一遍。他收到信，说还是乱码，能否再发一遍英文……如此来回颠簸，最初提笔写信的兴致，已消耗无几，她用英文回复：其实也没什么事……

但，为什么还要来？

当真面对面坐时，强烈的自我打击立涌上来。我离你这么远。我们永不可能贴近，零点零一厘米。那些词，在想象中的，中文简体形式的……怎么对着那两片长年抽烟因而青紫的嘴唇说出来?

不,也许两小时后,会离你更近,甚至会握着你的手,会全面积拥抱,不留一丝缝隙,但这些都阻挡不了此刻狂想:原来并不了解你,原来离你这么远。隔着一片太平洋,望不到对岸,水面看上去亘古万年铁定且冷静。

并不只是我来了,我还带了一双眼。这双眼是一架摄像机,从上空俯拍,镜头中是你和我。人世数亿人中的两个:你和我。也许根本上并无独特性的你和我。

带它来,是因为它比较物理,比较懂事,它会消解掉情绪和气味,如实记录这晚的事,存入那些永远坚硬、不动感情的硬盘。

在白天虞盾嘴里的你,看上去本分老实其实风流成性,什么都玩过,离异单身,年近五十,台湾出生随父母移民加州,内外绯闻不断,好酒、搓麻、踢球……我反复回忆的却是:拥肩集体拍照时停留两分钟的暖流,一起过幻灯片时表情中的激赏,看众人散后苍老身影眼中的凉意。

虞盾常用清缈不屑的语气讲起公司绯闻,她说,绯闻是大公司这种组织里必需的成分,就像每个北京的老四合院里,总会有那么几条蛇、几只蜈蚣。她说,九十年代的一位美国老板,几乎与部门里每位女产品经理有染,多是主动送上门的,那是一个姑娘们志在傍老外的年代,最后此人择一最年轻的、眼梢最吊的、胸脯最大的、也最有心计的,带回美国,在他年迈近六十时依然不靠药物生出了一男一女。又有某港台老板,专好小助理,有次开年会清晨四五点,被人撞见小助理自其行政楼层悄悄撤出。虞盾叹，之所以不屑，是因为这种感情的本质，与她理解的“劈魂”无关，更多的版本只是说明一件事：权力即春药。

但这些，与你和我无关，我们是不一样的。雁渡寒潭，雁过潭不留影；风过疏竹，风去竹不留声。

——不，即便是雁，是风，也要千万风情，于潭中留影，竹里留声。即便不能留，也要在别离后，让那潭那竹千万遍难抑后悔地想念。

当真面对面坐时，中间隔一张四方小桌，铺着的红色布让明弓不安。古银色高脚烛台点着蜡烛，粉红身体的蜡烛头顶一团小小鲜红的火焰，晃动，没有一刻驻留。光影晃动，搅动太平洋水面下的暗流。摄像机之眼打着呵欠，笑起来：多老套的约会场景，还在国贸饭店的酒吧。

入世这一趟，又有多少我们能选择的场景呢？明弓暗自回答已有点睁不开眼的摄像机。

他坐下：“我选的这地方，还可以吧？”

明弓笑了，想起刚才与摄像机的对话。

他开始抽烟：“我今天来，我们已不是上下级的关系了。”

隔着一张桌子，如海这边与那边的距离，听见海水在猛烈拍打礁石，自己那艘小小出海帆船渐渐成为一个光点。不能再往下想，再想就断绝了勇气，明弓鼓起饱满的帆——纵然是在力有不逮的小小帆船上，决定说出来。

对面继续抽烟，看不出表情。一只高敏感度的兔子，以高于平日几百倍的感应力，感觉周遭一丝一毫的变化。你掩了面，我就惊惶。你皱了眉，我就恐惧。你嘴角张开，我就看见太阳。

什么“选择性耳聋”？去他的。真恨不能有一双三百六十度全方位全角度的耳朵，将对方发射出的所有语词信息，收纳体内（真忘了自己是一个在语词丛林里需要左闪右躲的人）。明弓决定等，等他说话。这等待，一分钟堪比一世。但带来的那双高空俯拍的摄像机之眼也告诉她，其实也没有啦，不过是北京城一次再庸常不过的男女约谈，不过是一次惯见的语言系统并不对接的吃力交流，不过是不甘心决定赤诚相见的最后一搏。

他吐出烟雾：“知道。可是，我要走了。”

你瞧，为什么要等对方说话？言语有想象和期待的那般精确吗？那般持久吗？明弓决定换成别种语气，亦庄亦谐：“你瞧，本来没以为你走，我已打算换工作了。”

“茅说了。不过，你还是留下吧。”

“你走，我也可以一起走。我在费城住过。”

“你这么变动，没意义。”

“那你去纽约，有意义？”

“意义？你问对了，可既然决定去，就去喽。”

他又吐出烟雾：“其实，也没什么可为的，就算为事业吧。”

“事业？”她重复，只是为了在现场堵住自己的过敏症：快要喘不上气的感觉，快要吐出来的那口酒。

带来的那一双高空俯拍的眼睛，不耐烦起来。有一刻像是失重的感觉，什么跟什么呀，跟这地面上其他的人其他的事没什么两样，需要储蓄这么多的认真这么多的紧张吗。明弓这才明白自己此行并非放手一搏。面对一个答案是零的世界，其实不存在搏与不搏的界限。

几杯后，他话多起来。话多是数量的问题，没有真正要紧的那一句。他讲起小时候，精瘦，爱爬树，喜欢在树上摇动树干，自己就跟着晃起来，在摇晃起来的树上看世界，比坐在教室里上课神奇得多。有一次跟两个哥哥去爬树，又摇起树干来，眩晕得像和蓝色天上的云在一起。晃得太狠，摔下来摔晕了，两个哥哥怕挨骂，把他扛回家捂在被子里，在被子里一直捂了一个星期。就是在被子里那一个星期，他想了很多关于人的身体的问题。差不多十五岁往后，有一天意识到自己这体格当不了江湖老大，本来成绩不好的他后来居然学了人类学，是因为骨子里想拔刀相助，杀富济贫。后来发现挣不了钱，就去医药公司。争权谋利会有，但还是喜欢武侠味道。前几年刚来这公司时，提过一个白求恩计划，免费送医送药到最贫困的地方 一个 mobile clinic，一辆大车，一个移动诊所。遭到在座总经理和总监们的嘲笑，但他决心不死，希望有天能当上总经理，实现这计划。

“你有时会觉得自己是两个人吗，爬树摇晃的你？白求恩计划的你？想当总经理的你？”

“什么？就是我呀。”

“这回走，和新总经理任命有关？”

“你听说过这词吗：耐操。在台湾是个好词，说明某东西结实，说明某人有忍受力，有毅力。”

“像台湾的‘酒店’两个字，色情味？你们说，爬梳、管道，听起来都是蚯蚓的感觉。”

她其实比这玩笑要悲伤得多。是说人间巴别塔？离题万里，人犹其中？带来的那双高空俯拍之眼，觉得奇怪起来。好像前前后后这些场景太不连贯，不是同一个主题。然而，在这一轮向下一轮推进的交谈中，两人越来越谈笑风生，也越来越与那个最隐秘的主题无关。

只剩最后一步，所谓最后一搏，相当于证明是0.0001还是0的问题。她带着一具年轻身体，有涌动的激情，渴望眼前这人可以安放。或者反过来，这么说也行，电光火石，将他那让人怜爱的苍老，于某一刻变得年轻起来。

是人群中不过几眼便自以为看出闪耀前世联系的两盏信号灯。是渴望冲破内脏、真皮、表皮，一层又一层，然后两颗心真正交叠，听那一瞬间的正弦波叠加，相同的振幅与相位。是在一堆杂乱庞大的信号中，DNA探针自以为探到杂交片段的惊喜，不虚此行。该将所有步骤都一一试完。就像一项工整的实验要求的那样，然后写出一份是成功或失败的实验报告。

离别时，她拥抱了他，他也拥抱了她。拥抱彼此，如同拥抱距离。所以，你知道了吧，是0。拥抱时她对自己说。

收尾时，他激动起来。她成了那双高空俯拍之眼，掐掉彼此。

荆棘林中下足易，月明帘下转身难。

沿长安街长驱直下，一路往东往东，世界清冷无边，却也异常整洁。这一次之后，她将离这个世界涌动活跃的内核越来越远了吧。也许比这要可笑得多的将是，不出半年，她就忘了今日今夜炷炷沉香静静地烧着愁绪却也烧红了天边，振聋发聩。

总不能以为自己是那海伦吧，冲冠一怒为伊一笑。那是什么年代，国土这样的大事，都不用事业这个词。事业一词起源，中世纪流行在基督教圈里，人们得到旨意，依照耶稣的教诲身体力行。皈依基督教后的徐光启，曾对利玛窦倾诉，他最担心儿子会夭折。利玛窦迅速从“记忆之宫”中，调出曾有类似恐惧的爱比克泰德的话：假如喜欢某物，记得问自己，其本质是什么。不止于此，他还将这些话由希腊文翻成汉语：对任何事物都不要说“我失去了它”，只能说“我将它归还了”，它只是回到它该去的地方。你瞧，利玛窦如此利用每个机会宣讲教义，践行其“事业”。

现在，如用google搜索引擎，“事业起源”，看到这样的世俗版本：

家政事业起源哪里……

我的美发事业起源于沈阳标榜（是一家沈阳的美容美发机构的软文）……

谢莉：我的火锅事业起源于爱情_阿里巴巴赢在中国资讯

从事业线的起源看谁是你的贵人（算命的！）

……

眼前已非中世纪，人们得到什么旨意，依照什么教诲身体力行呢？是“成功”或“身份”二字？渐渐成为这个世界正推广的样貌，生活的整个意义以“事业”出现？

车到长安街尽头，路灯一盏一盏都灭了。

如同一场假别离，因为并未真正相聚过。

5. 他说

一路一直在看《赢》，杰克·韦尔奇的书。公司发的，人手一本。飞机上本想喝点威士忌睡会儿，却没有想要的苏格兰单一纯麦威士忌。只能一本无聊的《赢》看到底，一边翻一边想到杰克露出一排牙的嘴一直龇着——对着一个叫“赢”的词，走时干脆把书留在机上座位。

这人身上有种帝王般的张扬，还有非帝王般的进取。也许说是攫取更合适。这人在GE公司的辉煌，归于其取悦华尔街的本事，挖一个坑，在上面堆出繁华，堆出赢之幻象，耸入云霄。听尘世传来一片叫好声。

比起赢，他更愿意相信：人人都是月亮，都有不曾向别人展示的暗面。

比起这句话，他更愿意相信什么？他渐渐远离汉字或是英文字母，那里都有一些需要卸载的不确定记忆。他更愿意相信也许是借由计算机程序制造出来的语言吧，那是具有确定性的语言。

下飞机后，迎面一股呛人的辛辣味。空气中，忙碌和不安的分子在眼前这块地方做着布朗运动。很多人落地后，迫不及待地开手机通话。David好奇他们都在说什么，听下来都像在做一单单的生意，称呼都是李总周总孙总。取行李时，传送带一启动，刚才都忙着打电话的人们像被摁了启动开关，绷紧扳机，推推搡搡。David跟着抢来了自己的那一只黑色新秀丽硬壳箱，是听谁说的，国人凡事喜欢抢，从出生抢床位到临终抢坟地，从头抢到尾。他皱了皱眉头，暗骂fuck。他猜自己，是在骂眼前这个地方到处充满的不确定性。

接机大厅被成百上千的灯泡照得雪亮，让他从迷瞪中一惊，这才想起自己的中文名：万仞。跟着，周身David皮肤随之脱去，掉在身后的大理石砖砌成的冰凉地面上。在曾经上过四年大学的北京，他被人叫作万仞，而不是David Wan。不过，当初顺手起David这么滥大街的名字时，也根本没想到会跟自己这么长时间，而且现在看起来，好像会一直跟下去。

没有约老师，怕年迈的想把闺女嫁给自己的老师，听说他没继续土壤学后会失望得心梗。约了大学同宿舍的两个兄弟，一个做房地产，一个在家炒股，几乎能想象每个人的谈话内容都是清一色的脱贫致富。他们这一代人的共同主题。上学时的那些灰色水泥外墙建筑不见了，剩下的几座都躲在某栋高耸、外观故作不规则形状的玻璃大楼后的角落里。

十多年没回了，这地方是陌生的。比他出差到底特律，这城市看起来要陌生得多。

他听人说起，回国不要满嘴跑英文，那会让人觉得是一只假洋鬼子，招人白眼。但他还是在酒店旁的星巴克点咖啡时脱口而出英文，Grande Cappuccino。大学生模样的女服务员嘴里重复的居然也是英文，而且很欣喜的样子，转头对咖啡机前忙碌的同事说：做一杯 Grande Cappuccino。

拿着咖啡，他去“全聚德”烤鸭店，点一只烤鸭。服务员问他几个人，他说一个人。服务员说：先生，菜量有点大哦。他说，哦，没关系，我想吃这个很长时间了。这次，都是中文字了，但怎么回事，还是英文句式。等他开始拿着一张一张饼包烤鸭塞进嘴里时，想起出国前同屋的那两个兄弟请自己吃了平生第一顿全聚德烤鸭，这时叫“万仞”的那个人，才算咬着烤鸭一口一口地回来了。

给明弓打电话时，已不大记得起她的模样。用力回忆起来，稍微清晰的是胸和腰那部分，关于身体和皮肤。没有什么画面，都是一些触感，手或者身体接触、进入的感觉。对他来说，那已经算不错的记忆力了，他差不多两年不再有什么触感，中间和一两个大陆女学生草草交往过，都是几夜之后就不再打电话。四十好几的人了，他觉得自己对男男女女的事已提不起什么兴趣。都是些躲躲闪闪、隔着一张皮的交流，远不如计算机语言那么精准，说一是一。

电话里他还是用 hello 开场，这回又忘了中文开头。

对方非常漠然地：喂？然后才反应过来，是你，David?

这又帮他把此行准备脱掉的 David 皮肤重新披上了。

他记起他俩一起在费城住时，留短纸条都是写英文。想起来像一只扁平切片的标本。那两年，就像用库存不多的英文单词一起谈了一个干瘪的恋爱。用大多不超过十个字母的单词交流时，可不是，人就像一只脱了水的柚子。但也奇怪，他俩的认识是从中文名字开始的。费城华人的新年联欢大会上，她看同桌花名册，王兵，李军，顾小梅，夏建国……boring，一一看过去，读到“万仞”，她说：“古代名剑！”

旁边David抬头：家里起的。别人都说是山，千峰万仞。就你说是剑。我其实不喜欢打打杀杀。

他是听好习武的爸爸说起过，当时翻起郭于章《剑记》：“西晋寮有旌阳令许逊者，得道于豫章山，江中有蛟为患，旌阳没水投剑斩之，后不知所在，项渔人网得一石匣，鸣击之声数十里，唐朝道王为洪州否刺史，破之得剑一双，视其铭，一有许旌阳字，一有万仞字。”

怎么不打打杀杀，无数人说起美国生活就是一场打拼，他做的金融这行是另一种打打杀杀，关于钱的腥风血雨。除了不再担心过穷苦日子，自己也确实没其他什么了。在再不用担心贫穷后，他也渐渐开始厌倦金融这一行，甚至在淡忘了十多年后，偶尔又会想起那个与黄土高原有关的少年梦。

什么动物猜拳永远不会有输赢？明弓曾在一起下班回家的车上问。

脑筋急转弯。这个容易，螃蟹。

那什么动物最没有方向感？

麋鹿（迷路）。

知道吗？你就像只麋鹿。这是你吸引我的地方。她说。

这趟我回来叫我中文名，叫我万仞。坐在京城最高的餐厅里，他下决心说。这餐厅，是他在很多归国攻略里查到的，说是当年苦啃 GRE、逛不起燕莎赛特商场、出去后发财了的兄弟们，可以去这个京城最高的餐厅里挥洒一把豪情，从高窗俯视那个当年自己觉得这辈子永远也玩不转的北京城。

没事，我在公司里叫很多同事英文名，都不知道他们中文名叫什么，我办公桌旁就坐了一个叫 Gary 的，一个叫 Victoria 的，只有一个中年女人坚持不起英文名，她中文名很好玩，叫虞盾，同事里我最喜欢听虞盾说话。

眼前的明弓变得比在费城健谈，说话时，装在西装里的人周身发出一圈光，残留着白天上班的味道，这和在费城不一样。不一样的光，不一样的体息，可能也是不一样的触感。

工作还好？

工作，不，上班，你也知道的，就那么回事。以前老听你提 corporate life，骂 shit，骂 fuck，不懂。真自己做了，明白点了。商业那一套，加政治那一套，一个小王国。不过呢，平民小百姓求生存，也就别抱怨了，complain 什么 dull, stodgy people in grey suits，刚读来的这句。真是这样，可你又能怎样。

对面的她，搅着猕猴桃果汁时，一脸被什么硬物磨过的风霜一点点渗出来，如同她嘴里的那些词一个个吐出来，再没有在费城的惜词如金。

我回来前又换车了，是辆奔驰SUV。

还是，白色的？

嗯，你还记得这个，我的车都白色的。听说，国内奔驰卖贵一倍的价钱。我这样的，能回国吗？怎么觉得像个十足外地人？下了飞机，每个人都在打电话说生意的事，每个人都有一大笔生意要忙，都在对着电话那头在演讲："建议你再做一下深入分析，判断有没有深入合作的可能性。"然后推推搡搡，开始抢行李。到了酒店，前台手忙脚乱，入住时查不到我在网上的预订，半夜被按摩电话吵醒……很多地方还是不规范，不专业。

他这么说时，像被这些话一句一句地隔到了对岸，他忍不住对比，在这样对比的过程中，他离此岸越来越远。

规范，专业，是些美国词儿吧，我上班也老听人这么说。

对面的她，看上去有些不耐烦起来，敷在她脸上的那层油漆脱落，落出原形。

万仞再次装起那只黑色旅行箱时，是在北京有些薄雾的早晨。和记忆里不一样：不管是晴还是阴，这个城市总是以灰色作底，提醒着那些其实关于记忆的灰尘无处不在。想再回忆出明弓的脸，但能记起的只有前晚重温的触觉。所谓触觉，其实就是一次叹息那么快，那么无影无形。她口袋里揣了一颗蓝色药丸，说是从一个外号叫"大软"的女同事那里要来的。他拿出冰箱里的依云矿泉水，低头喝水。头一扬吞下药片时，碰上她的目光，两人这晚第一次大笑。

只是并躺交叠时，其实什么也没抓住，就像从前在费城的大多数时候一样。也许，他不该再期望去抓住什么了。抓住的都会飞走，就像办公室四张屏幕上显示的交易一样。

从高潮跌落总是极快。因为地心引力的缘故？还是因为每当这时，他眼前总有一辆破旧的白色八七年尼桑，驶过印第安纳的玉米地包围中的公路？如同他们无数次想驶过贫穷包围的生活。片刻欢愉后，他本来想告诉明弓，后来还是没说。他拿起遥控器开电视。一部美国电影正有一段床戏。他对明弓说的居然是，看到裸戏，有时不是件愉快的事，我的一部分会觉得过瘾，我的另一部分会告诉自己这不是色情是艺术。

她问：你的哪部分在争论中赢了呢？ Which part of you won the argument？

他答：输输赢赢，身体里各部分掺在一起。

都快十年了，还是没能忘了，就像永远抹不掉身体内一部分关于贫穷的记忆。那年，拿到金融公司 offer 后给家里打电话时，嗓门多大，多兴奋，大声叫着让电话那边的她别等自己坐飞机回家，先带着孩子找一家从未舍得吃过的城中 buffet 庆祝。

飞机落地，回到家时，眼前却是一摊不再存在的具体梦想。他跟着他们一起隐匿了。所有告诉明弓关于去看前妻和两个孩子的借口，不过是去他们的墓地待上一会儿，他把他们一起带到了费城。从那以后，他最喜欢 Archive 乐队的这首歌：

It hurts to feel

It hurts to hear

It hurts to face it

It hurts to hide

It hurts to touch

It hurts to wake up

It hurts to remember

It hurts to hold on

6. 三英亩地与自由

在布拉格的老城，卡夫卡白天在保险公司上班，晚上回家铺开纸笔，开始写点什么，他把这称为双重生活。

在加州海岸的一家酒吧里，同样写点什么的杰克·凯鲁亚克对一群人演讲：那些跑通勤的人，领口紧紧打着领带，被迫每天凌晨在米尔布雷或圣卡洛斯赶五点四十八的火车去旧金山上班，真是可怜极了！而那些灵魂自由的人、流浪者、诗人、艺术家，他们睡得很晚，烧掉了工作服，才是真正的大路之子，他们看运货列车隆隆驶过，体验天地之大，感受古老美洲的重量。

至于那个叫查尔斯·思特里克兰德的先生，曾经多么举止得体，事业有成，是个成功的证券经纪人。老婆温和，两个孩子，家庭安详，像一条平静的小河蜿蜒经过绿茸茸的牧场，树荫掩映，汇入大海。这样的日子过了十七年后，一个夏天，他不辞而别，去了巴黎。他并没有带着一个年轻女人住在巴黎的高级旅馆里。他一人住在一座破烂的小楼里。“我必须画画。”他一再重复。他说这些时，露出一种热诚，一种压倒一切的力量正控制着他。他对妻子和孩子已不感兴趣，也不关心他们的将来。穷困，吃不饱，他经常一人关在小屋里埋头画画。从前的富足生活和妻子儿女越来越遥远，眼前才是他所要的。但当人们在巴黎开始惊叹他非凡的绘画才能，他又去了南太平洋群岛的塔希提岛画画，只有每当需要油彩、烟草时，才走出丛林。

——人们在仰望月亮时，常常忘了脚下的六便士。有人跟日后把这写成小说的毛姆开玩笑说。

不求“事业”，不求“成功”，但总还要上班。六一儿童节，公司HR号召有小孩的父母们带孩子来上班。HR组织小孩排成一队，先是参观公司，接着玩绘图游戏，中午订他们心仪的麦当劳，下班走时送玩具。以致公司里有人想离职时，小孩说：不要，老妈，那么好的公司你为什么要离开，我还等着每年儿童节都去公司里玩呢！

盾姐的女儿，小学四年级开始听摇滚乐，路过公司“大通铺”说：老妈，你们这儿上班，就像在上“网吧”。每人面前一台电脑，每人眼睛直勾勾盯着屏幕，每只手疯狂地击键挪鼠标，一刻不停。

盾姐说：上班都这样，你长大了如果真不爱上班，就只能去搞艺术了。有个台湾的画家叔叔讨厌透了上班，说上班是世上最不人道的事，所以他就可以在家画漫画，画上班这件事有多讨厌，一边画还一边赚钱。

妈，没电脑之前，你们都怎么上班的？

哦，真想不起来了，好像没电脑已经不会上班了。

妈，那几百年前，没班上之前，大家都怎么过的？

哦，真是，那时大家都怎么过日子的呢。

过日子哦，得看怎么定义。盾姐等女儿走后感慨，过日子容易吗？上班去安定医院，被女精神病人嘲讽。回家面对听摇滚乐的女儿，迎面一堆形而上的问题。每天上班八小时这件事，二十世纪人类生活的最大发明，最长一出集体悲喜剧。你读张岱《陶庵梦忆》《西湖梦寻》，那是“过日子”。你看日本人赏樱、捕萤、观月、赏新绿，那是“过日子”。宋人四艺，焚香、点茶、插花、挂画，那是“过日子”。有次部门开会去杭州，一群人逛完西泠印社，说没劲，吵着要划船。我刚看一方文彭真印，刻的是：琴罢，倚松，玩鹤，那是“过日子”。旁边一位同事说：那还不如眼前，划船，聊天，嗑瓜子。来，来，你接着说一段。

明弓接：这么大规模地把人敛到一个楼里，规定时间规定动作，是在“公司”这词出现后吧。一百年前的美国，有本书叫《三英亩地与自由》：为他人工作根本就是件不快乐的事，要想过上幸福生活，一个人就应逃脱对雇主的依赖，以自己的节奏、为自己的幸福工作，离开办公室和工厂，在中美洲以适当价格购买三英亩土地，为一个四口之家提供食物，建立一个家园。书里介绍如何种蔬菜，如何买牲口，一头奶牛就可以供应足够的牛奶和奶酪。但这一百年，出卖脑力体力换工资的人，早超出一半。十个受过高等教育的人，九个会在毕业后投入某一组织。进而，也造就了德鲁克这样研究“组织”的管理大师。

那人走后，茅小姐代理部门总监。很快宣布了明弓转组并升职。它带来的短暂惊喜,被那一场尚未开场就结束的感情冲淡。

那人走前,轻声问:大陆人,对台湾或是香港来的管理者什么印象。

明弓说:听好的,还是不好的。

他说:不好的。

明弓说:命好,早生十几年,生对了地方,早学了英文,早开始打洋工,早接触跨国企业文化……所以,早早开始混,赶上了那一拨。所以,可以来大陆,来填补我们这边刚开始时的管理层断层,窗口期的获利者。一般来说,自我感觉良好,瞧不起大陆下属,当劳力使。一般来说,对老外老板粉饰太平,报喜不报忧。一般来说,桃色新闻不断,也有直接在办公室不避嫌的。

他说:这样呀?那我也真不能在临走前,和你混在一起。

他又说:确实是,三十来岁就赶早了一拨,但也就被定型在不上不下的位置,一直到四五十,升得早,更早空虚,是压扁的感觉。

你走吧,去纽约找事业吧,免得你本就桃色新闻不断的大半辈子,走之前,又添一个新案例。明弓脸上笑,心里裂开一块疤,是什么玩笑什么安慰都弥补不了的一块疤。那不仅因为没戏,还因为离得这么近说得这么欢最后他还轻轻摸了一下她的头,却为了说明:不可能。

但,有一点肯定的,你老在我前面。总有一天,你先走不动了,吃不动了,要是我心情好,可以不嫌弃你,可以温柔地照顾你。她继续开玩笑,那块疤愈裂愈大。

她竟然是需要上班的。如果不上班,赋闲在家,如盾姐向往的“过日子”，无论赏樱捕萤观月赏新绿，还是焚香点茶插花挂画，琴罢倚松玩鹤，都会想起他。那张其实已经有些老态的脸，以及他周身附带的“不可能”。进而陷落其中，成为坠底之物，永失重心。

所幸，上班时那些接踵而来的会议，每隔十分钟就会蹦出来的邮件，一版又一版修改的产品计划，与销售的电话沟通会，排到三个月之后的出差行程表……没有喘息间歇，没有脑中空白，也就没有时间去想众多事情中那一件唯显奢侈的事。是上班，有力终结了这让人痛苦的纯粹自由和纯粹欲望。好几晚都没有跨进“赤子之心”，每天回家累得像一片纸。白天开了三个会，见了五个客户，找了四个其他部门的同事“沟通”合作，一天忙完后，他们的名字和面孔模糊得像一扇下雨的窗。

那些精力充沛、工作努力、品格优秀、受人尊敬、生活积极的枢密顾问官、纺织品制造商或聪明的银行家们，在物质财富中获取报酬，他们心肠渐渐变硬，关注点永远在“有用而且积极的东西”上——司汤达说，他放弃了这些人，因为没法“让聋子听见，让瞎子看见”。他又说，自己只为这些人写作：生活懒散、喜欢做白日梦、期待在听莫扎特的歌剧时能够被激发感情，在熙熙攘攘的大街上瞥到一张漂亮的脸庞后陷入长达几个小时苦乐参半的思绪的人。

但司汤达并不知道，也许有时并不是那么需要“赤子之心”，特别是陷入某一种至真情绪时，凡人之身并不知二十四小时如何真实面对它。每时每刻都掏心掏肺，经得住这么至真至纯的折腾吗。这时上班成了一种转移，一种稀释，去找到另一种具体而浅表的乐趣、更多具体的烦恼和折磨,将时间填满。

不要听莫扎特的歌剧时动感情,不要在熙熙攘攘的大街上瞥到一张漂亮的脸庞后陷入长达几个小时苦乐参半的思绪,不要让那些神秘、幽微、感人的情绪弥漫,笼罩整个人。上班让人自我重新组装,有固定任务,有可预见的结果,让日子成为目标清晰的行动中的一个实实在在的环节。如果真让一位“现代扁平人”回到万事万物至真的年代,回到三英亩地与自由,也回不去了。他需要将自己劈开,一人分饰两角。在任一个舞台上,他需要有另一个舞台以备份。并不是某一个舞台存在意义,是舞台与舞台之间的切换感更有意义。

为回答六一儿童节那天的问题,盾姐回家后,与爱听摇滚乐的四年级女生扮演三个场景:如何“过日子”。

场景一,原始社会。

这个情景,一老一少两个女人搞不定,需要拉上正在看公司损益表的盾姐老公。但他并不配合,整晚一直大叫口渴,突突灌下两瓶燕京啤酒。盾姐这么定演员阵容,是基于原始社会对性欲和生殖器很崇拜,但这事暂不可对四年级女生详表。那壮年男子(盾姐老公),早起出洞穴,看天气。天气尚好,可出门打猎。中年女人守着洞穴,捡拾周围掉落的果子,顺便尝尝那些草或是叶子(所以后来,男人喜攻击,女人喜比较,喜挑选。又因成熟果实多为红色系,后来不少女人是粉红控)。

四年级女生一路跟在中年女人后面问:还能做点别的吗?

盾姐说:没了,女人就是采集和抚养孩子。等男人回来,天黑睡觉,“劈魂”。(这句她吐出一半,庆幸自己好在早有新鲜词“劈魂”代替了“做爱”。)

四年级女生问:还有呢,还能做点别的吗?

盾姐说:没了。有时晚上,跳跳舞,庆祝狩猎成功,装成鸟或者兽的样子。

四年级女生问:还有呢?

盾姐说:能不能试着不要问“还有呢”。其实,你真进入那状态,跳舞是很开心的。你想呀,那男的出去了大半天,打回来一只兔子,晚上就有的吃了,多开心!除了这些……结绳记事?也不可能,那好长时间才有一件大事,不用天天打结。

四年级女生说: boring。

盾姐说:你得进入状态。你看那天,你听那水,你嗅那风……这才是我们这个阶段该做的正经事。

四年级女生又问:那咱们是什么阶段呀?老师讲过,好像分旧石器、新石器社会什么的……

盾姐说:看你这么无聊,那就定义新石器时代吧,母系氏族进入全盛,还有农业、畜牧业什么的……

四年级女生问:那我做什么呢?还是跟在你屁股后面。

盾姐说:其实哦,在原始社会,你这个年龄,再过一两年,都可以结婚生子了,不会没事做。我呢,这个年龄在原始社会应该是,垂死了。

四年级女生说：所以是不用上班的。

又说：那天去你们办公室，女的一脸打猎的表情，男的倒像在采摘，整个反了。

场景二，唐朝。

于是无比期待唐朝，经历过原始社会场景扮演的四年级女生。唐朝，是一个牛 B 的朝代，为什么呢？有个摇滚乐队就叫唐朝，唱《梦回唐朝》。那长发甩的，那个子高的，那嗓子飙的。四年级女生叹。

咱们都应该是丰满型的，这个时代就流行这种审美。盾姐摇着粗腰说。

女胖子？小女问。

不叫胖，叫丰腴。盾姐答。

再问，只能找个私塾老师把你看起来，背点八股、诗词什么的，再耗几年嫁人。盾姐又对小女说。

男人是做官的，不大不小那种官。女人是当家的，迎合丰腴审美。晨起，对镜梳妆，梳高高的髻，装饰以金玉簪钗或犀角梳篦。

我最喜欢“惊鹄髻”。盾姐说。

面颊再用丹青、朱红颜料绘出图形，类似月亮。

这叫“妆靥”。盾姐说。

敷铅粉、抹胭脂、画黛眉、贴花钿、点面靥、描斜红、涂唇脂……单说那描斜红，于面颊太阳穴处，以胭脂染绘两道红色的月牙形纹饰，工整者如弦月，繁杂者似伤痕。再说那眉毛，唐玄宗曾令人绘《十眉画》，名目有鸳鸯眉、远山眉、五岳眉、三峰眉、垂珠眉、却月眉、涵烟眉……

原来是花很多时间，捯饬自己，再对着镜子看自己。小女说。

两小时过去了吧，我们去后花园小亭弹古琴。为什么是古琴，而不是唐朝更流行的琵琶？或是箫？盾姐坚持是古琴，以弥补在争论选哪个朝代为场景时的失落。盾姐坚持选魏晋时期。四年级女生坚持唐朝，只因为喜欢唐朝乐队的《梦回唐朝》。不知为何，盾姐脑子里，魏晋最适合这故事：伯牙操琴，琴声高妙，唯钟子期知音，子期死，知音难觅，伯牙遂破琴绝弦，终身不复鼓琴。而非故事真正发生的春秋战国。

弹古琴，就是自己与自己相处，调息，不为表演给外人，甚至，不为觅知音。大女人说。

小女人听不大懂：摇滚乐不同，是为表演，为了让听的人激动。

接着是喝茶，讲究那茶叶，那泉水来处。吃饭，桌上小碟小碗摊下数种，每一种只取一口。午后小憩，直到窗外清风拂面，自然叫醒。懒懒坐起，梳妆，接着游园唱曲，吟诗赋词，对着一轮上弦月……

四年级女生说：所以，唐朝人是不用上班的。

又说：可我还是觉得，成天和你待在一起，很没意思。如果唐朝真这样，我想赶紧嫁人。或者，帮我找十个不同风格的丫鬟，陪我解闷。

大女人摇头，吟李商隐的《无题》：

八岁偷照镜，长眉已能画。

十岁去踏青，芙蓉作裙衩。

十二学弹筝，银甲不曾卸。

十四藏六亲，悬知犹未嫁。

十五泣春风，背面秋千下。

场景三，二十世纪八十年代

没有电脑，没有手机，也没有互联网。争论了半天是工厂上班，还是坐机关单位办公室。在盾姐恳求下，四年级女生同意坐办公室。盾姐下海前是北京一家三甲医院的医生，不拿听诊器，不碰针头，是在物理治疗室，一破房间里装了三台红外治疗仪，它们油漆剥落，外表落寞。用不上任何医学知识，只是看着其他医生开来的治疗单，让病人坐好或躺好，她去打开电源开关。时间到，病人离开，她去拉掉电源开关。就是一名负责拉电源开关的操作工，与工厂流水线女工并无二致。她不想再重复那段枯燥的经历。对小女央求，希望尝试坐一坐办公室，八十年代的。那时几乎还没什么外企。坐那种没有任何现代装备的机关办公室，就像电视剧《编辑部的故事》里的那样。对着桌上一叠红头文件和报表，翻来翻去，看来看去，装模作样地写来写去。一只沾着陈年茶垢的大搪瓷缸泡着龙井，旁边一份报纸，整个办公室一部合用的老式拨盘电话。

作为办公室里年资最小的，早上来先乖乖地拎着两只暖壶去打开水。然后，泡茶，看报纸。领导进来时起身，领导聊天时接话茬，领导茶杯小一半时主动续水。

中午吃食堂,与同事聊八卦,聊分房的事,谁谁又走后门了,昨天被人看见去领导家送礼了,谁谁又搞作风问题了,家门口那家副食店做的驴打滚可好吃了,工会过年准备发几斤鱼几斤肉……

四年级女生说:这么一堆人,成天黏一起,图什么?

盾姐说:挣钱,养家。有工作,才有生活保障。没班上的人,会被人说没出息,成了待业青年,也是问题青年。等会儿,还没说完呢。

你听呀,吃完饭,一律变戏法似的掏出折叠床,整个办公室一溜折叠床午睡一小时,男领导一般会打呼噜。醒来如果不开会,接着磨洋工,直到班车铃声一响,抽屉锁好,拎着中午抽空买好的菜一溜烟散,有的包还能看出两根大葱翘在外面……

四年级女生说:真闲。

盾姐说:是呀,闲,耗,无聊,嘴里淡出鸟来……

鼻子一酸,怎么回事,爱哭的她哽咽了。

乌鹊南飞,绕树三匝,何枝可依?月明,星稀,回不到从前了。

7. B.A.D. 综合征

赤酱深浸其中，皮层泛着诱人油光，入口后必定酥烂。餐馆里很吵，似乎人人因为吃着它，兴致拔高五公分，进而一股野性发散出来。整个餐馆如同一座野生动物园。

一人去了城里的三元酒家，吃着那道申请过专利的名菜，明弓想：吃过这菜，换过产品，自己的某个阶段也就算结束了。就像在北京见过万仞，某种回国前的厌离感也就跟着他的黑色行李箱一起打包了。

菜并没有想象中的香。二十世纪九十年代末，每次从学校门口转弯去坐公共汽车，都能看到他家这道菜的巨大招牌：专利菜品“扒猪脸”，无奈钱包空瘪。但一次次地在转角处看多了，一次次地想象多了，渐渐有了象征意义。这道菜的巨大招牌和那些想象，胶水粘在日子里，成为那时二十多岁生活的一部分。出国前，是导师请她第一次吃了这道菜。那是他们最后一顿晚餐。

吃上这道菜，就像回到了从前。

但盾姐叹,回不到从前了。月明,星稀。如今坐在清一色“网吧”里上班的我们,想回到“从前”,不管是哪个“从前”,哪个年代,都有撕不开的牵连。我们用今天的忙碌和科技物件(尤其是电脑和手机),映照从前那些年代,一一比照,分不清哪个是必须,哪个是多余。如果还有乡愁,早已不是那些诗里的长江水,海棠红……也许是对网络对电脑对商业的乡愁。盾姐说起年轻时就去边疆插队的大姐。二十世纪五十年代,大姐和一批热血青年,坐各种交通工具用了两个多月到边疆,只有地平线,没有树,没有草,没有人,“远方除了遥远一无所有”。他们凿地洞作居所,夜以继日,特别是在有月光的晚上通宵工作,以便能种上第一季庄稼。直到现在,晚上有月光,大姐仍旧睡不着,想着下地干活。

还有被压扁的感觉,盾姐叹。十几年前,还是坐办公室,翻报纸,喝茶,开会,在纸上写报告——在一家不知进取和利润为何物的机关或企业里。仅十几年过去,公司文化统领众人,每一日工作中,散发浓重的攫取气息,进而奉为宗教。从前,稍微有点历史意义的时间,是二十年,现在可能就只是两个月。因为太快,所以变形,所以压扁,一个物种一夜之间从寒带来到了热带,那些细胞们全都 shock,变得人不人鬼不鬼,所以也回不到从前了。

回不到从前了。她对四年级女生说。

小女反问:妈,干吗要回去?现在挺好!

盾姐老公也问:干吗要回去?现在挺好。盛世呀。工作让人开心,工作让人志得意满,不工作你干什么去?肯定空虚。你看我,当年学一邮电专业,分到邮电局,九五年要分出一拨人出去做通讯,都觉得邮政本行多吃香,谁愿意去呀,大家都觉得我倒霉。结果,通讯火了。后来,又要分出一小拨人去做移动通信,还是没人愿意,大家又都觉得我倒霉。瞧,现在,移动通信把前两个都吃了。

为什么要回去?明弓也问。我换了组之后,渐渐觉得商业文明也有它性感的地方,经济学那一套得是多聪明的人才能琢磨出来的。你别忘了,再早些时候,绝大多数都是农民,穷,劳作,家里不过一头牛,一只羊,一口锅,还有饥年旱灾,传染病。

盾姐盯着:你是准备厌世再入世再出世,向更高迈进?

"大软"纠正:向更硬迈进。

盾姐跟着说:你们药不错,那晚难过完了,老公唠叨口渴,沽了两瓶啤酒,吃了颗你的药,我们"劈魂"了。

"大软"说:不言谢,为了国人性福,我从不计自己幸福。她的他一年前被调到香港,在一家奶粉卖公司做总监,她不愿跟着去,说香港那地方太挤太吵,找不到可以做的工作,闷在家又没事,出门不是鸟语就是英语,自己经济不独立更没安全感,像只港岛边上飘摇的小船。最好自己像中学同桌一样,在一家投资银行工作,一年三百万。

为什么和中学同桌比?"大软"有套理论:嫉妒和攀比是致富的源动力,世上最难忍受的大概就是最亲近的朋友比我们成功,我嫉妒的是处在同一层次的人。

"大疼"明弓说:你要想有成功感,就选一个收入逊于你的人作朋友，我愿意做那个人。

并非几件事的巧合，中国总经理换人，部门总监去纽约（据说是被迫离开的，他经手的大项目被查出来有问题），茅小姐申请总监失败，获选的是纽约来的管公关的年轻美国人，Margo 竞争 CEO 落马，三个候选人中那位离业务最远的胜出。

消息公布后第二天，Margo 发给公司所有人的邮件，主题那一栏写"再见"："如果我说我不失望，那是在骗你们，我的朋友。"明弓眼眶发热，竟是为了一个从不认识的江湖中人。

盾姐说：公司里黑暗吧，复杂吧，纽约总部斗争更厉害。接着又励志：你还年轻，起码让我也看到点希望，书呆子也能在这里胜出。

盾姐说的"这里"，是哪里？是五浊恶世？那辆骄傲的悍马，驶向何方？它开在纽约四十三街的黄昏斜阳里，扬长而去。古道，西风，瘦马。远远投去依恋和敬意，中间隔着一片大西洋，明弓安慰自己：至少接过了与她有一丝一息关系的产品，似乎往昔气氛依旧。Margo 邮件最后说："我十年前为公司进行的这一产品收购计划，此刻正治疗着这世界越来越多的患者。也许，它也是十年后我在海滩晒太阳时，最希望忘却的那个世界。"

一座山峰屹立多久，才会被冲刷入海。一些人还要活多少年，才能最终获得自由。顺着 Bob Dylan 这一著名句式：一张脸，要被面具腐蚀多久，会变成面具的模样？明弓手中的筷子划过那张渐被分解的脸，它面目不清。整个餐馆依旧散发着野生动物园般的生趣，众人欢聚宴饮。

欢聚宴饮，曾是明代上流社会生活的核心，利玛窦来到中国后不久就知道，在中国很多事都得在饭桌上办成，包括传教。十六世纪八十年代，他在中国南方的贫困农村中穿行，人们集聚在临时搭建的祭坛前，他用结结巴巴的汉语为他们做祷告，食物花样不多，但尽展好意。十六世纪九十年代早期，他搬去总部，开始在一个新皈依天主教的商人家庭出没，与那位放弃了佛教素食习惯的商人一起，一边宴饮，一边探讨主的旨意。到十六世纪末，他搬到南京，在达官贵人家常常通宵达旦，众人围坐，一边吃喝一边辩论。一六〇一年后，利玛窦来到北京，很快就陷入没完没了的社交宴饮，筋疲力尽。

一张脸，要被面具腐蚀多久，会变成面具的模样？如果每天醒来，心里怀着对脸的警醒，也许是治疗“B.A.D. 综合征”的另一剂良药。明弓想。

“B.A.D. 综合征”是什么？一种病。先不论这病的身世，单是自己，想来如一出荒诞剧。自己这么一个家伙，也可以猫在一家世界五百强公司里，经年累月，对着一堆过敏词忍气吞声。可以赚到钱，不仅没饿死，工资还年年涨百分之十五，竟会被派去管理治疗这病的产品，人称公司的 blockbuster，“重磅炸弹”。明弓想，自己是侥幸的，一个偶然性的存在。闪躲重重障碍，忍耐每一次的不期袭击，猫在生活里，低微而坚硬。

在美国，是一位医生用 B.A.D. 综合征来命名一种现代文明病。这位医生并未像好大喜功的同行们一样，爱用自己的名字来命名一些综合征。他是迈克尔 · 杰克逊的歌迷，他认为歌神迈克尔 · 杰克逊自己就是一个 ego 很小的人,总是在一个虚拟的世界里寻找虚拟的孩童幸福,深夜打开如迪士尼乐园装置的庭院,看风车转动,木马慢跑,铃铛轻鸣……在雪花如手掌的明尼苏达州,这位医生一边听着音响里歌神的音乐,一边写论文。歌神正唱到《Bad》这曲,他感觉,妈的,真对路子。

他写道:B.A.D.,指由现代文明生活引发的 busy, anxious, depressive,进而造成人的整体健康状态下降,包括心理疲劳、失眠多梦、记忆力减退、注意力涣散、偏头痛、月经失调、性欲减退……已不能用单一的传统疾病来概括,用单一的传统药物来治疗,只能将之命名为"综合征"。

忙碌、焦虑、抑郁。如果直译为中文,就是"糟了综合征"。

综合征这个词,功能真是庞大。像一只盛着五谷杂粮的竹篮,一些面目不清的东西,也可以名正言顺地装入其中——只要是相似起源。对于明弓这个"过敏性词语症"患者来说,综合征这词的妙处更在于,居然医学可以容忍那些不清不楚的东西,慷慨地给只竹篮装下。她暗暗欣喜,在竹篮的边界,看到了人的理解力的边界——对了,这才是人,远非无所不能的人。

仍旧是那位迈克尔·杰克逊铁杆歌迷的医生,被一局医疗官司撂倒后,倒霉透了,行医执照被吊销,掩身一家小公司的研发部门。这位长着一张典型科学狂人脸的落魄医生,半长头发掩面,一张没什么血色的长脸,最典型的数那眼神——直勾勾,没有歧路,只有笔直通向目标的那条道路。他没日没夜地比对现代文明人与印第安土著人的基因序列,自己建了一套计算筛选模型,最后筛出两段"有显著意义"的序列,分别申请专利，志在用它们来表达出蛋白质，治疗 B.A.D. 综合征。

他常挂在嘴边的一句是，我很 B [busy]，但不 A 也不 D，我很 B [busy]，仅仅是为了治疗这世界的癫狂—— B\A\D。本来是一句科学狂人的疯话，但在 B.A.D. 综合征扬名后，众人眼中，读来竟如诗歌一样美妙。

在众多包装有精美概念的新产品里，挖出这么一个不走寻常路的货色，这让当年的 Margo 除了常在《华尔街日报》露脸之外，还会出现在《时代》，甚至《纽约客》。人们很好奇，是什么经年累月练就了这女人的眼光：一定不仅仅是一位医生，应该上过哲学系，或是人类学、社会学什么的，甚至还会有“垮掉的一代”的混合血脉，艾伦 · 金斯堡的小女友调调。

镜头里的 Margo 被问到，淡淡笑：不用对我的背景如此感兴趣，用一下常识就能看见，只不过大多时候，人们看一枝一叶，我试图越过这些，去看更多森林——我一直提醒自己记得随身带一双拥有常识的眼睛，只不过，有些人却把它忘在家中的地下储藏室了。

“如以萤虫之光审视大象，首尾不能相顾。”十年中，美国的工作狂增加五成，日本增加七成，中国增加四成。从三元酒家出来，明弓在拥挤的国贸转车时，眼前的车流人流头顶的立交桥，匆匆行路的扁平人，编织成一张巨大的网，成为一个狂流世界——但，这并没让她陷入绝望。反倒是，自空中劈下一道更凌厉的快意，她进而无比清醒起来：眼前都是自己产品未来可能的患者群，是自己产品的巨大机会。那些速度、挤压、引擎、推搡的东西，尽在眼前一一呈现。它们就是这年份，它们就是这现代生活的一部分，胶水一样粘连。不是有人说吗？现实中的现实，来解决现实的问题，世俗的自身净化。

随后，更强烈的一刻，她怀念 Margo 金刚钻一样的目光，像怀念前世也曾有过的美好自己。它闪着锐气，切割眼前的重重壁垒，直抵那有希望的终点。它建筑起一种力场，穿越边界，穿越隔阂，在息息相通的遥远心灵之间发射信号。眼前这实验，开始变得有趣起来。

第三章

螺旋的策略

Key Issues & Strategies

在此环节，看到做这一行的天分。从名目繁多的调研、分析，到提炼主要问题、制定策略这一步，至今仍是创意工种。

虽有不少模型和工具诞生，但仅能服务于智力的平均水平。它们中至少有一半，仍不可能把握住可贵的"直感"部分，仍不可能量化捕捉到那种直抵核心的思维光速。

Ming Gong Marketing Textbook

1. 新治疗

除了钻研 marketing 技术，要开始学带人，带团队。向你汇报的，都是团队里的老人，你作为新人，要融入他们。给你三条建议：一开始，多看少做，多听少说，多想少凭感觉。从前，你可以“独”。独，是我刚学来的北京词，就是指你这样的。白天，只要你来上班，你就绝不是一个人，你意识里要“有”他们，行动里“有”他们。

竞争总监落选的茅小姐，短暂阴雨后重又健朗，开始 coaching。为什么总是三条建议？听人说，“三”是外资公司里混最合适的数字，多了罗嗦，少了显得思维不丰富。

明弓边听边给茅小姐的话加引号。比如“独”。比如“有”。这两个字如同反义，耸立在刚才一番话中。其山惟石，壁立千仞，临之目眩。一个“独”的人，如何才能“有”。

在茅小姐眼里，自己一定是个“独”的人。在万仞眼里呢？如不是他回了趟北京，都快想不起他的中文名字。没问他关于前妻和两个孩子的事，那本来就是和一个叫David的名字联系在一起的生活，与“万仞”无关。明弓并没有拥有他的贪心，也不想打扰他的自有领地。她想David也一样，他一直认为她父母是教师，小知识分子式的相互敬爱，偶尔吵架但很快和好——那只不过是明弓希望在美国，对着一个陌生人一个陌生国家，重新编一个自己希望的、还算正常的过去。

万仞让叫中文名，明弓在心里感慨：我们所使用的语言，真是决定了日子的底色呀。叫出万仞两个字，倒有了重新开始的新鲜。直到躺在宾馆大床上，摸着那渐渐稀疏的头发，越来越松的肚腩，曾经的触感一一召回后，才又像从前那样暮气袭来。万仞叹：要不，跟我回费城吧。

暮气越来越浓，充满整个房间，可以吞噬整个人和整个生活里蹿出的几点火星。明弓穿好衣服整了衣角：下周还要忙年会，好多活儿，日程排到三个月后。

如何能不被吞噬，如何能听着明妈打来的电话避免僵局，都是自己左右不了的。左右不了，不如就像窗外的月亮，在两三点的夜里高悬着，薄寒的光，疏离的光，强撑下去。

爷爷没能在这世上继续强撑下去，有天明妈送饭进他房间，发现他已经连一声“哎”都懒得答应了。明妈想起了眼前这人的儿子，被别人送回家时，也是连一声“哎”都懒得答应了。那段时间，周围很多人去建筑工地打工，但是那个叫安全帽的东西真的是不安全的，一根水泥柱子砸下来，砸在了正抽空来口烟准备给家里汇钱的人身上。

明妈电话里说：都走了。

如果电话那边是下属，明弓知道自己接下来的顺序应该是：一句同理，一句安慰，一句励志，一堆打气。但对方语气中的哀怨，让她闻到自己体内潜伏角落一唤便醒的哀怨，露出原形："早晚的事。也好，他算解脱了，天天醉酒也难受。"

"瞎说什么。好死不如赖活。"

明弓深呼吸，找了半天找到这句："那我请假，回去一趟。"

"不用了。寄钱就可以。"

"我请假，回去一趟。"

"不用了。他知道你心里有他，从前陪他去看戏。过年回来，磕个头。"

"得回吧。"

"不用了。不需要办事，也没几个人可请。背景不好，解放前是纱厂的，后来挨批了也就没什么亲戚。"

"得回吧？"

"不用了。就是要花钱，把该办的办了。"

明弓将话筒拿离耳朵十公分，深呼吸：那好吧。

"你自己的事，抓紧。"

明弓直接挂了电话。站在空荡荡宽广长安街边，冷风吹过来责问自己：为什么不能把妈妈当作一个公司去适应，当一个必须打交道的同事去"沟通"，以"双赢"为必须达成的功利目标？

明妈说，爷爷知道你心里"有"他。下班，回到家，回到"赤子之心"，明弓翻起那叠爷爷塞过来的纸片，竟是本《工厂适用学理的管理法》小册子。一九一六年,中华书局,译者穆藕初,译自美国泰勒一九一一年的《科学管理原理》。那可能是爷爷年轻时践行后又猛遭摧毁的商业原则?不得而知。但起码如今,自己已身陷商业王国。

茅小姐说,意识里"有"他们,行动里"有"他们。"他们"是这三个人。两女,一是比做数学题还严谨的助理,对任何指令都要求明确、工整。一是早在这产品还没上市前就开始准备的老资格,叫裴旻,胸部和臀部均已下垂,女儿已上小学三年级。一男,Frank,从另一个产品组转来已一年,满嘴往外喷英文,全是英文大词 vision, scenario, leadership……他从一家排名还不错的商学院毕业,赶着 MBA 大潮时读完,又在 MBA 落魄时就业。公告第一天,请三人吃饭,席间只有 Frank 一直在说。说他刚从巴厘岛开完亚太区会议的见闻,那个亚太的市场总监讲了什么内容,透露了什么总部架构变化的小道消息,晚上吃的是什么大餐耗时四小时,台湾、香港、马来西亚的产品经理们看上去怎么脑筋不灵。

餐毕匆匆赶去开日历上排好的下一个会,路上碰到师兄。他上下打量了后评论。

第一句:你这不是自己要来的升职,倒是真牛的升职。

第二句,你这样的人,竟也可以歪打正着,被人误读成正果。

第三句,继续玩吧,本职尽善之后下一关,带人会痛苦,咬咬牙,体验人性,好的坏的。

他说:有困难,来找我。高僧一般飘走了。

曾经的"大通铺"三人组,说散就散了。盾姐已请假数天,她的常说口渴的老公,因为低血糖两次昏倒在公司,查出来,不是通常以为的糖尿病,是胰腺癌。Victoria 换了份工作,工资翻一番,据说碰上好年头时奖金会是工资的两倍,是与医药评估沾边的金融行业。她走,起先是说实在受不了老爱在自己面前提裤子的男领导。再往下说,是觉得没保障,老公在香港也算挣着不少钱,可那毕竟是他挣的,不真正属于我。哪天,要是他没工作了呢? 哪天,要是他带另外一个人跑了呢?

你的性福? 明弓盯着她脖子上的金项链,吊坠是一个艺术体的字:“穷”。

没那么重要,平时我口口声声,仅仅因为工作是这个,纯技术问题。常年做这个产品,老接触床上的事,那其实就是一会儿的开心,俩人抱一起,叫一会儿就完。我需要自己挣钱,很多的钱。性福? 不会给我这个。我们大半年没一起了。奇怪吗? 不奇怪,他身边可能有其他人,想到这个,我可以容忍。

她顺手玩了玩桌上的那个测勃起硬度的卷纸环,说:也许,该弄些你的产品吃吃。

沉默后,俩人同时说:也许,该去看看盾姐。

但,见面怎么说? 面对屈指可数的时间,从哪一页说起。

“大通铺”最后一位难友 Gary 也搬了。他领导没了原来的靠山,找了下家,撤了。Gary 使劲活动了活动,加上一直能忍,很少得罪人,活儿也不错,升职了。搬离大通铺时 Gary 说:这就叫,发国难财。正检查新推广资料的明弓抬头送他走,他那张没表情的脸划过一丝尖利,破土而出些生机。

每天忙得昏天黑地，明弓没时间想起盾姐。只有一次，公司安排春季年会在杭州，在宾馆前的茶叶店，看店主从麻袋里倒出刚炒完的明前茶。闻着清香，她愣住了，想象着眼下盾姐的生活。又想起，过几天就是清明，周身一冷。称了味道最好的茶叶，快递到盾姐家。还是不知道见面说什么。面对屈指可数的时间，从何说起。或者也是这些白天，研究B.A.D.综合征，和医学、销售、下属三人组各式各样的人斗智斗勇，人变得硬朗。面对一摊本来可置绝望之地的事，可以保持距离的清冷。悲和离，像一瓶净化剂，让人更看重欢和合。

这个产品并不好做。管理层期望值高，公司关注度高，最形象的比喻是，每个领导都希望能借这个产品扬名，他们像一群"卫星菌落"，布满在这个产品的周围，一旦成功，自己等着借机升天。诊断标准模糊，就诊率、诊断率、治疗率都低。换到新岗位没多久，明弓接连两天坐在调研公司的玻璃隔板后，听医生深访，试图还原出市场症结。小房间里，一位受访医生，一位长马脸的年轻男调研员，拿着几叠问题提纲。一张桌，两张椅。坐在深访调研房间的玻璃后，可以观看房间里发生的一切。

生意真不是闹着玩的，如同一个原始部落里的猎人猎获动物，与生存有关，全部落的人是否能活下来有时就取决于一次狩猎。明弓坐在玻璃隔板后想。

两名受访医生结束后，安箭走进受访小房间，嘴里叨唠：一上午门诊三十个号，看了十个感冒，七个神经官能症，其余的才是本行。

调研员脸上挤出职业的微笑,开始例行公事,按手中的问题提纲一一问。安箭在椅子上左右换腿跷起来,摆弄着自己的手指,然后斜坐在椅子上,说:我知道你下一个问题,我直接说吧。后来干脆整个人仰在椅背上,抓抓头说:程序太刻板了,套话太多,受不了。

——似曾相识,仿佛那小房间里坐的是自己,那种不耐烦,正是坐在玻璃隔断后观察的明弓曾经非常熟悉的不耐烦。

出门时,安箭对着房间说:这种偏生活质量改善的处方药,如同戒烟、减肥处方药一样,在中国都很难做,因为大家不会认为这是"病",大家也不愿意承认自己患了"病",大家没大毛病都不想去医院。医院,在我眼里性感,但在老百姓眼中是个监狱。

明弓上前递名片,那名片是此时此刻的"身份":高级产品经理。

"哦,是你!变性感了!"

她问:"你上午看的七个神经官能症,会跑来心内科看病,有可能是B.A.D.综合征吗?"

安箭看眼前这人,她似乎找了个地方藏起那个在国际航班上喝闷酒的自闭人,一砖一瓦砌起围墙,只留一条缝自行切换。她说话时手势利落,胸脯胳膊看上去也不肉感,但手细长,脖颈血管走向清晰。

他说:"也许。不过我真没这么想过。可能是,忙碌、焦虑、抑郁……离我太远。离医生的正统病因病理学,也太远。"

"这么阳光呀?"

"不止这些。给你时间,尽可以来了解我。"

他笑容里没有任何杂质,但这是白天,炽热的白光照射众生,她轻轻拨开了那只揽住她正装腰身的手。

至此,她已连续一周正装的生活了。为开新总经理上任的员工大会,公司租了建国门的超五星酒店大会议室。公司要求大家着正装,并说散会后供应赛百味的金枪鱼三明治,班车接回公司。为了那份免费三明治,为了那趟免费班车,明弓已在一套正装里闷了两小时。新上任的总经理说:我们在中国有一个梦想,就是在二〇一〇年公司销售额达到一亿美金。听到“梦想”时,她听到自己喉咙里的咕噜声,进而缺氧,想飞奔出会议室。

但半个明弓在说:上班呢,跟大家一样,学会去尊敬一个上司。

另半个明弓在想:过去二十年里,从没有整理过那些过敏词,一直在“逃”。现在,正装也穿了,大词也说了,职位也升了,自己已将自己置于僵局。不能指望医学课本,来整理过敏性词语症的病因病理学,不如利用这会议空白时间自己动手。

盘点下来,它们大约是这几类词:

装腔作势的词。扑灭个性的词(常伴有一种训斥口吻,更强大权威赋予的绝对正确的口吻)。工业化和商业文明异化的词(不可小觑,它们渐渐成为一种通用语言,合理地到达世界各角落。因为通用,词变得单一、确指而干瘪,它的另一面也许有着黑暗的面貌,如同知识界的科学主义至上,成为唯一选择)。短暂娱乐并迅速泛滥的词(比如这些:“恶搞”“热捧”“爆笑”“炮轰”“给力”……)。所有陈词滥调,英文 cliché

一词指的那种(吐出一个字就知道下一个的单调无趣,“一道亮丽的风景线”“思想的盛宴”“填补了本领域的空白”……)。

如何治疗?她曾试过铅笔文身,试过“选择性耳聋”。在已飞去纽约的那人中途打扰之后,“选择性耳聋”大法已失效,那不如试试新治疗。如同变态反应科的医生治疗病人,先找出过敏原,然后小剂量过敏原、定期进行脱敏。逐渐增加剂量,机体产生免疫耐受性,不再因接触过敏原而发生剧烈反应。如同看到的那个电视节目,一个房间,一张椅子,一群说“胖”字的陌生人,解决一个胖姑娘对“胖”字的过敏。在从工作相关的开始,说出那些词。小剂量过敏原、定期进行脱敏。这样,她成了一个奇怪组合,她被劈开成为两半:明弓白、明弓黑。

明弓白对着组里的三位说,这个产品目前的 performance 并不如人意,所以,在对销售讲解策略和项目时,我们自己要先展现出自信和 passion,要激发他们卖这个产品时的意愿和梦想。(看,说出这些词,并且中英夹杂,已不在话下。)

明弓黑提醒:看你说英文 performance 时,迟疑了一下,你面前晃出奥威尔《一九八四》的强大机器、“大洋国”里的“老大哥”?但你说“自信”时,脖子挺直,腰背挺直,下巴微微上扬。你说“passion”时,你要求自己语调升高,面露浅笑,眼神坚毅,打开双臂向上挥。说 passion 时,你必须成为那个词,你必须成为一个展示 passion 的人,于是你的 body language,跟着转频道。可你蒙谁呢? passion ?回到家回到人生,根本是个彻头彻尾的悲观主义者。至于你说“梦想”时,心里猛顶了一下,因为你想起就几天前听新总经理说“梦想”时的浑身不舒服,与马丁·路德·金的“我有一个梦想”比,相差太多。说到这里,你发现一个普通的词如果加上引号后,它的味道立刻不同寻常。

前二十次假装的。

前二十次,明弓黑说的话比明弓白多得多。每说一个词,如翻越一道障碍。一场艰苦的障碍跑。情景如同小里维拉自知无法竞争西班牙政权:“我知道下面的人需要简短而准确的话,可是当我说出来后,我就怀疑了。”

再二十次,开始形成反射。明弓黑说:还能怎么样呢,演吧!暂时的牺牲,也是可以的,我们守不住白天,总归还可以守着黑夜。

到了第四十次,开始成为习惯。渐渐地,明弓黑会短短说一句:必须的妥协,只要记住,别真傻了。

记住,别真傻了。明弓黑还是不放心,一遍遍叮嘱。

明弓提着电脑,带着组里三人箭步冲向年会会场,身上穿着国贸商城新买的一套灰西装(居然有一种灰的名字,叫“高级灰”,深具过敏词潜质,水粉画中高级灰特指一色系,色彩经调合纯度偏低,显得柔和沉稳)。看台下一百多名销售乱哄哄的,明弓黑有点烦躁,想撤退。但只用两秒钟,调换频道:明弓白频道。开场讲幻灯,再次展现自信和热情。仅仅是语言并不够,还需辅以刚调整完的策略和推广信息配合。这些,是支撑言语的自信和热情的基础。难敌自己是打工被雇佣之人,难敌茅小姐的信任,难敌一百多名销售汇集同一台巨型商业机器等着前进方向,难敌 Margo 某种深深的深到骨髓里的高明技艺,难敌生意哲学渗透到每个角落起初泛着黑后来闪着淋漓金光……一步步走向隔夜搭起来的半米高讲台,一步步接近商业王国,成为它的一部分。站在台上时,她的明弓黑部分溢出身体,在高空如一只眼睛,看她与这世界的关系,在那一刻,是投入,成为子集。

茅小姐说:带团队,离不开两件事,授权和教导。当然她说时用的都是英文, delegation, coaching。因为要授权,就不能自己从头讲到尾,要让下属锻炼。但明弓看老资格女裴旻的幻灯时,几次捂着胃,深呼吸后,试图平静解释应该怎么做,对方回:你才来,我做这个产品已经三年了。

明弓一把拿过笔记本电脑:那我先改给你看。

对照茅小姐和师兄的带人标准,又觉不妥:你经验是很丰富,我很认可这一点,但在与销售面对面沟通时,还是要尽量简单和清晰, KISS 原则。(这回用上了技巧:先充分肯定,再提出改进。)

KISS 原则?对方重复。

有一只脚在身体内猛踹胃,明弓想起似乎久远的记忆:茅小姐在走廊里大喊,和销售沟通的 KISS 原则,自己紧握喝水的量杯,站在公司走廊如站在荒凉虚无之乡。明弓一只手捂着胃,猛吸口气,盖住快要涌上来对自己言语的怀疑,又拿过笔记本电脑:“你先试一下,把本来要说的五件事,用一个主题词串起来,再删去一些枝枝杈杈,这样,或许销售一天听下来能记住核心内容。”

半是强迫半是说服，裴旻在年会上讲完了改后的幻灯，除了没什么激情、有些话重点不明之外。中途几次明弓想冲上去纠正，被茅小姐按住：嗨，你是在带人，不是自己单干，避免用自己的完美标准去要求别人，她有进步你就应上前去肯定。明弓不情愿地想，难道就设定七十分是可以接受的结果？又一想：看来真入戏了！想做一百分，瞧，这就是他们口中的 ownership。

MBA 男 Frank 配合一些，但他在台上讲：我跟各位强调一下工作重点：一，保持高昂的士气，不管遇到多大困难。二，坚定执行策略，保证活动有效性。三，建立客户体系，打造高品质学术平台。

是他自己临场发挥的。怎么像隔着一层雨衣在搔痒，像在听一场国营领导的讲话机器在刻板运转。听众眼神迷离，有的在这高昂的空洞的韵律下打着瞌睡。明弓忍不住说：刚才那个七十分，这个几乎不及格。茅小姐饶有兴趣地问：为什么？

因为没有血肉，没有魂儿，全是干词、大词，全是空洞的腔调。没有对市场的理解，没有对个体的触动，没有人味儿，不鲜活，很难打动对方。

所以你要 coaching 他。茅小姐说。

Coaching，也曾是明弓的过敏词。是因为说的人，大都这么一种表情：抓来一个名词，包容很多动作很多事，有些连自己都不太清楚，但这个词一抓来，说话人陡然正确起来。Coaching 是有大法的。如能嘴里挂着六步教导法，说英文更好，Six Step Coaching Model，那说明受过正规培训，深谙圈内秘语。但这些装点门面的武器，明弓都还不知道，她硬着头皮准备进行一次“处女 coaching”。

“这次年会辛苦了。你之前的准备也很充分。先谢谢你。”明弓硬逼自己夸了两句,还得面露真诚,一边想自己真像名演员。

“想随便跟你聊聊,你自己觉得这次年会讲得怎么样?打多少分?”

“挺好,一百分的话我给自己打九十五。”

“哪里好?哪里需要提高的?听众对你讲的话的反应呢,比如这段,一,保持高昂的士气,不管遇到多大困难。二,坚定执行策略……”

“瞧,多精炼。我隔夜想了好久,才总结出这三句。不少同事给我发短信,说讲得好。”

MBA 们一定都关在商学院里进行了十足自信的老子天下九十五分的培训。明弓开始没章法了。今天明弓黑特别活跃,明弓白每说一句,明弓黑就发出有杀伤力的一声冷笑。但总不能第一回处女 coaching 如此草草收尾,她急忙扯了张大旗:“能有销售反馈,挺好的。你参加过高效能人士的七个习惯培训吗?其中有一条是沟通原则,知彼解己。除了保持销售的积极性,还得理解他们的认知状态和结果。”

天,面对别人正儿八经地谈“沟通”,扯的居然是几年前连自己都忍受不了的七个习惯培训。明弓黑冷笑。

此刻就是名演员,演什么得像什么,得像圈内人。明弓白辩解。

“这个我知道。都是些老套文章。”MBA 嘴一撇。

“我想说的是这个,销售坐那儿坐一天了听我们讲,有限的一两个小时精力比较集中。我们要尽可能把握他们的情绪节点,少说一些套话,多用形象的语言，表达他们能带回一线去的行动要点。"

其实，自己说的也是一些套话，就是皮肤上一挠就掉的死皮。明弓黑说。

"情绪节点？套话？"

"怎么说呢？你肯定读过新东方吧？"硬着头皮找比方，与人沟通说理，能找个相近的形象的比方，是一件必须的本领。

"当然，我考过铁人三项，托福，GRE, GMAT。"

"这方面我比你差远了。你想想，为什么你喜欢新东方老师的培训？就是没有套话，全是形象的东西，为了说明一两个重点，包括形象的玩笑，故事感。视觉化，所以你能记住那些应试重点。"

"哦，你这是在 coaching 我？虽然不大同意，但，谁让你是老板呢。"

捂着胃让自己依旧演一张平静带微笑的脸。她心一横，这次不如干脆更彻底些。"你可以不同意，我也经常不同意领导的说法，这都没关系。我说这么多废话，就是希望往后你关注一下与销售沟通的精髓：简单，要害，鲜活。一起努力吧。"

"可以不同意？废话？还很少有人愿意承认自己说的是废话呢。"对方乐了。

是中听了点儿，但说到"一起努力"，明弓白和明弓黑齐齐震颤。

2. 旧梦想

天将暗时，潜入现场。

“年度有梦想女性”，七个字，凸在大背景板上。嘉宾走进这尺寸巨大的超五星级酒店入场时，一群照相机、录像机齐齐对着，然后被拉到一边采访——当然，是那些有重量级娱乐性的热门人物。

依旧背着平民品牌的 Targus 电脑包，下班后只抹了点口红，明弓素着张脸冲进这一巨幅名利场。被王枪枪挟持到一大房间，那些有梦女性获奖者们一溜乖乖坐在椅子上，齐齐对着一面面大镜子，看自己的头和脸任化妆师、发型师摆弄。房间一侧，一巨大衣架上排了一溜从大牌店借来的晚礼服，ABC 按字母顺序排得整齐，Armani，Bottega Veneta，Chanel……

不来一套？王枪枪指着一件 Chanel 问，表情像农贸市场上一位菜农指着一堆剩市白菜。

免了，不像。

表里如一,美德呀。

不,与我的专栏呼应,一个平民妞。

安箭怎么看上你这路的? 王枪枪又嘱咐:不习惯的话,就端杯酒,站一旁,看众人表演,看神神鬼鬼,每次去时尚趴我就这样。

明弓问:你说实话,这“年度有梦想女性”专栏作者,是不是拿我当摆设?

王枪枪说:也不全对,你是玩差异。本来呢,你是不听话,偏要写“小”,我倒也想看看这帮读者,被我们硬塞了“大牌”、“奢侈”、“富贵”这么些年,是不是要点别的。结果你的“小”合了他们心声。这是我那牛逼主编想不到的。读者为王,她有点后悔当初没录用你,不过她还是坚持,一个不背名牌包的人成不了一个时尚杂志编辑,正如一个穿秋裤的人也成不了一个时尚杂志编辑。

眼前就是这些玩”梦想“的人。一夜走红的古董鉴赏家,身穿仿制唐装,正与一台湾来的精油女大师作西式拥抱。诗朗诵腔调的国学中年女学者,对着两个时尚小记者演讲励志小故事,两只手有力展开,作白鹤亮翅。半边短半边长头发的慢生活提倡者,穿一身白色宽松麻服,正与助理排接下来一个月的日程。“这么满!”小助理叹道,慢生活提倡者慢摇头……这些经常出现在杂志和电视上的脸,像与自己隔了几百年,人群中明弓无事可做,回想起那个没有杂质的笑容,那只轻轻揽住腰的手,倒像是与自己一个年代。

王枪枪又领进两位“年度有梦女性”,分别是一著名电脑公司CEO,

一著名投行的副总裁,两人坐下,熟练交换名片,用英文抱怨了一下北京下班时的交通,然后几乎同时,两人各用双手按了按自己的太阳穴,整了整附体一天的职业套装,接着聊 BRIC(金砖四国),Chindia(她俩很不满居然大陆人翻成"亲爹",明弓忍不住笑起来),彼此公司总部的 China strategy(中国策略)。明弓坐着听,如同坐听纽约总部的人做 presentation。

她俩言语之中许多曾经的过敏词扑面而来,但如今几乎全无反应,明弓窃喜于自己的治疗实验。但也有一点点失落。那种失落,就像你曾经是个有胎记的人,进而那胎记成为你这个人的一部分,哪天它被强力去污剂一点点洗去了,你好像也再不是原来的那个自己。

颁奖典礼的特邀女主持人进屋时,最引人注目。加州阳光海岸一样的笑容。在座的名人,大都上过她的节目。她与古董鉴赏家说,最近刚买了个碗,听说是宋那时白舍窑的青白瓷,哪天拿给您看看给断断。她对国学中年女学者说,看您新一期《百家讲坛》了,瞧您那口才,没人赶得上!她对慢生活提倡者说,最近香港又流行什么生活方式?看完您的书后,我吃饭比原来慢多了,整整一个小时,生平第一次体验到"禅"味。她对电脑公司 CEO 说,上期杂志的封面报道,写您写得真好,有生意头脑,又精通古典音乐和法国红酒,这样的女人,绝对精品。

环顾一周确信与熟人都打完招呼后,主持人坐在明弓对面的沙发上,急急拉开拉链,扒大款 LV 包。她的矮个儿胖助理穿着黄色高帮马丁靴匆匆跑来,递上几页纸,是晚上颁奖的串词。"钱给了吗?"主持人突然问。胖助理先一惊,然后自鸣得意:先让他们打账上了,才叫您今晚来的。

主持人一手拿着台词稿,微微颤抖。另一只手还在拼命掏包,终于掏出来了,一板胶囊药。

那是自己曾经管过的大疼产品,明弓本能地问,怎么了?

主持人看了她一眼:头疼,每次上节目前都这样。

明弓说自己就在这家公司上班。

主持人这次认真看她:你是上班的?今晚这活动,还有上班的小白领?……你,做医药的?你看我这个怎么办?帮我找个专家,天天头疼,每次上节目前尤其厉害,像要裂开了,前段时间还抑郁,吃了一阵药。

您是说,忙碌、焦虑、抑郁……

没错!

她一定有两张脸。一张阴面,一张阳面。站在颁奖典礼台上的主持人,是一只沐浴阳光的金鸡,毛发油亮。刚才那个拼命掏 LV 包找药瓶的人消失了。台下的明弓,与一桌得奖者和嘉宾夹着坐。陌生话语磕磕绊绊,问来历,问背景,问认识的名人……同桌一位雕塑家瘦长女,长发遮住小脸,几乎看不出长相。轮到她上台说得奖感言,幽幽趿着两片拖鞋鬼影一样飘上去:什么年度有梦女性?!我是无梦之人,我创作,是因为这个世界荒唐得根本没有梦,容不下梦,也——不、配、有、梦,所以我根本不明白,这奖有什么意义。但她还是接过奖杯,回到无梦世界的庸常饭桌上。

在明弓右侧，两位做媒体的有梦女性自认识后一直侃侃而谈。一位是从美国回来的六〇后，讲美国新闻精神，讲如何用世界性的眼光看今日中国，这是她的下一本书，英文的，她的书全是英文的，她说她致力于挖掘商业文明下的文化差异。一位是在电视台做揭露性新闻报道的侠女，似与海归六〇后聊得很投机，她抨击中国有钱人全是暴发户，怜悯心严重缺失，对他们来说，那些上不起学、吃不饱穿不暖的边远地区孩子，仿佛生活在另外一个与己无关的世界，这么说时，她眼眶中迸发出百分之百的正确之光，好像桌上其他人都犯了或大或小的错误一样，都该畏罪自省。两位都换上了化妆间那巨大衣架上的晚礼服。

席间只有一位面色和善的小提琴家一直寒暄，企图冲淡被两位新闻达人孤立起来的其他零落之人，明弓更愿意颁予他"年度梦想和谐奖"。小提琴家讲自己的世界巡演，每到一站睡一家五星酒店，每一家酒店的枕头舒服与否直接影响到自己第二天音乐会演奏的表现，比较了两年之后，现在只能自己带着两只枕头跟着世界巡演。因为他还有一个习惯，就是睡一晚洗一次枕头，他不愿枕着自己隔夜的头油入睡，免得第二天拉琴时闻到一股味，破坏激情和意境。

总算等到颁奖典礼中途，上了主菜，煎三文鱼配白酒黄油汁。上到明弓和新闻达人这边时，新闻达人正说"像射箭一样，射向这个国家最终的发展目标"，兴奋举起手比画着射箭的动作，碰到端盘子的服务生，菜洒了出来。毁了新闻达人的晚礼服（借来的）。也毁了明弓的半个西装袖（高级灰那套）。

"怎么搞的?! 什么素质!"刚兴奋做射箭动作的新闻达人转过头,对服务员大叫,她的脸涨大一圈,声音像开车急转弯,又猛刹车,刹车皮冒出青烟。一种噪音。一种想以正确杀人的腔调。憋闷、胃疼,明弓禁不住抓起桌上的银色叉子,刺向自己左臂,但无济于事。一晚都没开口的明弓捂着胃,对新闻达人大喊:"至于吗?!"

这时,油亮毛发如金鸡的主持人,蜜一样的嗓音邀请"年度有梦想女性"专栏作者上台。

站在话筒前,明弓脱口而出的居然是:"至于吗?!"

本来闹哄哄的台下,突然安静。前排有人看见明弓还沾着菜的半截西装袖,大笑起来。主持人机灵地转折:"您太谦虚了。"然后,用眼神示意她赶紧接一句。一句什么呢? 一句像样的话吧。

接过主持人使劲暗示递过来的奖杯,明弓积攒最后一星一点的冷静说:我会继续——写——"小"——谢——谢。

冲下舞台,冲进洗手间,擦去不知何时涌出来的眼泪,她对着镜子看那张脸:原来脱敏的事,并不只是这么简单——先说出一两个词,再说出一些词,直至最大忍受数量的词…… "说出那些词"只是第一步。在这些词背后,还有更庞大的东西,如同一根丝线的挺进,意欲征服一座大山。

活动结束,主编问:"怎么样? 现在,杂志是向你敞开的,你可以加入了。"和两年多前一模一样的语气,招聘时的施舍语气,伴着这一晚累积的大牌腔调。因为这腔调,就可以架在半空中对着大地上一只爬虫说话。对着那股强大气势，明弓说：不了，我还是回公司上我的班。

她想：也许上班也可以被当作一门手艺，起码与这晚经历比起来。

自爷爷去世后，她开始研究纺织手艺活，在“赤子之心”里建造记忆之宫的又一个新角落。那快失传了纺织手工，与自己的家庭背景有关，与那叠爷爷塞过来的几张纸片有关。

在记忆之宫里，有这么一本书讲日本的“葛布”如何制成。

每年六到八月，去深山处采一种铺地的藤蔓，小孩小手指粗，六七米长。藤蔓捆在一起，放大锅里煮一刻钟。煮过后放江水中去冷却，放进铺好草的正方形窑坑里，再铺上芒草或茅草，让它发酵至表皮腐烂，再拿到江里去洗，洁白的藤蔓纤维露出来。趁潮湿把中间的芯抽掉。用作纤维的部分是表皮和芯之间的一层薄皮。晒干后，就是织葛布的材料。

五十公斤的藤蔓，只能提取一公斤丝。织布手艺人回忆，江户时期的一位农业经济学家的教诲影响了织葛布的几代人：劳动不是件痛苦的事，在劳作中人可以变得谦卑、智性、仁慈。

比起手艺人的本分，在过敏词背后还有些“腔调”。对词过敏，也许有时是对背后的腔调过敏？有些腔调是装腔作势，如得了动脉硬化症。有些是绝对正确绝对权威。有些是装格调，如同用“奢华”暗示背后的一串词：地位，财富，无所不能……当然不能忘了这个：半中半英的腔调，假洋鬼子腔调。

那名内省、迷幻之风的摇滚歌手，在《高级动物》的歌中朗读了以下这些词，用的却是一种特别腔调。它附着在这些词之上，使这些词具有了实感,又举重若轻,暗含内省,消解,嘲讽。

矛盾　虚伪　贪婪　欺骗　幻想

疑惑　简单　善变　好强　无奈

孤独　脆弱　忍让　气愤　复杂

讨厌　嫉妒　阴险　争夺　埋怨

自私　无聊　变态　冒险　好色

善良　博爱　诡辩　能说　空虚

真诚　金钱

哦　我的天　高级动物

……

在实验报告里明弓写:听完这首歌中所有的词反而通体舒畅,要对付的过敏词,加上背后种种让自己过敏的腔调,太多太杂,不如转而思考:是否有一种腔调,可以一举消解了所有让自己过敏的词和腔调?

3. 真腔调

台上人，瘦削，清凛，黑衣。不停切换老花镜和近视镜，一会看讲稿，一会看听众。年过半百的他在这样的转换动作中，有老人面对机体衰退时的不耐烦，往外渗出的无可奈何。

“这人的八十年代至九十年代，在纽约生活，”王枪枪伸出小胖手比画，“如果他的经历是一只三明治的话，底下那片面包，是文革和下乡。中间夹层，是纽约的美国生活十几年，有火腿、金枪鱼、奶酪、西红柿片……正好抠空了八十年代至九十年代的中国面包那一块。剩下，最上面那片面包呢，就是他的二十一世纪眼前中国。他的经历就是杂交，就是移位。”

一下飞机，天地玄黄，就被王枪枪拉着穿过大半个北京城，城中风大，刮起的粗沙和尘土钻进眼中鼻中耳中。“白光闪耀，烟雾迷漫，黄沙满天，苍日清岚”，想起多日不见的虞盾，她小女喜欢的唐朝乐队歌词。

在三亚开了三天会，每天在酒店里，只在茶歇时倚在窗边看了两眼海。这样的会在公司生活里很常见，一般是：去一趟机场，搭一个航班，飞到一个城市，住进一个宾馆，钻进一个会议室，和一群人开上一两天会，再飞回。虞盾曾感慨：这样粗暴对待一个外地城市，就像一次强奸。

每天从叫早电话开始。早餐、中餐吃酒店自助餐，不可避免地与同事们一桌，聊什么呢？公司的事、行业内的事，小道消息，穿插些八卦。素材用尽后，就搬出早几任的总经理、总监们的事。到了晚上，集体外出晚餐。大家貌似热烈举杯，有时抒情，彼此吹捧，制造些伪高潮。接着团体活动：卡拉OK，或按摩足疗。明弓经历过最壮观的场面，是茅小姐带着部门共四十余人扎进珠海一大型足疗城，两排对开，每排二十余双脚白花花伸出。

常常，明弓看着会议室里的人有种荒诞感，他们反倒成了自己的生活伴侣。他们的脸上渐渐黏上一种表情，周边毛毛糙糙，灰白混沌，像北京污染太重时的雾。那是一个人太多时间与其他人相处后的表情。她想，自己的表情应该也是一样。至于开会，练习的是这几门功夫：

听（装着专心致志地听，撑不住了三心二意地听，似听非听杀时间）；

吃（上午、下午各一顿茶歇，拼命喝咖啡抵挡困意，各吃一盘水果和甜点）；

坐（能在会议室坐十个小时，绝对是功夫。伸伸腿，脱鞋，活动活动脚趾，无济于事，于是就开始焦躁，想逃离会议室，只能频繁上厕所。转身去倒水，也可算是片刻精神出轨之一种）；

有时得说（一定要说，但不可多说。要有显示自己参与度的发言。

能像印度人那样那么多词说一大段也没说什么事，确实是技术。但选择什么时候说和说什么，何时无声胜有声，何时没话找话，何时声东击西……关于说的功夫，至少得练三年）。

会议内容，八成和幻灯片有关。很难想象没有 PPT, slides，大家如何开会。剩下的二成呢，与白板纸有关，那是 workshop，分组讨论，再分组汇报。有时明弓觉得，开会这件事能让世界退回最初的空白，没什么可以等待，亦没什么可能发生，没什么值得一提。那不是可以滋生出什么的空闲，而是对什么都不再期待的荒芜。明弓于是常随身带一本薄书开始抄。

她抄卡尔维诺《美国讲稿》：

为什么我感到必须保卫许多人可能已经认为极为明显的一些价值观了呢？我想，我的第一个冲动来自一种敏感。我觉得语言总是在被随意地、近似漫不经心地使用着，这个情况令我烦恼，不可忍受。请不要认为我这种反应是我对我的邻居不宽容的结果，实际上最大的不愉快来源于我听到自己的言谈。

"明弓！"销售总监点名，谈谈产品组对销售执行的反馈。

四川变脸艺人般抹一下脸，她匆忙扫一眼屏幕上的幻灯片，接上线头，站起来飞快编排，配以高度参与的手势。

又坐下，继续抄：

有时候我觉得有某种瘟疫侵袭了人类最为独特的机能,也就是说,使用词汇的机能。这是一种危害语言的时疫,表现为认识能力和相关性的丧失,表现为随意下笔,把全部表达方式推进一种最平庸、最没有个性、最抽象的公式中去,冲淡意义,挫钝表现力的锋芒,消灭词汇碰撞和新事物迸发出来的火花。

意义,锋芒,碰撞,火花……会议日程显示,该轮到她主持 workshop 了。

变脸艺人又抹一下脸,脖子顶住,腰挺直,手势展开:我们进行半小时左右的讨论,每个提出的话题要对品牌有"意义",越尖锐越有"锋芒"越好,这样我们的大脑才能"碰撞",思维才能超越局限。说这些时,她在想象理想中的那种腔调,它使得一切词都不再显得滑稽、轻薄或是超重。

半小时后,坐下继续抄书:

在这里,我不想多谈这种瘟疫的各种可能的根源,无论这种根源是否在于政治、意识形态、官僚机构统一用语、传播媒介的千篇一律,是否在于各种学校传授凡夫俗子们文化的方式。我关心的是维护健康的办法。文学,很可能只有文学,才能创造出医治这种语言疾病的抗体。

跟着作者一起感慨，语言失去准确性，视觉形象也是，世界本身也是。为什么要呼吁文字的“准确”？也许是察觉生活缺乏形式而痛感不快。

每次与同事的长时间相处，就像垒起一块块功用语言的砖，贴上一片一片社会化的面膜，困在那小屋里，蒙上渗入肌肤的油彩，卸妆不得的疼、烦躁，但它们慢慢也成为了自己。三天群居，自己必定成了一枚棕油色机器零件的长相吧，被蜡封住五官和四肢的会议人。所以不如跟随王枪枪来这会场洗一洗，卸卸妆。

那瘦削清凛的黑衣人演讲说：“分解一下，我们的文化有这几种传统：一是由清代上溯先秦的文化大统，二是五四传统，三是延安传统。再加一个，是由近二十多年来的种种话语、文本所形成的。是一项传统逐渐吃掉上一项。第三四项，构成了我们现在的说话、写字、阅读、思维的习惯。前两种，在两三代人之后早已失传。”

如果有些人，试图站在第三四种的混合体上，踮脚遥望前两种传统的遗梦，会不会因为遥不可及倒抽口凉气，深如沟壑的绝望和不安？那怎么办？能不能，对那些遥远的继续心怀向往，但用某种不确定的语气加无所谓的表情，说出眼下这第三、四的混合体，用一种语气消解它？

出门继续钻进风沙里，对着裹挟黄沙的北风，明弓急不可耐地试验起来：用莫衷一是、自嘲消解、举重若轻的口气去说“英雄”“梦想”“沟通”“客户”“鼓舞士气”……神奇地，原先存在心中的过敏词块垒，似乎都没有意义了，也不再成为障碍。她自鸣得意：用正话讲正话，讲得又笨又费气力;用反话讲正话,也许漂亮而裕如。

她回家开始练习,对着镜子练习眼睛斜角看世界,把认真藏在冰山下,表面是羽毛,深底是秤砣。她开始听别人说话,判断哪种腔调是直接从生理上让自己舒心的。她听别人说话,在公司里听,在大街上听,在餐馆里听,在胡同里听,在地铁里听……在不同城市里听。她看电影,看话剧,看相声,听不同世界的人说话,不同的方法说话。她在北京胡同转,转那种有修自行车摊的、生煤球炉的、门口晾着一床大花被子一夜热腾生活暴晒的老胡同。有时也坐在马扎上,看后海老头钓鱼,看被泳衣勒成米其林宝宝圈的大妈冬泳,上岸后如花木兰凯旋般被路人围观采访养生经验,听他们如何说话。

明弓在练习那种自己心仪的腔调,第一个试验对象竟是虞盾。

消失半年的虞盾回来上班,她那生前充分享受中国通讯事业腾飞的老公,带着虽然中年依然俊美的笑容先撤了,带着与虞盾校园相恋的八十年代风情先撤了,带着平时勤奋工作周末带妻儿郊游的典范形象先撤了。

与走时比,虞盾面前的世界颠倒了顺序:那个沉默厌世的明弓,成了公司当红产品的负责人,能对着几百人激情演讲一小时,加班到八九点。那个处处忍让的黑框眼镜Gary,翻身填了原来领导的空,走起路来像电视里精心修补过的青年才俊。那个举手投足间都为大软事业的Victoria,转行为了赚更多,并在京城疯狂看房投资,专程来家找自己推广营养品,看来像是加入了某传销组织。曾经的工作狂茅小姐,准时拎包下班，谈论平常心、大我小我……

但也许对盾姐来说，这些“颠倒”并不陌生。她已生活在颠倒世界里好几年。她常去安定医院，常与大疯专家、病人打交道。那本身就是一个颠倒世界。将要大赚的老公，一个“口渴”背后藏着迅速的死亡信号，四十多岁扔下她和女儿先撤了。那本身也是一个颠倒世界。恢复上班第一天，她没直接进公司，先去了安定医院，看了看专家，转了转病房。那个读绿皮《史记》的工会下岗女工，还住在病房里。像她这么过一生，也未尝不是好事吧。虞盾倒觉得自己像阵阴风，掠过读《史记》女工的床前。女工抬头，似识非识地说：“又来，参观？不，干脆一起住进来吧！”

“当我的紫葡萄化为深秋的露水，当我的鲜花依偎在别人的情怀，我依然固执地用凝露的枯藤，在凄凉的大地上写下：相信未来！”用这些给自己提着神，虞盾跨进公司。

一个刚单独遭遇巨大悲创的人，静坐在那里不动，对公司其他人来说，像一座核能堆，需要动员很多勇气前去接近和安慰——如果不是纯为表演。先是茅小姐作为领导，到虞盾桌前安慰了一会，走时又迟疑回头，约定下午三点到办公室详谈。明弓走上前，为免做作，她演绎刚练习的那一种腔调：欠你很多饭了，怎么样？中午一起出去吃？这么说时，她想起目睹北京南城的一胡同交叉口，一老头拍另一老头的肩：怎么样？中午一起出去喝两杯？两人都穿着儿子辈剩下来的衣服。站在胡同边那叶子落光了的老槐树下，她被眼前看似轻描淡写的味道击中了。

有了新腔调附身之后，接下来的场景就可以不那么确定了，若真若假。

“还好？”明弓用有意上扬的口气问。她准备好虞盾会哭，想自己也许会跟着哭，走前悄悄准备了两包纸巾。虞盾身上的蓝色毛衣，与背景墙上的蓝色融合成一片。看上去，她就是那面墙。半年时间，让她成为了一个与从前的自己、与身边的人不一样的人。

“一开始，天天抹眼泪，现在恢复得差不多了。这地方，倒是看着挺特别。”

“三年前，我开始读一本关于利玛窦‘记忆之宫’的书，在你请假这段时间，虽然没和你联系，但我一直在想应该在什么地方与你见面比较合适。或者这么说，应该在你的记忆之宫里找个什么样的房间。它对你能有特别的意义。”

“这地方叫什么名？”

“变地。Changing Land。”

“听上去，挺精神科风格的，适合我。”

“往后，什么计划？”本来想问什么“打算”的，因为“计划”这个词听着很装，但明弓想尝试一下新腔调。结果，不经意的语气削减了“计划”的匠气和死板。她暗叹：真神奇的腔调。

“再做一年，等我女儿上初中了，打算辞职。”

“哦，悟了？不跟我们这些班奶混了？”明弓继续使用新附身的腔调。

“开了点儿窍，不跟你们混了。”

“他走前痛苦吗？”明弓揣度，可以再往前一步。“痛苦”这词，真不是随便可以说出口的。轻易说出来、说太多，是怠慢它。有时，太尊重的口吻说它，又会把气氛变沉重。所幸，明弓的新腔调让这个词说出口时显得熨帖。仿佛给这个词的分量安上缓冲带。可上可下，可前可后，既不那么怠慢又不那么沉重。

蓝衣人顷刻间蒙上一层时间的轻纱，像在回忆，表情模糊，界限不明。“一开始有些，他不太理解为什么不能像机器零件一样修好。以前他是学通讯工程的，觉得什么都能修好。”

这个时候最好不要再说什么，耐心等对方。明弓想。

“我自己做医药的，平时听说的看到的那么多病，也对他解释不清楚，人为什么不能像机器零件一样修好。后来他想修不好，总归可以选择好好走，就比较安神了，我们一起选定了墓碑上的‘无’这个字。我陪床，有时翻翻书，有天翻到你寄来的日本导演传记，说小津的墓碑上就是一个字：无。我觉得挺贴切的，就念给他听，他听完，居然也叫好……就这一个字，比药管用……你别担心我哭，我现在已经哭不出来了。”

“那一天没有迟到，只有早退。喝喝这家的咖啡。”除了新练习的腔调，在沉重的话后面，如果接一句特别现实的话，也会起到调和效果。一个严肃主题的结合与一种轻浮形式，使我们个人的戏剧，不管是发生在我们床上的还是我们在历史的大舞台上演出的，都失去意义。蓝衣人伸出手，握住白色马克杯，杯子里有地道的咖啡。

“那你将来闲在家？做什么呢，看书，不，你叫眼舔字？会瞎想很多吧，不如还是来公司看我们受罪。”

“总吵着退休，真不上班，其实也无事可做。有回见我哭累了，闺女提议，我们来演十年后我俩怎么过。我一想，十年后，我都绝经了，脸上全是褶，头发花白，女儿早组乐队了，也早跟人上过床了，可能就在纽约州某个大学宿舍里，万里远。老公留下的钱，省省花，也够撑到那时。但我并不太知道如果不上班，我真喜欢做什么，又真能做什么。劈魂是不行了，眼舔字和跳伞还可以继续，从前这是我的三件要事。”

“有时想想，你这几个自造的词，倒真有精神科特色。”

“你再看看这个词怎么样。瘪果。做精神科产品这么多年，没别的长进，倒是对 ego 这个词有体会，英语里常会描述一个人有 big ego，我给它造了一个中文词：瘪果。公司里很多争执很多不开心，都因为这个。人自我不能太大，除了工作，要有立得住的自己。我是不行。Victoria 前天找我吃饭，其实是传销，她的理论是谁也靠不住得靠自己，老公没了更要靠自己。”

“不然，我去做一名志愿者，也好。”坐在“变地”里，蓝衣人又说。

4. 假变地

一群人挤在傅满洲的办公室，留下他，坐在那张长条棕色办公桌前的一片空地。一只大摄像机对着他，打光灯炙热地烤着他被笔挺西装和衬衫抠住的大脸，汗水密密地渗出来。他掏出一包纸巾小心擦。他想用中文对着镜头说，但尚不娴熟，脸上肌肉因为费力而显得不协调。

“换一个玩法！”他嘀咕，脑筋转得快，不再费力说，先是从打印机上抽出一张 A4 纸，用签字笔写了大大的字母：NULI。又抽出一张纸，歪歪扭扭地写了两个大大的汉字“奴隶”，然后摇摇头说：不对！用笔在“奴隶”两个字上画了个大叉。又抽出一张纸，写了这么两个汉字：“努力！”然后他对着镜头挥这张纸：我们一起努力！

年会又要到了，广告公司在拍各部门总监寄语。每到这时，就有一群打扮怪异要么一撮胡子要么朋克头的人在公司里流窜，扛着摄像机拿着采访话筒打着灯，夸张的时候也会布线、架轨道，如同真要拍一部顶事的纪录片。但记录下来的，只不过是浮在这口深井上面的表象而已。

一些凝固的表情,一些声调上扬的话,为了某个一定赢的目标。有时聚起一群员工,在公司前台以公司LOGO为背景,喊几遍年会口号,做必胜的V手势,或是激情的挥手。翻开历年录像,除了身居要位者的头像更替,那表情,那话语,那动作和气氛,其实区别不出二〇〇六年还是二〇〇九年。

那些要么一撮胡子要么朋克头的家伙们,匆匆掠过整整三层的写字间,这公司满满八百名雇员分别在市场部、销售部、医学部、商业部、财务部、人力资源部、战略发展部、法律部工作……还有,一千余名销售分布在全国八大办事处……还有,一些助理、司机、每天擦桌椅打扫洗手间清洁地毯的阿姨们……大楼窗外,一些蜘蛛人正腰间拴着保护绳,在清洗这座CBD核心区域写字楼的大块透明玻璃墙,他们凌空已大半天,肠胃空蠕,脑中缺氧,脚板之下是人流车流组成的京城蚂蚁世界,对玻璃窗户里面发生的事匆匆一瞥毫无兴趣,除非撞到某位西装笔挺之人正闭门与助理亲热,每清洗一栋办公楼,这样的事能撞到一到两次。

那些要么一撮胡子要么朋克头的家伙们,是再看不到八百人之一的虞盾了。她回公司上班第一天下午,茅小姐约谈话。一小时后,她回到座位上,起先平静,不久从她那边传来轻轻抽泣声。哭得有点累了,脱去外套,又露出蓝色毛衣,整个人蜷在一团蓝色里。明弓本来准备中午吃饭时用的两包纸巾,这时派上了用场,一张一张抽出来递给蓝衣人,直至抽完最后一张。好像断了指望,蓝衣人猛地站起来,拿起桌上那本绿皮《史记》:还好,公司给的补偿package不错,谁都有下岗的这一天,我先撤了。

那些要么一撮胡子要么朋克头的家伙们,如果中途累了歇工去楼下星巴克,也许会撞见明弓脆戾地问:“为什么? 真不人道!”以及,她对面蹲在风暴中心那个最平静最没干系的中心点的师兄。

“人道? 不如反过来想想,对公司,你有一厢情愿的理想主义? 这地方,是要盈利的,哪天不盈利,你也一样的下场。”师兄反问。

“理想主义,不是个宝贵词吗? 公司里就不可能有乌托邦?”明弓又开始检阅自己的话,反刍时每一句都不顺眼,心情急切以致忘了刚学来的腔调。

“领导的必要本领,是下得了狠心。除非你有其他本事,不用在这混。”师兄建议去读老子:有无相生,难易相成,是非相形,高低相盈,音声相和,前后相随。“实在读不懂,就抄,抄它个十遍百遍。你不是开会老抄卡尔维诺吗?”

“为了走更远,你得准备一些哲学观和方法学,”他又说,“判断问题,不能以两包纸巾的眼泪。”

他又说:“不过我呢,其实也就是场外指导。当年也是因为讨厌你说的这些事,才离开这公司。对你说这些,就是在对当年的自己说。”腔调听来熟悉,明弓这才想起,就是自己前段时间在练习的那种,若重若轻。

“要是想有个乌托邦,我是不是要够强?”她问。

“乌托邦,往往起源于孤独感。你要能遮能演,还不能忘了根本。你要能演得了小领导，又能遮得了风雨，创造个小环境。你的小宇宙足够强吗？关键是，你为了什么？”

“为了我脑中有这个画面，公司里也可以有乌托邦。”她想起开会抄书的那段：因为察觉生活缺乏形式，而痛感不快。

第二天来上班的虞盾，确切地说，是来收拾东西，以告别上班生活。部门助理帮她找了八只空纸箱放在桌上。她只装了一箱，拿起黑笔，在那只纸箱上漫不经心地描，描出一个大大的“无”字。

走时，虞盾把那本绿皮的《史记》放在明弓桌上，说没事翻翻，说昨天拿着《史记》在“变地”里一直到很晚，哭了一场感觉挺不错，本来还怕自己从此就没眼泪了呢。心里并不空，那大家认为先撤了的老公，那些记忆其实一直陪着她，像是脑中分隔出房间有一个房间里还放着这些。一直来来回回翻的是那几段：霸王别姬，荆轲刺秦王，屈原“被发行吟泽畔”……荆轲刺秦王，众人送至易水之上，高渐离击筑，众人唱“风萧萧兮易水寒，壮士一去兮不复返”……《史记》里感人的，是失败、孤独、出走这几桩事。她想，即使甘愿投入安定医院去做那个女工，恐怕自己也是不合格的。傍晚时，她抬头透过“变地”的落地窗看大街。一个发小广告的十几岁男孩，正拿袖口擦鼻子，他的那张脸晒得暗黑，因为在路人轻视的眼光下待得太久那张脸变得像钢铁一样坚硬，他身上衣服和裤子都大一号，像拖着一种负担。一位中年妇女拎着琴盒领一个女孩过天桥，看上去像母女，妈在前面走得快，盯着不远处的公共汽车站，不时回头指责落在后面的女孩，女孩S形绕着走，她的脸团在一起，像没展开，是典型青春期的叛逆纠结,同时也什么都不买账的表情。一群老太太换上红套装和舞鞋,头上戴高出几厘米的饰品,红的绿的,她们围着两个老头先是闹哄哄了一会,然后老太太们散开,排成队形,一个老头打鼓,一个老头敲锣,一下子她们整个占据区域的气氛就生龙活虎了起来,并向周围渗开,以一种单调、直接、上扬的方式……日光落尽,夜色锅盖一样压下来,“变地”灯光这时跟着变了,变成一种幽暗光,淡蓝光。蓝光加上蓝色的背景墙。继续看窗外,看人走过,看车流堵塞,看门口的招牌,店名渐渐由黄变蓝,它旁边还有一个数字,在白天是黄色二五〇,到了晚上,尾巴上多了一个灯箱,照亮又一个〇,成了蓝色二五〇〇。

走时,虞盾邀请明弓陪自己巡逻公司一圈,用一种全新的目光重看一眼这片“凄凉的大地”。

公司十间比较大的会议室都被占满,都是一堆人对着一个打着幻灯片的屏幕,蹙眉沉思,呆滞木讷,或是挥手发言。最大的那个会议室,是在培训新入职的员工,人力资源部的头儿站在前面微笑着宣讲:欢迎上岗,公司文化是“以人为本,绩效为先”——这角色,总是负责把商业和权力的铁掌,装在一副天鹅绒手套中。随着分工专业化,一些神秘的岗位铭牌开始出现:战略规划与发展总监、组织有效性经理、持续改进专员、产品线协作最大化经理、商标主管、学术平台管理副总监……人被削去犄角,渐渐放弃常识,逼仄一处,于狭窄领域里培养个人能力,谁也弄不明白别人在做什么,至于想让别人搞明白自己在做什么,三言两语很难说清。有几个小会议室,也都有人,那些人倒不像是在开会,都像在“聊一会儿”，虞盾边巡逻边感慨，大凡公司开始乱，就会发现匆匆接电话急急找会议室关门说话的人，开始增多。如果声音有意压低，听的多说的少，或“现在不方便，一会儿打给你”，多是猎头打来。大凡公司开始乱，公司HR会变精，但凡预测可能会引起骚动和热议的任命公告，都选在星期五快下班时，通过email发出来，让各人带着各惊讶、各不解关电脑，经过路上的交通堵塞、地铁抢上车的消化，各人回各家后已精疲力竭，实在忍不住想讨论的只能打电话，经过一个周末消化后面对现实，带着相对平静的心情接着星期一。

那些要么一撮胡子要么朋克头的家伙们，看眼前这家公司与所有服务过的其他五百强外企，其实也没什么两样吧：那么些人，圈在那么个地方，写着那么些邮件或PPT，开那么些会，折腾那么些事。折腾什么事呢？大多两类：玩人的，玩事的。

傅满洲属于玩人的，民间这么传。他不可能玩事，因为基本不懂业务。大家私下叫新来的总监傅满洲，他在拉斯维加斯长大，大学本科在蒙大拿学心理，泡了个中国姑娘于是就学了点中文。毕业后做公关，六年前来到这家公司继续做公关，直到跻身公司总部某大佬身边做大秘，成为贴心人。来中国上任后两个月，他先是开了几个人，几个用美国“积极、有用”的商业价值观判断为“无用的人”，其中之一是虞盾，管的大疯产品利润不高，公司一直考虑要卖掉，从前的总监不忍下手，傅满洲来了立即拍板，让茅小姐去谈，越快越好，最好虞盾回来上班第一天。“快刀斩乱麻”，连这句话傅满洲都知道中文，他用手做了一个斩的动作。茅小姐看着那锋利刀刃，在白天也开着灯的总监办公室里，寒光一闪地难免也惊觉自己可能有这一天。

傅满洲上任后三个月，茅小姐多年一统天下的牢固位置被易位，转到一个甚至没有工作描述（Job Description）的职位。明弓这才想起开会时，傅满洲曾念过大学时演舞台剧的这一句："世界只是我的牡蛎，我要用剑剖开它。"这是莎士比亚《亨利四世》中福斯塔夫的台词？

"挺吃惊的，你的事，不公平。"终于找到一个可以"聊一会儿"的小会议室，明弓硬着头皮开口。

"也没什么，公司常见的事。这些年我太顺了，也该轮到了。"

"你让虞盾走，我是有看法的。现在想想，这事没那么简单。"

"我是被要求去开她的，不过呢，既然当时在那个职位，就要配合商业法则。公司本就复杂，像我这样的，能活到今天早已算奇迹。"

茅小姐又说："其实你和我一样，不适合复杂的公司生活。从你进来第一天，就看出来了。但你比我话少，敏感，情绪不外露，暴露面就少。不过，你这个产品还是很有意思的。知道为什么选你做B.A.D.综合征吗，可能也是因为你的这些特质。"

"特质？"

"还不能告诉你，算是一定程度的保密。但我也不全清楚。Margo在任时定的candidate profile，候选人特征。除了通常的产品管理能力，需要通过WORSE问卷的测试，筛选出来。你应该以后找机会见见她，当面问她。"没有了以前那些工作的重荷，茅小姐看上去更轻盈。她似乎有一种自我洗涤系统,能将世间泥沙洗去。

“有空,一起去一个叫变地的地方坐坐。”明弓最后说,想起最近变化太多,都快忘了练习那腔调了。

一天中光线变化的最诡秘时段,当属黄昏入夜。因为是由亮变暗,仿佛浮在水面转而沉入海底。随之而来的一团情绪,突破时间的钢铁框架,让人想起前世和今生。如果选颜色来比,当选蓝色正合适。

一个月后,明弓一人走进“变地”,靠窗坐,正好可以看见虞盾描述的大街上的人们,在这个光线交变的周五黄昏。窗外日光落尽,城市并没有跟着暗下去,亮起的灯光团团簇簇,成了第二个太阳,照得大街依旧白亮。想体验一个纯正的夜晚,看来也并不容易。“变地”的灯光,并没像虞盾描述的变色。再看门口的招牌,店名也仍是黄光,旁边的数字仍是黄色二五〇。只有两种可能吧。要么是虞盾的幻觉,这不奇怪,他们那些“大疯”总是神神叨叨,经过亡夫、丢工作打击的虞盾,脑子可能坏了。要么,就是自己的眼神不对。

快下班时,新任命公告发出来,本也以为自己眼神不对。公告中,市场部副总监茅小姐原先的政权分割为三,傅满洲提拔了三位新市场经理,直接向他汇报,与茅小姐平行。三位中有一位,是八〇后骏马。另一位,明弓的新领导,是从前的大通铺同伴,架一副黑框眼镜、脸上看不出什么表情的Gary。明弓这才想起他中文名,叫干戈。

她慢慢拿起绿皮书,沿公司走廊一路缓缓撤出。眼前这公司,既是一个经济实体,也是一个心理学、社会学、政治学和建筑学的产物,虽然,物理意义上它只是上百个格子间十几间会议室。走廊里，听医学部两人对话：又开TC了？（TC就是电话会。）对，又过夜生活（召集TC的总部，人在美国，按他们的时间，就是中国夜生活）。是呀，夜总会（夜里总是开会）。那正是上班每一天的日常版本。

“变地”高窗下，明弓翻开绿皮书，看屈原“被发行吟泽畔”。形容枯槁，行遇渔父，向渔父倾诉郁结蒙尘之情，渔父鼓枻而去，他自投汨罗江。陪虞盾最后一次巡逻公司时，一路上曾说起屈原。明弓说，如放在眼前这个世纪，他就该为自己选择的价值观买单，既然选择了，就别指望渔父的理解。虞盾说，幸亏他不在二十一世纪，那还可以是一种美感，胸有大志难成的郁愤，司马迁还可以寄托自己的情绪。明弓笑：对不起，我是在用白天的那个我说话，到了晚上，另外那个我，就像现在你这么想，很想说声“再见！二十一世纪”。

5. 真分饰

感官的张开，生死的掩盖，我要你舌尖舔着我实在。黑暗里，永远现在。光线里，前尘又再。

恍恍惚惚，他轻微说：领教了再说，也不迟。于是顺势滑下，然后被一只大手渐渐挖去沉重，掏掉泥泞。她由一只混在沙石堆里的粗笨胚料，渐渐放空，轻盈，飞腾。因为离开了地心引力的羁绊，变成了新的自己，她展开那密封太久的嘴，放肆地一声接一声尖叫，气流粗重，莽撞。没有人，没有界碍，没有黑白线。身在高空，看月亮照耀之下一轮又一轮的潮水涌上岸，拍打着岸边礁石。那些礁石长相嶙峋，百毒不侵，却也以无限的温柔拥抱了海水。两百公里的时速，像是疾驶在加州海边那条绵延的一号公路。她舔舔嘴，那里渗出淡淡的甜意，春末夏初的淡淡甜意。

那时是飞腾的，像一个遗世独立的清爽大梦。

坐在新部门的全体会议中，她回想这些，将自己劈开，一人分饰两角。傅满洲正带着新管理团队，在台上洒狗血。“洒狗血”，是旁边一桌人的议论，指描述团队愿景、建设团队文化、如何实现今年团队目标——一人一套幻灯，一通就职演说。

是的，她已可以将自己劈为两半。一半在白天在上班在成为一个社会人，用三年治疗“过敏性词语症”，练习某种腔调。一半在夜晚在“赤子之心”，成为不知道是什么但起码尚有活着的感觉。虽然有时，这一半也会插在另一半里。

那晚在“变地”，安箭的电话插了进来：“你没出差吧？你闲着吗？陪你吃饭吧？好久没见了，不想见见我吗？我刚忙完最后一台手术。”

那晚在“变地”，安箭坐下说：今天刚做了一高难度的手术，救了条命，感觉特好，想到你。她收起绿皮书，把那个游于江泽、行遇渔夫、蒙世尘埃、自投汨罗江的人一并收起来，问：高难度？一天做几台？他说：三到五台，看难度，有时周末走穴。她问：图什么？他说：一开始图钱，这个来钱快，我是离异人士，离过两次，每次分手，都把钱全给了那些姑娘。后来就不想结了，结了还得离，麻烦，就赚了自己花。赚着赚着，钱就没什么概念了，练手感居多，都是一些细微的差别，细微的体会。他说：手感很重要，跟姑娘们在一起也一样，我喜欢，我也喜欢眼下这工作，别人认为吃射线折寿，其实这和跟姑娘们在一起差不多，一件铅衣，二十多斤重，身上一穿，就进了科幻世界。

台上 Gary 演讲时，不再是三年前那个下巴一直搁在麦克上从始至终的 Gary。他头上多了些白发，整个人开始被胀开，脸开始鼓起来，跟着多了一幅如鸿鹄展翅的中年身体语言，音调也跟着起伏有力，高声处占了百分之五十，激动时脸会更涨更鼓，伴有到达高潮时的微微扭曲的表情。他讲的题目是《七种武器，引领团队走向成功》。

人人都是月亮，都有不曾向别人展示的暗面。

那晚在"变地"，在那样的光线里，明弓突然问：那你在工作时，做过什么别人不知道的事，比如坏事？

他说：还真没人问过，我可说了。有时，做完一台手术，会激情高涨，希望能赶紧接着来下一台，但换台中间是要有时间的，这时一般是我们导管室的秦护士在那儿指挥着，她是我很喜欢的老护士。我会溜到宿舍楼，叫一位不在班上的合心意的小护士，关上门，亲热一场，冲个澡，然后再回导管室，穿上铅衣。有几次，换台时间紧，就在医生专用洗手间。

两眼盯着会议室中展示幻灯的大屏幕，明弓脑中想起安箭手术间歇。这种混搭场面想起来，像此刻的自己。身在一个以集中思想、鼓舞斗志、建立新政权的会议上，脑中一遍遍回想那晚的细节。留恋身在空中的当时，从那个角度看大地，看自己曾经身处的具体生活：一个有点无力的拥抱说着我们就这样了不舍也得分开，一辆白色汽车在美国高速公路上晃过，一个苍老的背影衣着工整钻进纽约曼哈顿四十三街的办公大楼，一辆高大悍马卷起烟尘扬长而去……

如同安箭穿上那件二十斤重铅衣进入另一个世界，她披上隐形外衣，如烟飞腾，从眼前繁重、伪乏、粗糙的会议中逸出。沿着自己的管道逸出，离开这些人，这些事，继续那个本只在晚上才出现的遗世独立大梦。她脸上可以有平静、配合的笑容，可以眼神汇聚紧盯屏幕，她可以跟着众人一起鼓那种必须的掌。但她的另一个自己,正在做着外人不知的遗世独立的清爽大梦。

那晚在“变地”,她问:那你在工作时,会装正经吗?

他说:工作时,会装一些,要不医院把我开除了。我的底限是别开除我,还能做这一行。其他得装呀,医院已经不少人说我有作风问题了。

她重复“作风问题”这个词。

他说:听着够老的词吧。差不多二十年前,我爸在一家国营单位当领导,因为作风问题被告,我妈也去单位哭过,结果我爸被处分了。这作风问题,之后一直成了我妈的负担,碎碎叨叨,这些年来一直是。烟雾病,听说过吗?日本人命名的 moyamoya 病,成年人患上,容易脑出血。我爸倒下好几次,相当于脑袋别在腰上过日子。我妈还是活在他的威严下。跟他们聊是聊不了几句,也就半年见一次,塞几万块钱,我忙我的开心事。

她问:父母面前的你,穿铅衣的你,喜欢姑娘的你?有时,你会觉得自己是两个人吗?当然喽,我还不知道你小时候。

他说:倒是你,看着好像不是一个人了,跟回国航班上的那姑娘比,上班什么魔力,把你锻炼得性感了?

她说:少来这套。这么跟你说吧,我对自己没兴趣……这么跟你说吧,上班对我也不是锻炼。说是摩擦,可能更确切……有的东西开始是一块原料,有块粗糙的东西成天碾磨,头天有点儿疼,第二天就会想办法忍或是熬,或是实在太疼了,不如转而听那碾磨声,看那碾磨工艺,听那碾磨人的喘息……摩擦也会生热，热量总归是好的，胜过绝对的冰寒绝对的湿冷。

傅满洲这时站起来，带头鼓掌，明弓随众人一起鼓那种必须的掌，听他说："我希望看到更多像Gary这样的talent（人才），这样的passion（激情）！有不少人问我，作为新市场总监，组织结构会有什么变化。我想告诉在座每一位，无论结构怎么变化，talent最重要。所以未来请茅小姐来领导我们的人才发展计划。"他继续展开笑容，手张开来，眼中掠过凌厉之光："建议在每位team leader演讲结束后，请茅小姐点评。"明弓关切地朝茅小姐所在的方向看去，茅正仰着热情参与的脸听着，不停点头，就像第一次《高效能人士的七个习惯》培训课上的茅小姐一样，一旁裴旻评论："真是玩人的。都哪儿冒出来的人才，都当年茅的下级的下级，那我，也是人才呀。"

如此，在每个自己肉身选择不了的场景里，明弓练习着新分饰。一个自己正用力牵拉着另一个自己，按离心方向青烟般逸出。当众人被一股力量推动，进而自以为推动自己加速前进时，有人在体内有一部分，它一遍遍喊着：逸出，逸出。

那晚在"变地"，喝了不少酒，起先为赶走脑中那份任命公告，赶走三年以来的公司生活，赶走不时插播的遥远记忆。到后来，是对着那眼睛里的纯光说："我呢，就是把自己当块粗胚料扔进了公司……其实后来才知道，胸口还有块小玉，为护着它，我要把自己当成粗胚料扔出去混……什么导师，什么万仞，什么去纽约的人……你呢，就别在我这浪费时间了！”练习的新腔调完全淡忘。

他说：第一眼，你这人像从几百年前，被一枚火箭发射来到二十一世纪，我俩其实是一条道上的人。

努力向脑中更深处探寻，但是能想起来的只有这些对话这些画面和一些触感了。触感，是的，也许安箭手术练就的手感，精妙地用在了夜晚的纹理中。那些触摸，如会说话会感慨会惊叹的精灵，所经之处，开掘沉睡地带，留下只需一瞬即可唤回的长久记忆。

从粗糙胚料变为飞腾气球的凌空一跃，但她并不贪恋，他也是难得懂分寸：“都是小虫，都会飞走，但我一边飞走一边发着光。”

他说：纵然男人都是禽兽，亲爱的，至少我身上有时有些百分之百的东西，值得你想想。他改用了一句詹姆斯·乔伊斯的诗。

她念这句回送：我歌颂肉体，因为它是岩石，在我们的不肯定中肯定的岛屿。

他好像说：当初想，要是三年还忘不了就来骚扰你，等以后吧再给你讲，小时候我站在工厂大门口的机床边。

她好像还说：等以后吧，带你去一个房间，叫赤子之心。

6. 假沟通

立交桥统领的现实世界里，它们像两个隧道入口，通往不同地下世界。扁平人有两个邮箱。

一个是公司邮箱，每天不开，就觉欠债。如有未回复的，债就欠得更多，压在后背上沉重，心有负疚，进而会想念。常常出差时，会急急说："我回房间，收一下邮件。"听说原来的市场部总监到了纽约，坐在总部办公室里，寂寞得每天只能收到十封邮件，还都是抄送的，那生命中不能承受之轻，不知于何种坐标系中定位自己的价值和被需要程度。

一是私人邮箱。与西装、领带、PPT、leadership、teamwork、task force……统统无关。它会拖拽出其他社会关系，老友，同学，亲戚，猎头公司……种种不可告人的秘密，种种与本来的自己相连，种种不希望与公司生活并置在一起的关系和对话。

输入被给予的ID和密码，进入公司邮箱，扁平人的表情立刻套上模板，像千万个坐在电脑前看公司邮件人的表情。有不容打扰的严肃，不情不愿的困扰，从电脑里伸出一套强大逻辑，将之雕塑。

输入自己命名的ID和密码，进入私人邮箱，脸上舒展开来，像他本来的样子，哪怕是本来就有的虚伪、调皮、淘气、算计……回到自己的时间里，自己的房间里，穿在随意衣服里的模样。

输入不同的ID和密码，进入不同邮箱，他就成为了不同的人。但也有人，从未享受过这样的双面生活。总经理看到门口一闪而过的明弓：能帮我个忙吗？重磅炸弹小姐。（自从一次给总经理讲完产品的年度计划后，总经理叫她Ms. Blockbuster，重磅炸弹小姐。）

他皮肤耷拉的脸上，认真架一副老花眼镜，困惑地盯着面前电脑屏幕上的Gmail页面："如何去申请一个Gmail？我想拥有一个私人邮箱，在退休之前。"

"您是说，过去二十多年中，从没有过私人邮箱？"

"是呀，一直是公司给的邮箱。但我很想玩一下Gmail。"（哦，他的身体内没有隐藏另一个人，还是时光掐掉了那个自己？）

在公司，email是必备技能之一。明弓依然记得刚进公司时茅小姐训斥不会写email，自己一只量杯水杯端在手上，惊得水洒出来，笨拙的异乡人站在格子间。一些说明文字，一些执行要点，一些信息，一些必须的赞扬和敷衍……随着SEND一摁，不明所以地发出去。发给谁？并不太明白。为什么发？也不太明白。

那时盾姐点拨过，发给谁？有时是一个人，有时是一个群组。为什么发？通过to和cc来玩一些暗藏技巧的书面沟通，盾姐说她自己可能这辈子都没天分搞明白的花样。

To 和 cc 还有分别？转正后，明弓小心问茅小姐。

当然哦，里面学问还不少，一开始也不知道，花了三四年才摸出点门道。

茅小姐是这么分享的，当时明弓并不听得懂：

有时 to 是为了 cc，你要赞扬某个销售队伍，除了夸他们，还要抄送他们老板，抄送也得适宜。抄送少了，销售队伍的小字辈们觉得鼓舞不力，抄送多了又有骚扰太高级领导的嫌疑。其实练的就是判断力。是以你对区域里的人际关系了解和组织结构为基础的，是平时积累下来的基本功。

有时 to，是为了提建议，甚至有做得不足的。可能有些问题那些 to 的人也无能无力解决，需要他们领导重视，协助解决。虽然是对 to 的人在说，其实是想敲打 cc 的那些人。没办法呀，一个产品经理，手上没实权只能靠影响力。影响力是什么呢？就得借力打力，隔山敲虎——充分运转利害关系。

还有时呢，cc 是为让别人知晓进展。别人是谁呢？利益干系人，stakeholder。比如，你领导让你找医学部同事讨论一个医学试验的设计。你们讨论了，也有下一步行动。你呢，就得回去坐到桌前写份邮件，总结一下这件事的讨论和下一步行动计划，并抄送给你领导和他们领导。一是立此存照，将来万一那边扯皮，有书面证据。二是，让你领导和他们领导都知道市场部这边干活还是很主动的，下一步会做什么。其实，就是让领导们放心，没空参加但能知晓每件事的进展。

明弓问：这么多花样，您这副总监，每天得多少时间花在email上？

其时茅小姐刚申请完总监职位得知没戏，听后先是愣了，转了转眼睛从十瓦灯泡转为一百瓦，像往日一样："不夸张地说，百分之四十。剩下的，百分之三十，自己写幻灯加改你们的幻灯，百分之三十开会，开真人会，开电话会，不那么正式的面对面沟通。

"职位越高，email越多。出差回来，有一大堆未读email从电脑里像一麻袋废纸哗哗倒出来，一堆加黑显示未读的邮件像黑墨水一样泼过来。有时，写更难。得憋半天，起草一份涉及面或者影响面比较广的email。来来回回修改措辞，考虑方方面面的感受，不能得罪人，又要推动事。还得做好宣传门户，一份email，你知道吗，有时关系整个市场部形象。"

明弓总结：看来，email七大功能——明确说事的，分享信息的，敷衍客套的，隔山打牛的，邀功请赏的，推卸责任的，增加领导安全感的。茅小姐笑说精辟，再不会像三年前说眼前这人太负面。

在公司，幻灯是另一项写作技能。干戈爱写幻灯，他百分之九十的工作和亮点借由幻灯表现。明弓一周都在做幻灯。英文的，一套是亚太区领导来访的工作汇报，一套是交给干戈然后再交给傅满洲以备他去纽约要资源的业绩回顾及今后五年策略。中文的，是年中销售会议的发言。

做幻灯时，也需要想象讲者和听者的状态、理解力和表情。写一篇王枪枪的专栏时也是，想象的是一群什么样的人呢？明弓想，其实是一小撮沉默、边缘、长相平庸、表情孤立却希望拥有判断力的人吧。但王枪枪居然说，也许你能出一本专栏集的书了，交给我来办。明弓不以为然：谁看呀？王枪枪说：你“身份”还算特别，有些卖点，虽然你自己不这么看。你可能觉得自己就是一个拧巴人，死读书，一直念到博士，念到博士没别的路只能出国。出国做实验又没做出名堂又不想嫁人，只能回国。被一家外企收留，挣扎至今。但我告诉你，这些可以转译成这么一个光鲜版本：独立女性，博士学位，经历丰富，出国又回国，科研加外企。小白领，就不提了，就说你是外企中层。这不正是我们杂志提倡的大胆、有趣、独立吗？爱生物实验，深谙商业法则，还热爱写作。

写作？明弓叫起来。

“Email、PPT是公司生活的新写作形式。要展示，要故事，甚至performance好都没有这些重要。”干戈说。

——是呀，想想在公司，如果失去email, PPT，几乎无以支撑局面。如同那电视节目，已没有一个主持人能控制一个没有画面变换全凭自己干讲的局面。当主持人说新闻时，会跳出图片，跳出着重处的红圈，跳出网络评论……皆是展示。比这更甚，如果去看演唱会，几乎每场演出的背景都不可缺失——拍好的视频录像，flash动画，有时是照片，有时是一个VJ控制着各种即兴图案、抽象条纹……唯七旬老翁Bob Dylan那一场：三块白布把大舞台围成小区域，像酒吧现场那样，除了一堆乐器和一群乐手，没有变幻灯光，没有装酷视频，只有台上戴着牛仔帽的老头呜噜不清的嗓音，穿过时间，穿透老年中年青年的心脏。

干戈说："跟着我，肯定不会亏待大家，但得听我的。我观察下来，傅满洲虽然会说中国话，骨子里十足西方思维，他就是要展示要故事，业绩好有故事，业绩不好也可以编故事。要完全与他的风格匹配。"

——这就是师兄说的管理上级？从何管理干戈这个半路杀出来的上级、曾经的大通铺战友？师兄苦口婆心花了两个小时回答这问题："别再问这么傻的问题：这公司提升人用什么标准，傅满洲、干戈？你这样子，真像当年的我呀。这些年我一直想，公司打工究竟有多痛苦？我的结论是，痛苦之一，来自被雇佣的不自由。痛苦之二，来自这台机器运转的庞大和杂乱，让人有羞辱感，广大底层受制于少数上层，升迁也好，落马也好，都有偶然。一个金字塔，爬到顶的，并不一定是牛人，更多的是精通权术的家伙。"要是三年前听到"权术"，明弓肯定吐出去，但她不再是那个人了。"权术这玩意，是刁民社会的必需品。权力斗争、政治斗争，用技术的眼光去看这些词，也可以是中性的，是文明解决差异的手段。记着，你再往上，要过三关。一是带人。二是管理好上级，不管是草包还是偶像，建立合作关系以共赢。三是扔掉那些一厢情愿的理想主义，对有些东西太洁癖，我们学校教出来的，教坏了，我也一样。"

环视众下属，干戈又说：我帮几位申请了黑莓，以便随时email联系。

——Blackberry，系在每头牛耳朵上的那个电铃？即使出差即使下班即使休假，放牛人仍可以第一时间以电铃召唤你。纵然山坡百花浪漫，水草肥美，天空也湛蓝，但耳朵上的电铃随时可能牵引作响。比这更甚，一些牛起初是抗拒骚扰，进而这骚扰成了生活的一部分，嵌入其中，那些牛会每分每秒期待那骚扰，盼问为何电铃还不响起？傅满洲说他回家上厕所必带黑莓，一次厕所能看十分钟。半夜黑莓响起，失眠的他会跳起来开邮件。有次开会明弓看对面的总经理，五十来岁的人嘴角已经开始耷拉。他并不专心听大家汇报，也就是，他并不专心听大家讲自己精心准备以“展示”以“讲故事”的幻灯。他时不时捏一下黑莓，看有没有新邮件。如果有，他就低头用两张大手的拇指飞快摁键，他低头时嘴角耷拉得更低。灯光直射下，他头顶更加荒芜，几根头发在强撑最后的阵容。那样的头顶，多半已开始听到死亡的辽远钟声了吧？他却把苍老身体团起来，像做作业的小学生，全力去对付眼前的这小小魔怪机器。

干戈说：明弓，请你马上去领黑莓！

——一股反胃从明弓体内窜出，周身收紧，憋喘，如同一只入瓮的鸟——多日不见的过敏反应，又出现了。

这次不是因为词，不是因为腔调，是因为一只机器。像在拒绝某种其实已经包围上来了的东西。拒绝什么呢？黑莓带来的不自由，还是比这更可怕的，起初的不自由渐渐被拥抱，成为生活的一部分，成为不可或缺的整体，每隔五分钟就会期待它的到来？对，也许这个词，Addiction更合适。B.A.D. 综合征中的 A，是指焦虑。也许更可怕的是，起初带来焦虑的东西，渐渐让你习惯，并期待它不时带来焦虑。焦虑成瘾。越来越多外在的东西，渐渐被拥抱，不知不觉成为生活的一部分，进而控制了我们，把我们变为一种别的生物。这样的东西，包括大师兄说的：一块地，一群人，做一个生意—— 一个叫公司的地方，运行着无敌商业逐利法则。包括上班,二十世纪起几乎城市里人人必须的正经事。包括眼前这格子间。这高高竖起的电脑屏幕,运行着 Email、Word、Excel、PPT……它才是眼前这地盘的真正领导,干戈、傅满洲、总经理……都被它领导着。包括办公桌上的这手机,键盘在经年抚摸下圆润,屏幕右上角一只小灯昼夜不停闪着蓝光,暗夜鬼火携带魅影,不经意间就上了身,成为身体的一部分。

为什么盾姐与四年级小女在家里演完那三个场景后,最后哭了?大概也是这个吧。猛然间幡悟的末世情怀。

真看到黑莓处女身的第一眼,看着那高科技银间杂高级灰的面板,明弓反倒笑了,像跳到办公室的天花板上,凌空之时,脱越现实,想起很多往事。

她想起 David。作为 gadget 迷的 David,不,中文名叫万仞的那个人,在二〇〇〇年过了没多久,研究当时刚出来没多久的 PDA,接着是 Palm。先是他和她一人买了一个东芝的超薄 PDA,那是在与 Palm OS 系统的 Palm 的价格、性能、便携性之间,比较了很多轮、读了上百篇用户评论之后的决定。

买入后,俩人间似乎有了话题,倒开始显得情投意合。下班回家后,桌边面对面坐下,一人一台电脑,一只数据连线连着 PDA 底座,上面架着那一只小小神奇银色身的机器。他们俩人一起刨网页,读新评论,所有话题就是 PDA 的新程序:哪个程序可以提高 PDA 上 MP3 音乐文件的重低音表现,哪个程序可以智能管理自己的阅读历史,哪个程序可以从网上抓下一个主网页链接的所有相关内容然后倒进PDA留着没事时翻阅——就像上网的感觉一样。那可是二十一世纪初,全世界并没有一个可以直接上网的PDA。

这样的日子,并没能持续多久,明弓觉得包里多背一个PDA到底有点沉。一个活人死盯着一个三点五寸的屏幕看,像是把自己交给一个有吸星大法的玩意儿。不如一张素脸,对着一本老老实实印刷的纸书,更显本色。她的PDA上渐渐落了灰尘,如同俩人间话题渐少。

有天下班路上,David用手敲着白色宝马的方向盘兴奋地说:知道吗?我今天没事时找到一个新宠物,Blackberry。你知道中文怎么翻吗,黑莓!有这么翻的吗,让人喷饭。但绝少见的case,加拿大公司能推出这么牛的科技产品。《TIME》杂志上也大篇幅介绍,要不,我们先买一个试试?

"买来做甚?是收发邮件吗?"还是没法成为一个gadget迷,明弓觉得自己顶多也只限于研究耳机这一类的东西。

是哦,是push email吗?也没什么朋友给我发邮件,好像主要是为工作设计的,国内叫什么来着?商务人士。不过还是想买个玩玩。David说。

于是David可以算是那时不多的愿意自己花钱买黑莓享受的人。三年后,他手里捏着那只公司派发的黑莓利器,二十四小时开着,也许会无比怀念那最初愿意自己花钱买个高科技玩意儿自己玩的时光?他会不会也像明弓的总经理那样,每隔五分钟等待新email来临,一天不接一百个email心神不宁?他会不会一边push email一边想:二三十年间,最先是苹果发明了Newton,接着Palm取而代之,然后加拿大公司RIM发明了黑莓,取代了没键盘的Palm。再过几年,黑莓被什么取代?是苹果发明的什么使用触摸屏的玩意,瞬间将黑莓取代?会不会,过几年连美国总统大选的候选人,都手握一即时通讯神器,助自己竞选运动成功?——David应该更关心这样的技术历史的轮回更替,胜过想自由还是成瘾的问题。他还会自己参与其中,成为每一轮新旧更替的用户。对于捍卫一个所剩无几的自由身,他好像并没什么兴趣。

不过手掌大的那么一个东西,轮廓甚至也圆润得讨好人。明弓掂着黑莓,其实无甚分量,想起总经理像侍候亲娘一样盯着它,五十好几岁像破处子身一样申请平生第一个私人邮箱。她也惊讶自己,面对小小机器,如面对一强大假想敌,脸上挂着笑,抗拒之心越来越铁定。几天前再去听讲座,还是那位瘦削清凛黑衣人。不过半年时间,大陆生活惯有的酒肉痕迹已模糊了他的轮廓。他知道哪些地方恰当地用哪些词骂人,就能像装上炮仗引子激起下面听众的欢呼和掌声。听到掌声,那张渐被浸泡微微发胀的蘑菇脸,藏住洋洋得意,眼神没有聚焦地漂移。一只Aplysia海参。"一枚渐渐馊了的三明治,"王枪枪说,"媒体杀死一个人,很容易,有时以特别甜蜜的方式。"

可能用不了多久,自己也将可能被手中利器改造,成为一个改造后的"黑莓腔"新人。PPT、email其实已在改造着自己,如一只反复被触摸腮的实验用 Aplysia 海参。似乎被一股冷冷的不适和恐惧推举，明弓定下新实验：珍爱生命，远离黑莓——以干戈能接受的沟通方式。

提起“沟通”这个词，明弓早已没有了最初的生理反应，那是经过多次脱敏和多次主动服用的实验结果。但每次听到“沟通”，她眼前不免还是会浮现出一种困境：一群本来八竿子打不着的人，因为一个被奉为“目标”的东西捏在一起，要办成一件事。但有人说着江苏苏北某偏僻农村的方言，有人说着艾奥瓦英文，有人粤语加破破烂烂的普通话，有人说着秘鲁口音的西班牙语……更不用说，有人是从古老失修的学院图书馆里爬出来的，有人从拉斯维加斯赌城看着老虎机和脱衣舞长大，有人在香港常年的拥挤小岛却又早早国际化港口的物质矛盾中折衷捏成……这些人聚集一处，先摩擦，消耗，自以为更正确，然后稍微明白一点对方在说什么。再妥协一点，再往对方那里靠一小步，或者起码装作理解，进而有了一点点共识。

这就是沟通，一个本质上不可能的任务。井蛙不可以语于海者，拘于虚。夏虫不可以语于冰者，笃于时。一种即便竭力伸手、吐舌、抓举但永远够不着的普遍困境。比起当初听到“沟通”一词过敏，这是更深的彻骨凉意。

但明弓渐渐想，为什么人们会口口声声把“沟通”二字挂在嘴上？是认命吧：能怎么样呢，既然是一堆来源各异各怀心思的人，本质上无法结伴，眼前却非得为了什么必须在一起煎熬。隔阂之墙永恒，但沟通可以卸掉一两块砖。师兄却反驳：其实不然，你的假设前提是这些人都保有自己原型，世上有些沟通，是如宗教般魔力将人挟持，被沟通的那些人自然归顺，有找到组织的温暖和依靠。师兄说得也对。

明弓决定和干戈进行一次沟通。主动沟通，就是加分，表示一种礼貌和意愿。但她想沟通的，和黑莓有关。不想用黑莓，就是减分，表示一种挑衅和反抗。

正好干戈让准备一张英文幻灯，小小方寸之地里，要把产品的来龙去脉、目前策略、目前业绩和市场表现、未来三至五年策略全部说清楚。要展示，要故事，明弓还给自己多加一条：要有个性。没有个性的展示，没有个性的故事，本质上都是没有价值的。

干戈看后，赞：好！

铺垫已足够：

“你当领导，我很愿意配合。这个产品做得好，你发展会更好，我会努力。但我这人，你以前也是知道的，希望保留些个性。说是怪癖也好，我不介意，但希望你能理解。”

她让自己堆出真诚表情，其实撑不住几分钟：“你说，展示很重要，说故事很重要，开黑莓很重要，我都能理解。但，希望能允许我：适当地展示，适当地说故事，不用黑莓。这基本是我的底线。我念书念多了，有点傻。说是清高，也好，我也不介意。当然，前提是不影响工作，保证产品业绩好。我不准备用黑莓，但能保证24小时内回复邮件，实在紧要你可以打手机。想听听你的意见？”

刚升职的干戈，并不老练，从他脸上有些呆板的肌肉能看出来正努力控制情绪，难免渐渐转红。但明弓说到“这基本是我的底线”时，是刻意让自己一个字一个字吐出来的，她用上了前段时间练习的新腔调，行云流水，吐出口既没有挑衅又适当消解了谈判气氛，倒像在有一搭没一搭地闲聊，半真半假。如果对方认真了，可以说是开玩笑的。如果对方以为是开玩笑的，又可以说是认真的。

干戈并不情愿地说：好吧，先同意免用一年。但我的 gut feeling 是老傅知道了会有 concern 的，触及 authority。BlackBerry 是我帮你申请的，special case，多少人想要还没有呢。

——这么多中文夹生英文，听起来像马车在石子路上颠簸，明弓尽量微笑。心想，此行得分将将够 60。

干戈又说：“这个产品，必须给我做好！好心提醒你一句：茅小姐被边缘化了，在公司少跟她来往，免得老傅撞见。”

“哦。我自己会判断，和什么人交往。”

——这回彻底降为 0 分。

魔器黑莓，曾有著名绰号 CrackBerry。因其蔓延速度快，使用者容易迷恋上瘾。CrackBerry 翻成中文为古柯碱莓，源于一种叫 crack-cocaine 简称 crack 的可卡因古柯碱，一种高纯度可卡因毒品。最著名的黑莓论坛，因此取名为 crackberry.com，注册用户千万。

自己呢？是这千万之外的那个人，与潮流逆向而动的那个人。

7. 表演术

回来已四年的明弓，你好：

两天前刚砌起的四米高喷绘板，呛人的余味仍未散尽。除了你如此清醒，众人入场第一眼，是被喷绘板上面的醒目口号所吸引。两侧墙壁饰以大幅喷绘布，自天际垂下，内容和图案一样的励志。只是所谓天际，并不是那一片太阳月亮交替并缀以星星的正版天空。这里是澳门魔幻无敌赌场——威尼斯人。住进这家巨型酒店后，便再也分辨不清白天和黑夜。你钻出一扇门，抬头看，覆盖大运河购物区商店的每片屋顶，永远是那白云固定不会飘走的蓝天。这是人造威尼斯。这是人造运河中，意大利船夫穿上表演服，收费为你撑一艘贡多拉，为你唱一曲歌剧选段。天，永远泛着人造的蔚蓝。

是的，在一个以满足非本质需求的商业社会里，人要稍微漂亮地活下来，便不免要做一连串几乎滑稽得经不起推敲的事。你走在人造运河边想。

这是年会第三天。公司三千余人,创造了全年过七亿美金的销售额,你负责的产品贡献了其中的一亿美金。三千人中大部分是销售,分三拨分三天开进这家魔幻无敌酒店,如同驻扎进一个尺寸巨大但乏味的梦。七大产品领域,你领着其中一组人在这酒店已经闷了两天,每天对着来自不同区域的销售队伍,讲同一套幻灯片,幻灯片共有一百六十张。这是年会重头戏,市场部给销售讲明年策略,激发他们到一线去战斗,指导如何完成指标。

永远明晃晃的会议室,众人已落座,音箱里喷出来的音乐像前两天一样高昂。如你所料,开篇 video 正一笔叠一笔,渲染士气。你每多听一遍,便更觉 video 煽情,你握着话筒,想着即将第三次说着同样的开场白,忍不住酸水泛起来。身边裴旻也说:想到要讲第三遍,就想吐。你微微笑,太熟悉这样的症状了,过去四年中。

扫一眼人工搭起来的一米高讲台,铺着略显疲惫的红地毯,又扫一遍那些正盯着屏幕看 video 的一百来双眼睛。作为 leader 的你,小声对裴旻说:“就当是戏子吧!他们,还指着我们去感染呢。”

锣鼓铜钹震天响,舞台布幕已拉开,脖子一硬,头一扬,登上台去。听着自己从音箱里传出来的声音,新鲜,热情,仿佛第一次。心里暗笑:只有自己知道,那是剥除了多少硬壳后,才露出的一点新鲜。耳边响的其实是《霸王别姬》虞姬在唱:“嬴秦无道把江山破,英雄四路起干戈。自古常言不欺我,成败兴亡一刹那。”

整个二十一世纪，这一百年里你关心的问题并不多。这不多的问题中，之一是：“公司”和“电脑”这两样东西，如何才能不如此深入地控制人类生活？你一日日在公司生活里为稻粱谋，一边把自己装扮成正常人求发展、求升职，一边更深切体会：如此拼命掩藏，再差一口气，就快掩藏不住自己本质上与外界交流的障碍和悲观。但你读完一本预言整个二十一世纪变化的书，说地球上到时最可能仍确切存在的两样是：公司、电脑。扔掉书感叹：如此强大城堡！无论是时间还是空间，都很强大。身处其中，你想起卡夫卡的甲虫。

一个圈定的地方（有形的是办公室格子间，无形的叫作公司），因为某种法则（多半是商业的、逐利的，现代文明的通用法则），一人得与他人相处，不管风格、个性、暗藏动机有多不同。这过程是一次又一次摩擦：粗莽的，逼你就范的，卸去犄角变成圆形变成阻力小的，甚至变成无形如空气的。一遍遍摩擦中，吞咽不适，渐渐成为另一个人……你不能幻变成一只甲虫，只能演化一套属于自己的表演术。是的，公司里，人人一套表演术，自知的，不自知的，那些没有表演术的也是一种：本色出演。

黑莓事件后，你在写字楼门前撞见来北京开会的Maya，她举着左手的黑莓和右手的一根烟：“这是我的两门武器。”

“我刚拒绝了你左手的武器。”

“Good for you.” Maya答。

“你右手？”

“一年前我开始负责戒烟产品，我开始抽烟，想了解那些抽烟者的心理。有时,手里没有一根烟,你是打不进那些男人抽烟圈的。”

你侧脸看天边夕阳,人世还算美好,亮光仍未扑灭。马龙·白兰度说:Everyone is really acting all the time。人人随时都在认真表演。

你的表演术之一,提醒自己与人为善。是因众口之中这公司江湖已是险恶,不如学做一个善人。是因你喜欢日本导演小津的这句:“人是自然的一部分,既非它的奴隶,亦非它的领主。行为举止得体有礼,如你是这个世界的客人,谨守客人本分。”是因师兄如此辛辣剖析“上班”这件事——“不是来交朋友的,不是来寻知己找高僧,更不是来找爱人的。满世界都这样了。就是一块地儿,一群人,做一个生意。把人聚在一起,就需要创造某种胶水,叫公司文化。英文cult,多用于指邪教,加上ure,就成了文化。公司文化就是统一行动,统一号令,统一着装,泯灭个性。你来这里混,挣点钱回家,顺带混点脸面,脸面就是你的身份,一张名片”。

开会时,帮那些你能帮的人,实在帮不了,保持一点笑容总还是可以的。要是两边打起来,事关政治,那就沉默——有时,沉默是更劲道的表演。即便下属Frank发来一条让你暴跳如雷的短信,深呼吸两分钟后,回以慈祥二字:“收到”。你提醒自己:不能忘记一件事,表扬。虽然这话、这掌声,稍纵即逝,没什么分量,但自己不需要,不等于别人不需要。人世已很荒凉,自己看来很俗很浅的赞扬,已是对别人难得的尊重。

——这哪是曾经患“过敏性词语症”的你,听到三个过敏词就决定回国的你,高效能人士的七个习惯培训课上冲出课堂的你?

你问自己:是想伪装善良、讨人喜欢?还是眼前这堆事、这时代、这生活的某种本质上的无意义感,在你肉身之下肆意徜徉?也许其实是,一双薄泪之眼看众人求生存,生之大不易,生之无意义。

你的表演术之二,积极驱动绩效。你太明白了,这是公司雇佣你的唯一目标,千万别泛化文艺青年式的理想主义,在公司这片无情土地上。

你记起黑莓事件与干戈较量后,师兄似乎深思熟虑,前来发表议论。他说:也好,满意度等于绩效减去期望值,对你这么古怪的人,只管理他对业绩的最主要需求,剩下的划出自己地盘,也是个办法。

他接着一段关于商人和诗人的议论,他说准备了很久,是对你说,也对当年的自己说。

"姑且抬举你一下,你是诗人,是混进商人圈的诗人,你是有点小才华,但念着你那些诗混在这商人圈里,就是一种不礼貌。是对商人们的挑衅,会被他们定义为有病。就像虞盾,也是小诗人,那就被定为有病。诗人们图什么,图酒后微醺写两句,图性情大发,图看周围对不对得上此情此心,高山流水觅知音。商人呢,不是。他们不在乎这些虚的,即使在乎也宁可精神上不爽,要实实在在的生意,利润,权力,头衔……有用的,摸得着的。

"猜你会问:那活着有什么意思?瞧,多诗人的问题。你这样的,独条条的,仙女似的,商人们不说你不正常就是抬举你,给你面子。这干戈是商人,傅满洲是商人。茅小姐是诗人,你也是诗人,虞盾也是诗人。你们这些诗人既然要在商人圈子里混,就别捣乱,要不你们就自己混诗人圈子去。但你也得养家吧也得糊口,所以还得跟商人一起。不要把干戈当敌人,不要把他当市井小民,把他当作反正你躲也躲不开不如转而合作的战略伙伴,这才是商人逻辑。

“但,有一点你也必须清醒:这年头,哪里还有值得你去的诗人圈?可能因为你期望值高,那圈子显得更不堪入目,或者其实你也受不了整天混诗。不如在商人圈待着,反正知道脏乱差。就是要懂礼貌,礼貌就是别把自己的诗人习气老随身带着,也别亮出来,自己痛苦对方也难受。藏好它,晚上拿出来,一个人把玩。”

他说得兴奋,说完后有赛事结束后的空虚。你猜想,他眼前一刀一刀雕刻出了一个渐渐符合这商业世界的人,她再不是一颗滚动的石头,她渐渐掩藏或是淡忘了一些最初的棱角,侧身融入那所谓光明正统的白日世界,成为光晕。但在这之后,总还有一些问题没有回答,总还有一些世界因此走进浮云低垂的暗光。

你想起了这几句:

像一个天文家离开了望远镜,
从热闹中出来闻自己的足音,
莫非在自己圈子外的圈子外?
伸向黄昏去的路像一段灰心。

为像一名商人,你得练习演讲。对曾经怯于面对人群、耻于音调高昂的你，这是撕破第一层真皮的痛苦。作为营销经理，当众演讲还不够，还需有力鼓舞销售，其指点江山架势如某派宗教教主，隔墙听来如传销，拉远距离听来如《艺术人生》，这是撕破第二层皮的痛苦……但这些，也还只仅仅是外面的表演术。

还有内功——对生意的敏感和追逐。你一次次把自己扔进经济学经典书目、管理培训课、一线实战、团队脑力激荡，潜心将自己的生意触角打磨得如同金刚钻一样。端详着产品市场份额一路飙升的曲线，你一阵短暂得意后想起：此生此行为何？曾经十五岁的你，是白天背负过敏词喜欢抄写“淡泊明志，宁静致远”一百遍的你，是写“孤独是唯一向往的格调”的你。

你于是对自己说：一人分饰两角，也是一种玩法。如此，你将自己的表演术系统，进一步演化，进入工作内核。数年前，大师特劳特有言：营销就是管理客户认知。你不得不承认，这份越来越接近本质上孤独无人知的活儿，角色如上帝，这让你兴奋起来。当你和同事们策划一场产品上市会，客户是观众，你调动诸演员、诸器具表演。这些演员是行业专家的现场言论，这些器具是声、光、电，是你们选好的音乐，制作的video，演讲的幻灯，设计的互动环节……不需现场，一张打印日程表握在手中，你已知道观众会在哪一步神经紧绷，哪一步产生好奇，哪一个时间点可能会稍显疲惫，哪一个时间点终于被感动……真正的表演从来不是一个人自己的事。表演之道，切忌自娱自乐、自我陶醉，是节制的热情加理性，终极目标是推动观众“移情”进而“共演”。不谙此表演之道，如何管理客户认知。甚至该去读读《乌合之众:大众心理研究》这样的书,洞察群体时代,群体心理,一个人放于群体之中如何变样如何情绪被操纵被影响……当你在营销培训课上说出这些时,众人惊愕,像是面对揭开伤疤下的新鲜皮肉,一个不可言说的秘密。你这才惊觉,自己演过头了!

且当入世修行,表演术之三,是关于“我”。

力求小我,甚至无我,破除我执。你想起虞盾总结的“瘪果”,其实是她愚钝外表下的真知。不追求不必要的“面子”或“威严”,这帮你避免诸多争执、嫉妒。师兄说:得有一个意识——转化,有无相生,难易相成,长短相形,高下相倾……任何事拉长了时间看,就是转化。不要老蹲在一个实心时间点。拉长了,我们一辈子也就是指甲尖上那么一蹭,跟屁一样。茅小姐的事,时间拉长了会转化。干戈也一样。但一个人的快乐,不是与别人比,是与从前的自己比,有没有长进。

有时,第三表演术也告诉你:剑藏鞘中,需拔出来,亮一亮。这多半是你判断必须证明自己的市场价值时。各跨国公司纷纷包装中国,作为整个地球上的第一增长希望,颇具故事感,蒙骗华尔街。一群纽约总部高层乘着祥云乘着公司专机来访,在西方价值观的洗脱下,他们一一希望你有激情、擅演说、有逻辑、还创新,你需全身上下写着自信二字,胸脯高挺,显露一个大我,一个符合西方商业文明的我。

待你如此表演完毕,落座,除了众人讨论时适当插入一两句发言表明你的身体和思想都还在现场(这是另一小件关于“参与”的表演术),你佯装记笔记,其实是在抄录这句:“大白若辱,大方无隅,大器晚成,大音希声，大象无形。”每次开会无聊，你就开始抄书，你抄过卡尔维诺，抄过庄子，抄过老子，抄过略萨。你时而抬头，状若记笔记。抄录十遍后，奇怪，此时此地读，并非励志，竟是空洞。想到这，你扫视全场，闻到满场浓重荷尔蒙味道，戾气袭来，你觉得周遭荒诞，转而凝视自己那股想逃出会议室的冲动，又不禁笑起来。这时，对面的傅满洲，朝你这边竖起大拇指，赞你刚才发言精妙。

人人皆有表演术，傅满洲自创另一套表演术：热衷玩人，对上爱交际，与纽约总部广织人际网络，对下建亲信，将从前元老一一边缘化；热爱竞争，从不接受败仗；热爱当众发言，即便说了半小时并不为了说明什么。中国不过是他的临时驿站。他有一个目标：四十岁之前升为全球副总裁。有一晚，部门团队活动唱卡拉 OK（又一表演术集中营），八〇后骏马与他合唱《死了都要爱》，干戈则把《神话》献给他。都是自觉杰出的飙高音作品。你在人群中突然懒得演了，想做点不同的，想起这首歌：Foo Fighters 乐队的 Pretender（伪装者）。

你低声问：喜欢这歌吗？给你点一首。

傅满洲拉长了一天的脸露出狂喜：超爱这首！

看着他手握话筒跟着大屏幕画面里的乐队疯狂甩头时，你知道：他在一点点暴露那个真实的自己，就像你很多次剥除了一层层硬壳后才露出的那一点新鲜。你隐约感到：你退出表演的那一天，会早于他到来。你想起了，一双与你一起翻过《分子克隆实验指南》的手，一个缅怀也无望的拥抱，一双抓着 BMW 方向盘的手开往前方再不存在的方向，一个已记不起轮廓的清冷背影走在曼哈顿四十三街上，一个也许会活到下一个世纪对着二十一世纪说再见的人，一个不存在的故乡，一种从未谋面的 Margo 所感知的 B.A.D. 综合征那些……

同样的词，pretend，那一刻你更想听 Eels 乐队的这首：I'm going to stop pretending that I didn't break your heart。

第四章

复杂的损益

P&L

可以亏,可以投入更多,但把这张表展开,时间往后拉,总得有赚得更多的那一天。

至今,人类历史上已有单一药物最高年度销售一百三十亿美金。一张损益表,总在产品计划的最后作结。它是最简洁的数字,说着最合乎这年代价值的激动故事,也是最冷静无情的故事。

Ming Gong Marketing Textbook

1. 阳关

远方，除了遥远一无所有。站在断壁残垣的粮仓下，人就显得小，碎，杂。一幅宇宙真相呈现面前，背景是干燥蒸发了所有其他只剩纯蓝的天，那种蓝，只有映衬真实才能入眼欣赏。久远，破败，有力，如同面对罗马古城遗址。平日散落心底的零零碎碎的时间感，在此聚集，凝为沧桑。这里是距玉门关十五公里处的河仓古城，汉代玉门关守卒的粮仓。

就是它了！烈日当头，蒸发了包裹周身的琐碎、心里到处散落的怀疑、对具体生活的兴味索然。

这鸟儿不惊的地方。这旅行者。发现一段自己未曾经历的过去：那不复存在的故我，那不再拥有之物的陌生感，在不属于你的异地，等着你。

在敦煌，无论面对莫高窟，一截汉长城，还是眼前只剩下墙壁的粮仓，都不需先怀疑筛选，再决定信或不信。之前被迫游过的太多无聊景点，都是人工翻修后来重建，其伪劣样貌对明弓来说，就像曾经的过敏词一样,激起强烈的生理反应。面前此地,曾经汉唐丝绸之路的咽喉要塞,后来渐渐偏远。即便是历史上那些可以掀翻一切的运动,也需跋涉长途,途经茫茫戈壁寸草不生,才能到达此地。又因气候干燥,万事万物能够固定不走形,如同一块被甲醛固定石蜡包埋的组织标本。

长陵亦是闲丘陇,异日谁知与仲多。政治家之眼,域于一人一事。诗人之眼,则通古今而观之。明弓惊讶自己对着组内人感慨。一组人正好装满一辆丰田越野车,一路开着玩笑,来到玉门关。

Team building,是一名经理的必修课吧,什么样的 team building 是有效果的? 碍于无奈参加、眼巴巴盼着散场的团队活动,不如不办。有效的,要让大家觉得有趣,互相了解,甚至不惜暴露彼此缺点,用一种玩笑的腔调,揶揄其实每个人都免不了的劣根性,撕开一层皮,让每个人真实的部分一点点暴露。一定要有个性,每个人的个性,闪着灵光。所谓的凝聚力,此后才有可能产生。明弓常会先拿自己开刀,大家才能跟着解放。解放也不是无度的,得有另外一双眼睛一直观察每个人,谁其实在敷衍,谁被众人冷落在外,谁还不习惯这种氛围……管理,并非都是一本正经地谈话和教导。明弓感慨:小小管理者,其实是一步步撑开自己的忍耐力,让大家开心。茅小姐点头:配合默契后也享受,真怀念从前我每次出差就想回来和大家聚餐。

连裴旻这样的都可以梳起马尾,站着拉二胡,午夜雪中拎着啤酒瓶走着去后海……人人心里皆有闪电,只是有的人那里一生幕布闭合。听完师兄关于诗人和商人的议论,明弓定下新实验:在商人圈里筑起一个乌托邦。这也许是在这几年逼真地体验“时间”流逝——无数次忍耐、等待、摩擦——之后的一次自由。甚至用自己的不自由,换来同路人的一些自由。管理人群的上策,是鼓励淘气:“如此一来,他们便会受制于这种较宽广的知觉。给你的牛或羊一片广袤的牧草地,这才是管制牛羊的办法。”

但师兄说:有时,撒开了腿的牛羊,踢你一脚,就是白眼狼,你会亲临人性深渊。

我希望能练就金身,选择这么玩就要玩得起。

师兄笑:只能送你送到这儿了,我的实验结束了,接下来的路你自己走。

实验?你也有实验?

你就像当年的我,我每次找你献计献策其实也是劝导当年的自己,看看如果重来一遍的话,我还能不能在公司生活。

决定带众人提前一天来敦煌 team building,是鼓励每个人的“淘气”,用此地此景,用久远有力的破败,用头顶那团炙热,蒸发周身硬壳、心中杂质、生之琐碎无奈……

“管理一个产品,起初是一件件的技术活,是执行和勤奋,是产品经理这一步。后来是判断力,一种方向感,是高级产品经理这一步。到后来,需要一种视野和情怀。”明弓对众人说。吐出“情怀”二字,颤了一下,因为这个词如此轻易亮出来,只会亵渎内涵。

“那,干戈呢?”人群里被卸下面具调动起“淘气”的裴旻问。

“好问题。”对付这种问题明弓已有足够风度，那是一种表演术，足够理性的表演术。众人面前，敢于卸去自己的“面具”拿自己开刀。“就说我自己吧，判断力和视野，都还远不够，情怀更不是一两天炼成的。是走东闯西，经历这经历那，看这书看那书，一点点看似无用的东西一天天积累起来的。”

也“淘气”起来的Frank问：听说也有人这么解读产品经理，拿着一笔推广费，瞎花钱，办会，陪专家出国玩，和广告公司勾结洗钱……听起来，都与判断力、方向感、情怀无关呀。

明弓笑，笑声像在粉碎和清扫某些东西，继而动用另一表演术——如何表态：好问题，这就是生活，两极混杂的生活，每个人选择自己的标准，你要选择你的那一个。

打算把情怀和淘气这两件事放一起，是明弓白天开会时突然的主意。“散会后，一起去魔鬼城，到那里看落日，体会什么是情怀。”

魔鬼城，玉门关以西一百公里，一处保存完好的雅丹地貌群，面积五十多平方公里，东西走向，坐落于地势很低的河谷地带。风力和水流，一日日梳理这里的积土，形成了气象万千的地貌，或如亭台楼阁，或如海底舰队。因为地下有矿物质存在，黑色沙砾披覆整个戈壁，远远看去浑黑一片。

夕阳下的魔鬼城，起先土黄，后来橘黄，金黄，一点点变暗变黑。更荒凉，强大，沉默不出声的壮观。人如小点，无声无语，行走在被风、水经年雕刻之下的高大积土之城，落日照耀之下旋即沉入黑暗唯剩风声呼啸的魔鬼城。不来这里,不知道时间、风力、水流的力量,有多绵长恒久。不知道渺小与壮观、荒凉和强大并存。你也不知道恐惧,令北京城任一种价值观都变得不堪一击。人来此处,不过为明白自己是无限永恒之中的一个小插曲……这些,明弓不会对眼前众人说——必须尊重词语,特别是有的词语一旦肉身俗口说出来,首先就亵渎了它。

回程车上,一路寂静。月光从窗户射进来,随着车身晃动成为一朵莲花,浅浅照着车内每一张脸。有人在消化刚才身处魔鬼城的情绪,来得太猛,浓度太高。有人在一天奔波现实与自然之间,困倦得打起瞌睡。眼前这一张张陌生脸,明弓第一次涌起留恋。难道是窗外天空中的月亮,照着这苍茫的戈壁大地,成为空成为无?仅仅因为工作这件事,才有荒诞此行,众人才靠得这么近?待自己这场实验结束后,曾离自己这么近的他们,终将成陌路?车继续往前开,往夜深处开,往终点开。

这一画面,深深刻进明弓的记忆之宫。像一直以来的处境,这倚在车窗的斜姿,这立在现实与幻象的边界点,这打量"世界"、"他人"与"自己"的眼神。终究不是子集与全集的关系,可能连交集都没有。每个人都在寻找坐标系,自己这个属于三维世界,脱逸的那一个。

敦煌七日,这是敦煌第三日。

敦煌一日:远征。汉长城。汉粮仓。

敦煌二日:莫高窟。卷子。壁画。菩提树、萨锤那舍身饲虎、五百强盗成佛、张骞出使西域。飞天,舞伎,彩塑。洞内横梁上刻着宋朝供养人真实姓名。

敦煌三日:开会,销售沟通会议第一天。业绩回顾,经验分享,重点策略和项目。心生淘气,傍晚一行去魔鬼城,落日,情怀。

敦煌四日:开会,销售沟通会议第二天。医学新信息,如何分析及管理区域生意。与销售来回争论达三轮。想念前身。

敦煌五日:开会,明年产品计划准备会,邀茅小姐参加。会上各部门和谐、争吵并存,如生活常态,需不时站起来维护局面。羌笛何须怨杨柳,春风不度玉门关。

敦煌六日:产品组总结。邀茅小姐参加。

上午十一点,干戈自遥远世界打电话来:做一个五年计划,如何在五年内销售超过一亿美金,下周一要,老傅去纽约汇报用。明弓几乎捂着耳朵才忍着听完。

晚上七点,安箭自另一遥远世界打电话来,还是那四个问题:你没出差吧?你闲着吗?陪你吃饭吧?好久没见了,你不想见见我吗?

敦煌第六日,白天明弓说话最多。破我说戒,是因困于敦煌小城数日?是因黄沙漫天为谁舞,红装剥尽痕累累?每晚,城中唯一小吃城,西域美食,与众人手擎一瓶啤酒,嘻笑聊天,间或长啸。立在半空,偏远小城无关红尘,恍惚间回到唐宋,吟诗赋词抚琴。每天沿着城中那一两条笔直街道来回走,按自己的腿力,步行半小时即可出城。出城即是戈壁,即是沙漠,即是胡杨、红柳、沙枣树、骆驼刺、麻黄草……

为什么要讲?也许是因在莫高窟看佛经卷子。但释迦牟尼佛

“四十九年未说一字”,不立言句只辨真性。也许是这里干燥蒸发了自己的栏护,与这个世界的一道道长城。也许是那天空高远,一望无际,沙漠孤烟……像极了一名产品管理者。绝对的孤独,众生玩乐,营营其中,而管理这场戏的人操控一切。

她讲时倒说的是:在意客户体验。管理产品时,你说的信息都不算数,什么算数?是客户回忆出来的对你产品的印象。一面镜子,重要的是镜子里映出来的样子。镜像。是这镜像,决定了客户是否喜欢你的产品。一个活动成功不成功,不是你自己说了算。什么算数?客户参加完的体验。但体验一事单靠语言是靠不住的。需观察他的表情,动作,他闲聊时不经意流露的星星点点。

所以第一步,还原客户心智,还原真相。棋盘就是世界,棋子是宇宙的现象,比赛规则即自然法则。对手隐身幕后,永远公正而有耐心。可他从不忽视我们的错误,也不容许无知。警惕自我陶醉自娱自乐。自省,高度感性与理性并存。需对人敏感,对美敏感,锻炼思维美感视觉美感故事美感。

还原真相后,带着强大意志力去管理,这是第二步,有策略有计划地管理他们的认知。你判断他目前是什么状态,你希望带他进入什么状态。你动用各种工具、各种氛围,将他带进那样的情境,接受那样的信息……这样的工作,真是天地间孤绝。你操控整个小宇宙,然而没人真正明白你每一步意欲何为,只有你自己知道一步步推进。到这步,拼的是格局。海明威认为一个优秀作家最本质的才能,在于他内嵌的、雷打不动的狗屎探测器。这是作家的雷达,所有伟大作家都有这玩意儿。换成产品经理也一样成立。不过,这些也许就是一通废话,大家听着玩。谁让我们是在敦煌呢。

真功散尽,虚脱撤下,众人似懂非懂。一旁,茅小姐眼角泛出泪光,像一贯的她蹦起来:“我也想说两句!”

这人世,其实是:不生生亦不可说,生生亦不可说,生不生亦不可说,不生不生亦不可说,生亦不可说,不生亦不可说。眼中折射两极之光。

敦煌七日:鸣沙山。双膝跪于黄沙中。望乡。那五百年前不存在的村庄。

当马可·波罗描述走访过的城市时,忽必烈汗未必全都相信。那是一个看不见的城市。

双膝跪于黄沙中,想起曾身处三日会议连续抄写这段:“在帝王的生活中,总有某个时刻,在为征服的疆域宽广辽阔而得意自豪之后,帝王又会因意识到自己将很快放弃对这些地域的认识和了解而感到忧伤和宽慰;会有一种空虚,在黄昏时分袭来,带着雨后大象的气味,以及火盆里渐冷的檀香木灰烬的味道。”

你说:“我一定能找到另一座更美的城市,

另一块土地,另一片海洋,

因为我在这里的每一次努力都注定失败,

我的心在死亡,

就像我无限忧伤的思绪一样。

回顾往昔,只看到我生活中阴暗的废墟,

还有在这里度过或荒废的时光。”

你将找不到另一块土地和另一片海洋,

这座城市将永远在你心底埋藏。

你将回到原来的街巷。

你将在原来的市郊衰老;

在原来的房屋变得白发苍苍。

因为城市总是那同一座,你不必另外寻找。

——因为它不存在,既没有通路也没有舟桨。

在这里失去的生活,

你已经将它毁掉,在整个大地上。

——《城市》卡瓦菲斯

2. 变地

第一天，我穿上新衣，从上到下。

我研究之前培训的每一个步骤，揣摩每一句话的恰当与否。从没有活得这么清醒，这么认真，像有一台摄像机在对着我。我分离为两个东西：一台摄像机，一个工作着的我。那个工作着的我，也是一个新的我，陌生的我。

即使对方哭，或是家人哭，我也可以不受一点影响，继续做自己该为他们做的事。这种感觉，好像我换了新衣换了个人活，换了个世界活。你瞧，连眼泪储藏量和哭的阈值都变了。你知道的，我这大半辈子，一直稀里糊涂，即便常常去安定医院转，对着那些病人和专家，我从来搞不清正常与疯了的界限。从前，我就是一个稀里糊涂的人，一个还算顺利、幸福、爱哭的傻瓜。

突然间，我可以把自己当成一部仪器管理，每一步都可以调节自己的分寸。对我这个成天思维飘逸的女傻瓜来说，这感觉多新鲜，如同新生。人一辈子,有几次机会能得新生?

这一行有个英文词,Hospice。本来的意思,是指旅游者中途休息的地方,医学上译为临终关怀。

不是吹的,第一周,我已经是一个渐趋娴熟的临终关怀志愿工作者了。我们那一组志愿者的头儿,惊讶于我的进步,但他很快归因于我的医学背景以及我老公去世的经历。至于天赋,他说,并比不以上这两个重要。

经历过最亲的人去世,让你活出两条命,他这么说。

他的话,很耐琢磨,虽然我到现在也没琢磨透。但这些,起码让我觉得我跟一批内心深邃的哲人们工作在一起,这些人可以自愿选择向死而生。这就比我以前二十年前里做过的所有工作都有意思,无论是在康复科拉电闸,还是在跨国公司捣腾药的销量。

Hospice,严格的定义,是对生命只有六个月的人提供身心照顾服务。就像站在他们生命的尽头去活着,一天天帮这些人做倒计时,我呢,就像生活在一个钟表铺里,所有的钟表一个钟点,齐声滴滴答答,走向那个能闻到味道的尽头。

但我其实并不知道,那些钟表大合唱是一种乐音呢,还是某种虽然步调一致但藏着很多曲折和黑洞的噪音?我关怀的有一位病人,并不配合,她是个七十八岁的老太太,牙掉光了,头发也掉光了,但她的脸非常突出。"突出"是什么意思?你看,我说话还是这么飘。就是你看到那张脸,就知道她脾气古怪,与人很难交流,包括家里人。我第一天轻声细语地问：昨晚睡得怎么样，早饭吃什么了，胃口好吗，现在感觉怎么样，哪里不舒服。她只答一个字：嗯。

然后，我每天对她说同样的话，昨晚睡得怎么样，早饭吃什么了，胃口好吗，现在感觉怎么样，哪里不舒服。她仍旧只答一个字：嗯。然后对着空气，白眼一翻，翻身睡了。我并不生气，你惊讶我的涵养了吧，其实是因为受过训练的原因。训练，对于我们这些肉身就是重要，就是规范，就是刻画样板行为，使用单一内涵语言，以便在群体中简单对接上。说到这，我差点忘了，你是非常反感培训的家伙，我早注意到了，还记得你在“七个习惯”的培训课上，你那难受那憋屈。

我每天问，她每天最多就答一个字：嗯。然后白眼一翻，翻身睡了。你能想象吗？那白眼是对着空气，她连对我翻白眼的聚焦都没有。我知道的，她怎么可能睡呢？她知道等着自己的将是无穷长的睡觉时间。她是假装睡的，那是表示拒绝。她那并不协调的翻身姿势，告诉我其实她已不想玩了，被“希望”完全遗弃了。她已经是七零八落，散架的人，由立体渐渐瘫成一片的人，一个平面人。这样的一个东西，是拒绝交流的。再过几十天，她就连人都不是了。所有期待交流的人，是因为他起码还想活下去，还有希望活下去，还不想一个人活下去。

我如同浸身一条时间隧道，钻进去，召唤出我老公走之前的那翻身姿势，它跳出来后，带给我的就是透心凉。我依旧可以运用训练课上的技巧来调整自己，但我回家，就全散架了，因为我止不住去看我女儿的翻身姿势，止不住去想四十年后她的翻身姿势，以及我的翻身姿势。想到这，我就溃不成军。你看，本质上我还是那个没用的糊里糊涂的老女傻瓜。

太理想化了，像在做月亮上的事，到后来，连回家的路上踩着地都觉得像踩在月亮上。志愿者一茬一茬换。有时晚上在一群人的饭局上，有人递过名片问：您是“做”什么工作的？我张开嘴，半途才意识到，我已经是一个没“身份”的人。周围那么多叫作“经理”“总监”“总裁”的人，我提一件叫作“临终关怀”的事总归是可笑的。我说：我是钟表店的。

对方问：叫什么名的钟表店？

我说：活着。

对方满脸狐疑的样子，就差一秒就快转成嘲笑了，我慌忙补充：英文名叫 To Live。我想，无论如何，这一次我得坚持。给自己打气。我这大半辈子，就没好好坚持过，做过什么像样的活儿。但是，我自己溃不成军的样子，是那种散了一地拼也拼不起来的货。我把自己的情绪全部搭进去了，一个月下来整个人都空了。到了晚上，老做梦，一个人站在悬崖边，接着就是失重的感觉，一路途中就是我老公、我女儿和我自己翻身的姿势，羽毛一样翻卷轻飘飘……我常常拿起榔头居然往自家墙里砸不进一个钉子，你看，就像一个钉子就可以把一个单身妈妈打败，一个翻身姿势就把我打败。想起这，也让人溃不成军。

心里空了的时候，我去安定医院转转。我找以前认识的那些专家聊聊天，说不定得开点药吃吃。你们这个 B.A.D. 综合征的药，对我已经不管用了，我不忙，不焦虑，也不抑郁。只是，很简单地，被一个垂死的老太太的翻身姿势打败了。

有时,我也转转安定医院的病房。转上一圈,心里会舒坦很多,像在自己熟悉的家一样。那个绿皮《史记》女工还在呢,每次看见都说:来这里吧,再往前迈一步,住下吧!渐渐地,她倒像是我的老熟人,看着挺亲切的。有回,你猜我看见谁了, Victoria。她去看中学同桌,那著名的一年三百万的同桌。这女孩抑郁症了,工作压力大,整天念叨对不起老板,对不起公司,都是因为自己的过错,耽误了公司一笔将近一亿的单子,自责得老想撞墙寻死,谁拦着就打谁。被家里人绑着送到安定医院来的。真问了他们公司里的人,说根本没有这笔近一亿的单子,更没耽误什么生意。你看,人必然会疯狂到这种地步,即使不疯狂,也只是另一种样子的疯狂。我觉得这句话有意思,虽然一直也没琢磨明白这句话的意思。

志愿者们一拨一拨都散了,剩下我和另外一个年龄差不多的女人。我也准备散了,倒不是因为这世界对正经工作的定义有问题,倒不是因为护士笑话我傻,你知道的,她们谈论的那些事我早不关心了。是我试过这一回之后,彻底明白了,我根本就没那个心理素质。

做这行,不是需要一些分量轻的温暖、关怀就行。它需要准备更强的东西,然后才是那些温暖和关怀。就像你得先垒起冰冷的灰色砖墙,然后在此之上才能铺上一层羽毛、阳光,这些温暖的代名词。

你不能一直只躺在那些飘着的羽毛和闪着的阳光上吧?它需要冷,本质的冷,产生能量的冷。它需要荒,本质的荒,有了荒才能大。它还需要强,因为强才能形成磁场,去关怀。玩哪一行,都要能玩得起。玩得起，不是指那些技巧，是指技巧背后的更广更深的储备。懂得最黑的，也懂得最白的。见过最暗的，也见过最亮的。可能先得是最最分裂的，然后才有最最融合的。而我，没有。你呢，倒比我更可能有些，起码你的眼睛还装着两极。

黄昏时在"变地"的色调中，虞盾看上去体力不支。唯有极度悲观才孕生出来的那一点点温和的乐观精神，有一秒窥见真相。明弓珍惜眼前如与虞盾一同坐在某个标为终点的路标处，在这路标处，与虞盾同行的纯粹，非"友谊"或"关怀"二字所能概括，那是得以一瞥某种宇宙真相的刹那开怀，虽然真相的样貌并非悦目。

明弓说："两极？倒是一个非常准确的词。说起来，到现在我在公司五年了。从没跟人说起过，从一开始，我就有一个十平米的房间，叫赤子之心。"

"就像你帮我找的，这个叫变地的地方？"

"你这么一说，倒真是。起初，只是觉得要有个支点，扛住白天那个世界的事，否则人会被掀翻。白天在公司泡完，晚上回家换衣、换脸，换个人，泡进赤子之心，洗洗自己……起初，以为赤子之心是最好的归宿。后来发现也不尽然。世间道理，哪有非黑即白。每天、每时、每刻都待在那里，人也会受不了那种纯。特别真的东西，我们能每天每时每刻都面对它吗？其实是不能的。我们也会被那种纯包裹，浓得化不开，甚至窒息，小小心脏受不了。需要把头伸出来，伸到外面那个真实的世界，那里乱七八糟,失去逻辑也没了常识,闻着那些奇怪的味道皱起眉头,与不相干的人说些可有可无的废话,当然了,公司里称为沟通。有时,会生气,会吵起来,会骂娘。会想,迫不及待回到家,进赤子之心里喘口气,那口气,可能是这一天中最珍贵的一口,最纯粹的一口。一天东奔西走,和你说和他争,开中文电话会英文电话会,回上百封 email……所有白天与外面那个世界的摩擦,那些琐碎、那些社会化的东西……有一天,我终于想通了,它们的价值,可能就在于衬托这一口气的最珍贵、最纯粹。没了这口气,人就废了。但没了那些滥事的衬托,我能这么珍惜这口气吗?其实是不能的。我工作时想念码字,在面对码字圈子的那些人时,我又谈论商业社会的精髓,因为那里又透着一股冷酷,可以浇灭码字圈儿里的浮躁。说实话,我开始喜欢这样的双频道切换了,它适合我,我也离不开了!"

虞盾说:"接下来做什么?我可能还会继续去做一个产品经理。给自己来个双频道,不错的主意,我也打算这么干。我的 slogan 是:也许是行业中最长时间的产品经理。你别笑,倒不是为了谋生,虽然我到现在也还没弄明白产品计划怎么写,你要是哪天弄明白了,倒可以给我写点什么存着。我从前老想不工作,真不工作了,其实无法和人相处,无法和自己相处。需要找个两全之计。一边做着一个普通平常的实际的人,用看似束缚的东西抓着自己,就像我嘴右边这颗痦子,这个我的存在为另一个飘忽的我提供条件,这世故会保护另一个我不致很惨,不致在他人眼里太荒唐。而另一个飘逸的我,去寻找些我想要做的事。

它需要冷，本质的冷，产生能量的冷。它需要荒，本质的荒，有了荒才能大。它还需要强，因为强才能形成磁场，去关怀。玩哪一行，都要能玩得起。玩得起，不是指那些技巧，是指技巧背后的更广更深的储备。懂得最黑的，也懂得最白的。见过最暗的，也见过最亮的。可能先得是最最分裂的，然后才有最最融合的。

“知道想要做什么，其实也是很不寻常的事。周围有种近于残忍的信念一直在暗示我们，每个人都能在工作中体验到幸福。但其实不是。

“我问过自己，我想要做什么。我开始画画。有天，我在家画一棵树，女儿问，画一棵树？有什么用？我告诉她，并不一定要去做有用的事。画一棵树就是画一棵树，你想画，那就画。等你明白自己想要画一棵树，那就已经很不容易的事了。”

说话的虞盾，浑身散发出一种面向本质的醉意迷离。她伸手指向窗外，顺着那方向，店名由黄变蓝，旁边那个数字，尾巴上一个灯箱亮起，照亮又一个〇，成为蓝色二五〇〇。“关于这招牌灯箱，我问过店老板，说不是所有人都能看到这花招的，只有那些两极之眼。也许是，用尾巴上的那个〇，尽数消解了前面二五〇的意义？也许是，到了二五〇〇年，就没有 B.A.D. 综合征这类东西？或者，应该用十种二五〇的态度来对待眼前生活，就可以打败 B.A.D. 这些玩意……”有了那样的腔调附身后，事情和场景就可以不那么确定了，若真若假。辽远疯癫之言，如同沉入梦境。

3. 语言的伤疤

黄昏时，看着拥在校门接孩子的那些妈妈，她就看见了自己的样子。一寸寸西斜的阳光，能量渐衰的样子照着她们的脸、她们的胸、臀、腿，她们的几根白发。她就知道自己也一样，已进入中年妇女圈，奔四的人了。

在能量渐衰的西斜阳光围成的光晕下，想起白天明弓问，有什么爱好？

别告诉我，你的爱好就是工作。明弓又补充，一贯开玩笑的语气，最后一个字总是轻飘飘吞掉，像含着一片波力海苔。

她想了会儿，摇摇头。

明弓又问：那你小时候，玩过什么拿手的？

拿手的？她想了会儿，想起来，躺在北三环父母家里储藏室里的那把二胡。玩过二胡，少年宫选手，小时候长得乖甜，梳一根马尾巴，扎得高高的，一身白色连衣裙，给其时穿中山装的领导们或穿西装的外国来宾表演。

明弓像探出宝:有意思,阳光儿童。

她想,一个父母爱自己、考分不错、有连衣裙和牛奶糖的童年,就是幸福的吧。现在呢? 应该也算吧。女儿听话,虽无干系,倒有点像当年的那个自己。只不过,没让她拉二胡,总觉得二胡就是边缘人物的象征,阿炳那样凄苦。家里那位也算是标准好男人吧,在一家茶馆相亲的,工资每月都交回家里,不怎么出差,回家就做饭,早上起来热牛奶。有时晚上,也做。几年前差不多一星期一次。两年前开始,一个月一次。现在有时上床,摸着摸着就睡着了,彼此的皮肤像床单一样熟悉。想起第二天一早还得赶地铁,困意就像地铁车厢里的人,乌泱泱压过来。

明弓提议:回家找出来,下次团队活动时听你拉二胡。

她不以为然地笑了,又觉自己笑声中冷气有点多。但她确实不以为然。因为对自己的技术没底,还因为,上班不就是上班吗,挣工资,其他都与自己无关。同事,说实话,也与自己无关。至于公司? 从来就是个勾心斗角的地界。

明弓说:大家一人一项,我呢,不会其他,吉他弹几个和弦,唱《赤裸裸》。

说起《赤裸裸》,她倒有印象。几年前一次部门活动,好像是在厦门一艘装饰成渔船的餐馆里,部门一起吃饭,明弓被抽中,唱了这首歌,专心听的人不多。那时没什么人认识明弓,就知道是个小产品经理,念书念多了有些呆,平时话很少。不过那次白天开会她倒是先认出来,此人是一本杂志上写“小”专栏的，说话有点怪。

她并不想给明弓面子，就起哄：你几年前就唱这个，没劲，换首新的。

好，你拉二胡，我就唱首新的。明弓脸上闪过一丝尴尬，很快盖住，又说：带上你小时候拉二胡的照片，大家看看你小时候的可爱样子。

哦，可爱，这个词离自己有点远了，越来越远。现在这词倒是能用在女儿身上。但很快，女儿也会开始离这个词远了——她会开始打听她的身世。

我也会带小时候的照片，但和你不一样，我小时候是个讨人厌的家伙。明弓又说。

哦。

但我们拍照片，不是为了当时看吧，有趣的也许是十年、二十年后回头看的时候，这，你也同意吧？明弓又说。

哦。她倒从没真想过这件事。

拉二胡那晚，白天和销售开了一天的会，中间还有些筋疲力尽的舌战，中间几次明弓站起来圆场。到了晚上，明弓招呼组里人，喝了些酒，说是辛苦了一天放松一下。轮到她，拿出道具，摆姿势。明弓端着酒杯晃过来：咱们玩个不一样的，站立式的，摇滚范儿的二胡，带身体语言的。

她不情愿地慢慢站起来，手不是手脚不是脚。明弓嗖地跨上了面前茶几，站在茶几上夸张示范，有节奏地甩着头发。在大家的起哄声中，她脸开始滚烫，喉咙开始冒烟，像是要离地。在大家的起哄声中，她热血上涌，突然停下，拢起自己头发，扎成小时候的马尾巴，高高地悬在头顶，然后站着，开始拉二胡。

明弓一边鼓掌，一边示意她扭臀。她起先半情不愿，但渐渐幅度大得自己都觉得晕，头也跟着颠起来，扎起来的马尾巴甩得她的脸有点疼，那倒让她更觉得过瘾，刮过的头发似乎在剥除脸上某层皮，露出了些什么新的东西。虽然，其实几个音好几次拉错。明弓递上一大瓶啤酒，说：猜你上中学时，是不是也半夜提着啤酒瓶走在大街上过？

就一次，偷偷地。和当时的男朋友。

现在快半夜了，那我们一会儿，一人提一瓶燕京，去后海边上遛遛？

众人趁着醉意齐齐说好。十二月的北京冬夜，开始飘起雪，雪花和马路一样宽阔，一人提一瓶啤酒，一路走到后海，那些雪花飘在身上，衬着一路萧瑟无叶的高大树木，仿佛行走在某个抵达真相的梦境里。是这梦境，制造了恍惚错觉，他们在一起，做一件淘气的事，一件与梦有关的事。是的，她记忆未死。否则，那个提着酒瓶半夜晃在大街上的年轻一晚，在扮演了这么多年的乖乖女之后，怎么还没忘记？否则，那个扎起高高马尾，站着拉完二胡，甩着的头发掠过面颊的疼痛，怎么也难忘记？

一直是乖乖女，只有一天，她发脾气了。那是公司安排的一次演讲技巧培训，presentation skills。必须的技能。一个油亮头发整齐往后梳的男老师，穿着双排扣竖条纹深蓝西装，在讲完基本原则后，架一台摄像机，对着每位练习者录像，然后一节一节放出来，接受众人点评。老师喊到第一个人的名字,是她:裴旻!她看着大屏幕上镜头里的自己,如看一个陌生人。一群人围着这个陌生人指指点点:她的着装,她的音调,她的手势,她的肩膀,她的踱步……

眼泪突然涌出来,受不了如此被围观——虽然如果不是录像,她也被人围观。其实就是一出被围观的人生。别人制定好的范式,规矩,纪律。她乖乖梳着甜甜马尾,对着那些大人们微笑拉二胡。包括女儿,那是几次努力后失败只能领养来的女儿。因为父母和老公都说,一个没有小孩的家,就不是一个真正的家。

她突然站起来,和老师抬杠。

老师问:谁是你上级?茶歇时我需要和她谈一谈。

满教室只有一个人朝她这边微微笑。同路人的不言自明。下课后,明弓说:我坐在培训课上,曾和你一样,那种心情,我太明白了。还是半开玩笑的语气,最后几个字轻飘飘吞掉。在发掘别人内心的一路上,怪异的明弓像带着金属探测器走过地面,鼻翼扇动,留神倾听那种“嘟嘟声”,那些或神奇或淘气的“嘟嘟声”,连当事人自己都充耳不闻多年的“嘟嘟声”。

在连续几次黄昏时去接女儿瞥见众人如自己一样的中年身材之后,她开始去健身房,希望能保留体内尚未熄灭的那最后一撮年轻火花。在健身房的更衣室里,看见那些年轻的身体,她就知道自己再不可能拥有紧绷和硕新。而那些常和自己一起上跳舞班的三四个刚退休的女人,常常一边脱衣服一边聊天,露出渐渐衰败的身体,每每看就想流泪的身体,那就是自己的未来。这个冬天,从没这么冷过。她在与明弓吃工作餐时,不经意间说起来。明弓点头,似乎深谙其意:但也许,在经历了这些后,人反而可以站起来拉二胡,即便你谱子已记不大清。

她一愣。和其他人不大一样,明弓说话似乎总在挑挑拣拣一些词,总在试图捅破表面的模具,试图剥出洋葱内里的新鲜。那些话,不一定都中听,但带着自己的样子。一种说话术。

她留意组内开会时,明弓像颗锥子一样集中,同时也扎人,意图扎出新鲜,扎到核,扎出血。近乎苛刻地控制会议时间,怂恿每个人去讲出新鲜的话,哪怕是大白话,反对的话,或是厥词。说到厥词,明弓有一次对组内人说:Team work 已成为公司最常见的道德规范,那些不是好的团队合作者的人,在面试第一轮就会像犯下罪行一样被刷掉。但提出 team work 的欧美商业文明,是基于保持每个人个性的基础上,实现更强的集体再创作。到了中国,成了并无个性的 team work,成了再一轮洗脑和集权,是无意义的团队协作。所以起码我,会偏好于先激发你们每个人的个性,这之后,才会建立一种方向感,保证一定程度的团队协作。

她并不认同。公司那些提升很快的人或是身居要职的人,往往首先是听话的人,充分揣摩老板意图的人。她禁不住问:你是激发了我们的个性,但又能多大程度上保护这个性,今后不受伤?

明弓眼里闪过伤感:说得对,也许我要继续发展,起码为了有块地方,大家能有个性地玩。

她想:乌——托——邦。

那些指导职场的时尚杂志上说：并不是所有的话题，在任何时间、任何地点都适合拿来公开谈论。要塑造成功的职场，就须懂得掌握说话的分寸。她等在学校外面，等孩子放学，夕阳正好照着她缄默的嘴。她想起自己开始变形、分配不均的身体如树木年轮，自己脑中所想，不过是这年轮划下的松散片段，指向具体的日子。她想起父亲说，他这辈子毁在一张嘴上，不如沉默。他被政府大院系统彻底淘汰，那里有办事系统、会议系统、官场系统、酒席系统……他的大半辈子没把这几个系统弄明白，所以“不会说话”。

有一次陪明弓参加跨部门会，明弓说，这种会议，得全神贯注地听每一句话，有些话是邀功，有些是推卸责任，有些其实是冲突，这些冲突提醒我们是在一个严格专业化的大机器系统里，一人只有一门手艺，机器建造各门手艺间的秩序感，杀灭每个人的独立性。“那得用另一种说话术。先是充分的尊重，绝对的理解，然后是带着终极目标推动，激发他们本行内的动力。先谦卑地猫着听，最后，说一句顶十句。”明弓解释。

也有人告状到明弓那里，说她与销售电话里吵了起来。明弓找她：我自己呢，一开始很不善于与销售沟通，后来发现，只要让他们理解你的真诚，站在他们角度考虑。他们其实是公司里最朴实的最容易被打动的人。哦，明弓说话术之另一种，让对方感知真诚。

在等待孩子放学的人群中她闲翻杂志，在一个角落看见新书推广广告，她决定白天溜出公司，潜伏人群里，去听明弓在新书发布会上如何使用说话术。是工作时的那个明弓吗？是敦煌的那个明弓吗？会不会掩饰,虚伪,会不会苍白?……她戴上墨镜和帽子,这样谁也不认识谁,谁也不担心谁。

“过去几年中,你我也许都有一种不祥之感,某些人或某些东西正在熔铸我们的大脑,重布我们的神经线路,重写我们的记忆程序。我读到这段话,如遇知己。

“我还是那个原来字典里写的‘人’吗?嗨,可能已经不是了。人与计算机不可分离,成了比情侣更强烈的共生关系。电脑不只是言听计从的简单工具,是以微妙而确定的方式对我们施加影响的机器。起码,放在你面前的这本书,是我全部用电脑写成的。我再也不会在纸上写东西了,没了删除键,没了剪切和粘贴功能,我不知所措。

“不过没关系!我们不是第一次遇到这种事了,你知道的。意识到这一点,会让人产生凉凉的,甚至下坠的情绪,这情绪反而让人清醒,让人开得起玩笑。在眼前这地方,世故后,理想主义才能变得更有力。真正的宁静,在了解了所有的矛盾、错乱、制约、恐惧后,才会到来。

“因为经历过这时代那时代,你我已变得不纯粹,也不相信纯粹,进而需要某种东西来磨,仿佛测试后才会相信。而且是反面的测试。太简约太封闭的生活,除非内心有火山能喷发,否则少了外界摩擦,产生不了能量。是巨大岩石下的一抹新绿。有人写大,我选择写小,写巨大岩石下的一抹绿。”

问题一:

——你是逃了班来的吧?我也是。我想问:你不觉得上班无聊吗?

既然你可以写书。

一枚头皮发青的光头问。

“好问题。六年前我认为无聊。十多年前我认为很无聊。现在我却不这么想。上班对我来说,起初是社会化的事、不自由的事。后来是认同不认同商业文明的事,能不能欣赏它性感的事。既然没勇气把自己一枪干掉,那就谨守一个客人的本分。上班就是戏子,如果拒绝不了社会化,我只能用吃奶的力气去选择适度的社会化。”

追问一:

“戏子?那就是你上班对着傻B也能演?”光头穷追不舍。

明弓口袋中手机响起来,揌了键,继续说:“我后来发现,骂傻B其实是件容易的事,但解决不了问题。在公司里,如果说还有一点美感,是解决问题的美感、是释放人的真实。去领会其中的弯弯绕绕,有时也认真,也能摸到人间暖气,那就是一喜,只不过粗糙掺杂其中。我劝自己到生意一线去,去了解人性,了解这世界远远超过我想象力的那些。这又是复杂性的美妙。”

问题二加追问二:

——你说,上班对你是两件事。起初是社会化的事、不自由的事,后来是认同不认同商业文明的事。说说第二部分。

“张謇曾被任命为国民政府第一届实业总长,一九一二年那时他与孙中山第一次见面,当天日记里,他对孙中山的评价是四个字:不知崖畔。他觉得孙中山没办过实业,想得太简单,太浪漫。不知道建设比革命更加苦难，以为一革命，什么都解决了。很多商业常识，是缺乏普及的。像我这样的，无论身体还是大脑，好像都没准备好商业文明的到来，我们并非在商业环境中一点一点长大，而是突然就来了。

问题三：

——上班时有向自己厌恶的低头妥协吗？描述你眼中的职场，越尖锐越好。

“常在表面上妥协，有时为了生计，戏子成分就会很重。我有个好朋友，居然是在公司这个地方认识的。她会自创一些词。她说公司里很多争执，是因为big ego，她自创了个词叫癔果。职场是什么呢？一个理解人性的临床基地，不乏过河拆桥、尔虞我诈……所有能想到的滥词，但在经历了之后，我也才明白了世道恢弘，也才能辨出那一点点纯的、美的。接着，我也才可以在小小范围内，释放其他人的真实。”

问题四：

——最近常有文化人丑闻，你觉得当今文化人都什么嘴脸？

“文化人？嘴脸，这个词？对不起，我对词有怪癖……这个词没有精确美……对不起，不好回答你……它可能是一个标签。”明弓用手捂住胃。

追问二：

“标签？但你也被贴了标签，这书上写：跨界新女性？职场、科学、文学并置一身？”

“问得好。我上班是做营销的，营销常做的就是贴标签。在出版商那里,我是一个产品,这事你问问王枪枪老师吧。并置一身?可能用‘分裂’这个词更准确些。”

追问三:

“你平时说话,也对词这么挑剔吗?”

“嗯。有时需要留出时间听别人说。有时说一句要顶十句。有时胡说,那是自己淘气了。有时嘴皮乏力张不开。归根到底,语言对我来说,是伤疤。”

人群中,戴着帽子和墨镜的裴旻想:台上那人,穿过那钉满楔子的地面,有时跳有时闪有时追,亦笑亦哭亦昼亦夜。

4. 翻过合上的书

留白，惜力，平衡。凡事皆分寸。Sense of propriety。虞盾说与老公一起，活了近五十年的字典中只挑出一个字“无”，写在墓碑上。一个字，熨平一个人的一生。在生命这线段被放入更大尺寸的宇宙中，成为一个实心点时。那是企图和这世界告别的分寸感。

“今年D品牌的早春系列灵感取自温莎公爵夫人。节制的分寸感带来的简洁，而非简洁本身；神秘性情带来的低调，而非低调本身——这就是温莎夫人的穿着风格。”王枪枪杂志上说。

感知兴盛与衰落的弧度，是另一种分寸感。明弓猜：再过一百年，也许眼前这工作，就失去它的根本意义。时间到二十二世纪，人们或许已不再相信医药可以带来更长寿命。或者，比这更让人哀伤和感慨的是，那时人们已经失去了这么一个努力，这么一个理想：在人世，期望活得更久。没有了这个理想，人们也就没必要每天吞下一把药片将自己喂饱。那会让世间渗出凉意吧？因为它已不只是如这些同类替代的衰落：铁路之后运河的衰落，喷气引擎之后客轮的衰落，电脑之后打字机的衰落，iPhone之后黑莓的衰落。是全新玩意，如同字典里几年间涌现曾经不明所以的词：MP3，视频流，YouTube，维基百科，微博，MacBook Air……那时，将可能有一种全新的东西代替，说是某一种全新的坐标系甚至哲学观会更准确些，药片因而衰落。

但并非每个与世界告别的人，被告别的人，都在寻找合适的分寸——哈代形容的那种"很讲究的情绪"，节制的忍受加享受，一些高度警觉内心和外界动态走向并在身体表面尽量熨平的人，那些心里写着"客人"二字活在这世上的人。傅满洲一人在写字楼外拉长脸抽完五根烟，回到桌前，毫不留情地在email里对成天有事没事抄送给他的干戈说：Stop the over-communication！停止过分沟通。想起他那张不耐烦的脸，明弓想，那是情绪的泄露，撕下伪装的不管不顾，是被别人的"无分寸"激惹的坏脾气男人。撕下者与伪装者齐齐惊愕。

还是去机场，还是取电脑、安检，还是赶去登机听空姐说"你好"后挤出点笑容侧身前行找到位置看看左右邻座。还是戴上耳机，先睡一觉。还是在昏睡不久就被推车碰醒：您喝什么？……还是一闻就写着"没劲"二字的机上盒饭。在这样陈旧的套路中，明弓从新书发布现场切换频道，面对机上生活。

每次当众演讲，依旧难以摆脱沮丧，在词语的汪洋中拼命求生，看似无限选择的可能，最终能捞出的只是那点碎片。一些并不确切的，并非自己想要的词语碎片。每次讲完，沮丧就会袭来。作为一个管理者，与同事、下属的对话后，也有同样的沮丧，一些言语不确切的沮丧。她本可以选择做到这么一种确切——因为思维简单而确切，那是大众吸收起来最快的，如语录或格言一样的简短断然，或如电视购物那样的断章取义——但，那种话一说出来，自己就先怀疑了。

最初，她每次说完话后会反刍，反刍出一个言语不准确的伪劣自己。茅小姐也曾传授秘诀：感觉自己的面对面谈话不到位时，可以通过其他技巧来弥补，比如，一些短信。因为写短信时你毕竟可以先想，可以组织句子。一些 email。简短的，但起码能表示认可的和支持的 email，张不开嘴去说的那些肉麻话。又比如，一些小行动。在下属讲课累了的时候，递上一瓶水。爸爸六十岁生日，妈妈打电话问能不能回。想了想，答应了。也许茅小姐说得对，不如用这样的小行动去弥补，与父母一直以来漏洞百出的言语沟通。

吹灭了廉价奶油蛋糕的六根蜡烛后，屋内光影昏暗。

“该换个灯泡了，瓦数大点的。”

“不用。就我，和你爸。也没外人来。”

“你身体还好？”

“好。工作忙吗？”

“忙。一个月一半时间在外面出差。”

“忙归忙，你这个年龄也应该……”

“别……”费力咽下“别说了”，才吐出“嗯”。To do list，自己欠下的多了。“应该”这两个字，是明弓仍会有点过敏反应的词，这世界成千上万个“应该”噤着一张脸想做什么。但她看着对面的人,四十瓦灯泡之下,那张脸、那些古旧的家具都蒙上一层灰,它撩起来自过去和未来的寒意。眼前这片,是家。对面的人,是世上唯一亲人。隔壁房间里躺着的那个,还算吗?应该不算了,从医学意义上。自己可以花两三年时间忍耐一个个过敏词,练习一种腔调,进而貌似如鱼得水与公司众人进行所谓的“沟通”。可以挑言拣句,捂着胃疼和颜悦色,提醒自己要有同理心,去和一个下属维系一小时的谈话,不时夹杂爽朗笑声。可以练就表演术、说话术种种,与干戈、傅满洲你来我往貌似和谐。也可以在某个瞬间无比怀恋像Margo、Maya、茅小姐那样的陌生人。可以对着虞盾,在“变地”听她亡夫的痛苦、志愿者的波折……面对眼前这唯一的家,唯一的亲人,自己练就的“沟通”技巧哪里去了?即便表演术,有时人们也是欢迎的吧,好过相看无语,暴露孤独与隔阂。

“回家一趟,除了过这其实没什么意义的生日……”什么话,其实没什么意义,那为什么要回来?

“毕竟,是个家呀。”她轻轻说。

“……也是回来看看你,给些钱当医疗费,也想陪——你——聊聊。”明弓动用表演术,强迫自己把这些话一个字一个字地吐出来。说到“陪你聊聊”这几个字,已是最后的力气。

“聊聊?你从小就不大爱聊天。”她有点惊讶,但经年孤独已帮她的脸钉上模具。那惊讶掩藏在模具之后一缕飘过。

“是吗?我从小什么样?”明弓想起沟通技巧培训,一定要问一些开放性的问题，引发对方更多表达。

“你呀……从小是个怪小孩。”

“比如？”

“不爱说话，很少笑，很小的时候，就想爬门槛出去。有一年，可能是十岁左右，过春节，你本来有点感冒，后来大家没注意你居然喝了一大杯米酒，喝得都醉了，我把你的杯子拿过来，告诉你要有个女孩样了，要有点规矩了。你听完就喘不上气，接着吐了一地。一家人以为感冒严重了，赶紧送医院。还没到医院，你又没事了。”

“后来呢？”维系一场谈话真不容易，明弓聆听，发问，悉数动用培训课学来的技巧。

“好像从那以后，你不仅不爱说话，也不爱听别人说，有时别人说的时候，你嗓子里咕噜咕噜的声音，像是要吐。老师有时家访会告状。只有一个语文老师提起过，说你的作文写得和别人不一样，但是将来参加高考不一定能及格。”

“高考作文还真不及格。幸好总分不错。好像拿通知书那天，家里买了徐氏烧鸭庆贺。”

“这个你记得?！你最爱吃那家的烧鸭了。以前穷，偶尔买一半的一半。那次跟你爸商量了买一整只，他刚发的工资。你俩一样，话不多。”

“那你们在一起，有过感情吗？”明弓解放组里的人的天性，往往从这样面带真诚地问一刀掀开表皮的犀利问题开始。

“谈不上吧，周围大家都一样呀，为了过日子，再说……”

“怎么？”明弓调用鼓励的语气，在公司里如对方欲言又止，常会用到。

“怎么说呢。”

“没关系的。”鼓励，轻轻的，不打扰对方的口气。堪称沟通表演术示范。

“你，是我先怀上了，才嫁给你爸的。原来那个，跑了。”

“哦。这样呀。”仍然是鼓励，轻轻的，不打扰对方的口气。

“你这些年，应该也喜欢过别人吧？”

“当然。”明弓仍旧轻轻回答，像怕惊着了屋里蒙在人和家具上的那层灰尘。但很快意识到，自己得继续主导眼下的对话：“那，你喜欢过我爸吗？”

“说喜欢，我们那时有多少是真喜欢的，都为了过日子。日子过不好，就会吵。下岗了更是经常吵。但也奇怪，从他出事后，就这么躺着，每天照顾他，反而慢慢有了点感情。”

明弓想起已经好久没进那个房间了。

“大约有一年了，他开始烦躁，双手乱抓，其他还是一动不动。医生说可能是一点点恢复的迹象，但希望不大。有一次他又乱抓，我攥住他的手怕伤着，猛一放松，他双手猛地伸进我上身衣服。本来想躲，但他突然静下来了。后来好几次，他一烦躁，只要手握着那里，就会安静下来。”她的脸开始涨红。她一定感到了身体内的某种战栗。因为这战栗，通过空气传播，越过那些灰尘，传到明弓这边来。

“那，你什么感觉？”明弓觉得再差一步，自己就快演不下去了。

“反而，对他有了感情，从前没有的。”仍旧四十瓦的灯光下，她整个人已苍老，那皮肤有一节一节的皱褶，如同一本翻过合上的书，那胸脯像世上千千万的少女曾经肥美过，但也许一直沉睡，并未被一双手在适当的春光中唤醒，如今它已松弛坠落。但她整个人，此刻浸在一圈昏黄的光晕里，那是恐惧、私密、战栗……揭开的余惊过后，脸上荡起细微波澜，余下她整个人一点点甜意。

5. 麋鹿

头脸细长似马，角多叉似鹿，颈长似骆驼，尾端有黑毛似驴。

俗名四不像的麋鹿，体长达两米，重三百千克。雄性有角，每年两双。夏季的较大，十一月脱落。冬季长在一月，数周后脱落。夏季毛为红棕色，冬季毛灰黑色。原产长江中下游沼泽地带，曾广布东亚地区，以青草和水草为食，有时海中衔食海藻。后因气候变化和人为因素，汉朝末年时近乎绝种。元朝，为供游猎，将残余麋鹿捕至皇家猎苑饲养，只剩北京南海子皇家猎苑内一群。这群不久被八国联军捕捉，从此在中国消失。一八九八年英国购买并繁殖到二百五十五头，一九八三年，其中一部分回到中国。

David再次回到中国，是二〇〇八年。几个在雷曼兄弟的兄弟们都撤回北京了，将遣散费扔进低迷的北京房市，期待两三年后溅起浪花，做下一轮可能赢利的赌博。他所在的公司虽不致破产，但开始轮着休假。玳瑁眼镜美国女人，一如既往地知性，鼓励大家休假，期间薪水减半。

David 并没有一个环游世界的梦想,欧洲? 都是教堂、广场、城堡,或者红酒牛排……一个远没有计算机程序语言准确的世界。“但,真需要那么准确吗? 我这一天终于等来了。”共事多年的“奥数男”,欣喜地收拾办公室细软。他盘点好家中存款,决定从此倚在自家别墅的那扇高窗旁,做这辈子最想做的两件事:解数学题,看牛小说。

也有几个休假回公司就裁掉的,那得通过一套公式几个参数来权衡一个人的价值。都是一些数学模型的事情。一个人在公司的存亡,一个数学模型就可以解决。在公司混,这一点得明白。连勃起长度都有公式: [(身高公分 ×0.061) + 7.41] ×0.65。也有比这更大的事,数学公式算不出来,比如雷曼兄弟的存亡。极冷的冬天,方才还活跃的呼吸倾刻一坨冰柱。

作为一个项目小组的小领导, David 喜欢布鲁克斯法则, Brooks' Law。对未能按期开发的软件项目,增添人手只能使其出炉得更慢。意味着,要分配额外资源对新加入人员进行培训和指导,比这要麻烦一百倍的是,人与人之间的交流将变得更为复杂。在有 N 个人的项目中,两两之间的交流路径有 N(N-1)/2 条。在 N 个人的项目中增加一个人,其交流路径条数便增加 N 条。

也许该考虑去硅谷。已经错过二十世纪九十年代末,互联网泡沫前那段。参观过 Google 同学的办公室,喝过好几瓶免费的有机运动饮品,看大家牵着爱犬去上班,又混到他们游戏室,打 Wii 打得两臂酸疼,回头一看,一起玩的还有他们书呆子相的 CEO,此人曾有高论:“我们努力做到以数据驱动,对所有东西进行量化。我们生活在一个数字世界中。”

以数据驱动,对所有东西进行量化。驱车硅谷街道上,世界如数学一般整洁,如同行驶在人类大脑直线般演进之路,人的记忆将越来越偏好井然有序的事物。其时身旁的明弓却说,如同行驶在人类已经不存在的世界废墟。

在路旁一家家有着奇怪名称公司的推动下,有人说,整个地球的人们将被推向另一端——从黑格尔传统工业化“深刻”思维方式,转向现象式思维,碎片、并行、非线性思维……互联网送来信息海洋,精力分散为碎片,不再拥有保持深刻所需的注意力。也有人说,吸引大家的注意力,只是为了分散大家的注意力。David 不以为然。在能轻易获得信息的情况下,人们可不就是喜欢简短、碎片、令人愉快的内容吗?

听说, Google 会做很多种实验。其中一个实验,在工具条上测试了四十一种蓝色阴影效果,观察哪种阴影吸引用户点击的次数最多。实验,本身就是靠数据来说话。确切的事,总是像水晶一样质感。还有一项测试是这么做的:面向不同的用户,展现不同的网页变化,比较这些变化对使用者的行为产生的影响:在网页上停留的时间,移动鼠标的方式,会点击什么,不会选择点击什么,下一步会转向哪里……这些测试在线自动完成。那是一个路子的言论:“网络设计是个科学问题,而不是艺术问题。你能以极高的速度重复操作,能十分精确地加以度量,你可以明察秋毫,通过数学计算的方式,搞清楚哪个是正确的。”一切可计算,明察秋毫,如精准切割的水晶。David 叹。

端详那时坐在副驾驶座的明弓，手握一杯JAVA咖啡馆的饮料：人情远非计算机，世界也不是一条写有指令的纸带，如果人生体验通过屏幕上闪烁、虚无的符号完成，人区别于机器的那些东西将会消失……

话越来越少了，两人之间。他能想到的是，入进两只PDA，体验新科技生活，那里储存有她也许感兴趣的书和音乐。但她的PDA买来没几天，被她装进一个立体相框，高高地放在书架上，就像自己把曾经一家人的照片装进相框，高高地放在书架上。她继续捡起那些书架上其余的印刷纸书，继续读纸书，继续那一种“孤独宁静、全神贯注的智力传统”。面对世上的新玩意儿正颠覆阅读、人之为人的沉思冥想，她脸上露出了一种逃离的固执表情。

有那么严重吗？那时，David不以为然，但也被她脸上某种如锥子一样的坚持，戳出了血。这让他有一秒钟，瞥见从前的自己，曾想象一轮落山红日照耀黄土高原的自己。

再次见面的地点，依然有点荒诞，一家装修得像太空的餐厅，在北京西城金融街的豪华购物中心。David指指不远处街转角的Westin酒店，说那是他下榻的地方。

“又是回国指南读来的餐馆？”明弓打量对面这人，“头发又少了，干脆剃光算了。要是我，就剃成光头，穿回大汗衫，住简易商务酒店，打回平民原形。”

“住这里，不觉得像住在一片金融废墟上吗？”他目光扫向窗外那一大片草坪，恍惚身在费城某地的宁静草坪，甚至那一团白色车影也随之而来。

“那多半是废墟上重生，这想象吸引了你？”

“我没那么乐观。你知道的。活到现在只信两样：秩序，确切性。而这些计算机已经满足了我。”

“考虑转行？”

“起先这么想，转了几家国内公司，都挺乱。”

“哪里都一样吧。乱，成了常态。变，也成了常态。”

“下半辈子了，只信两样：秩序，确切性。有能力建立秩序的，我就服。至于金融的秩序，我的信心就到这里为止了。”他抬起手，做了个漂亮的截止动作，那是演讲时不错的身体语言。他截止时，其实是想起了鲁滨逊完全拥有一个人的岛时的欢喜：把世界看作一件遥远的东西，同它已经没什么相干，对它没什么企望，而且说真的，对它也没什么需求。

明弓笑起来。虽然是在太空舱一样的半开放小包厢，但这在整个空荡荡的作星空奇幻装扮的餐厅里，还是突兀，像浮游在空旷宇宙里的笑声：“与其说你相信这两样，不如说，你试图忽视其他复杂性。”

他说：“也许，你也一样。”

俩人对视，杯中酒泛出别样甘甜，跨越季节、时差和计算公式，也跨越夕阳、白色旧汽车和窗下老背影。他们此刻端坐星空里，俯看金融街废墟，全北京此刻会有几个人讨论“下半辈子，我只信两样”？那是两个书虫之间才会有的对话。“但到底还能信两样东西，还是不错的。”明弓望向窗外，只有路灯光影，只有街道，没有人，甚至不远处，写字楼里一扇加班灯光的窗户都没有。此情此景，两个人还能有这样的对话，她的某部分热泪融化。

头发越来越少了，但，他的手还是六年前一样的触感，他被高窗外太空舱外绝望灼人的星星点燃，那双手伸进她衣服，狂乱之后，慢慢静下来。在星空装扮的太空舱里，她的脸开始涨红。她体会着战栗，如丝线传导，她想起被另一双无意识之手唤醒的战栗之人。这战栗通过空气传播，越过点点灰尘的重量，轰响在整个宇宙里整片星空下。她看见自己的未来，皮肤一节一节皱褶如同一本翻开后渐渐合上的书，曾像世上千千万的少女肥美过的胸脯，已松弛坠落……她迎向那双有着熟悉触感的手，体会着她们和他们，体会着所有并不了解的存在。

纵然他后来说：还是不行了，好久都不做了。她并没有闻到从前的腐朽气息。

那又怎样呢？起码在这样的废墟之上，曾有一刻，他们端坐太空舱，浮游在空旷宇宙中。曾有一刻，他们眼神确切，寻找人世里还能相信的东西，一些不一定符合方向感的东西。David让她感动的是：一个无方向者。一只麋鹿，迷路的麋鹿。别人活成一只线段，他是失去方向的，只是在一个圆圈内密密地织着针脚，越细密越好，越细密可以耽娱的时间越长。那方向，也在这样的针织中，全然失去了意义。是在这样的针织中，第一次她真正体验“苍老”二字——在风暴中心最平静的地带。

俯瞰这一生流水千万秒中，曾有一刻，他们真站在了一起。不是因为拥抱，不是因为誓言，也非因为交好。虽然他身在不确定之中寻找秩序和系统，她终是不确定的拥护者。

口袋里放着一粒伟哥，但她用这站在废墟之上的幻觉思维，终将它碾成碎末。曾在费城打翻她的三个过敏词，曾经蜂拥而来的过敏词，二〇〇八年金融风暴……在这荒凉洁净的夜幕下，都像那碾成碎末的伟哥一样无足轻重了。

6. 总有一天,一个人成为一张相片

沙滩上多是一些死鱼一样的尸体,不,错了,是还有呼吸的人体。他们把自己正过来再翻过来暴晒,像烤肉一样来回翻晒,晒出度假感。

他们多是男人,浑身上下只有腰间一片遮挡。其实回到裸体海滩也不错。只是,有多少裸体是经得起仔细打量的呢。奇怪,以前自己并没有这么想过这问题。裸体海滩,冲破的只是那一道屏障,好奇的屏障。穿过之后,其实是更多的无甚惊喜吧。

也有一些明显露出晚年相的夫妻,叫老夫老妻更合适一些。他们与这个声色犬马的世界越来越远。为了弥补或是淡忘自己与世界渐渐拉大的距离,他们两个人会越搀越紧。特别是在晚上的酒吧里,台上的脱衣舞女走近时,那些典型老年相的夫妻,一开始他一只手握着她一只手,到后来就会越握越紧,成为互相搀扶的样子。他们这一路到今,丢掉的东西越来越多,搀拉得更紧像是为了证明还有点什么?

到了那个年龄,自己还能做些什么?这倒真是个问题。像花花公子

之父那样？还是像昨晚一家沙滩酒吧里的那个欧洲老男人一样？他一个人晃着进了酒吧，可能之前已经灌了好几杯了。他头发已近于雪白，稍微能看出点来头的是那头发剪成齐脖子的长度，梳理得还算整齐，鼻子上架一副金丝边眼镜，这让他看上去是个教书的，一个二三流大学的退休教授也有可能。他挑了离舞台最近的位置，坐下来继续喝，不时俯下身贴近脱衣舞女大腿边，塞进一些小费。有一个看上去像女大学生的舞女，他塞得尤其多。这样的舞女在这个狂野之国，倒是不多见，因为她的表情有点茫然，有些懵懂，有些不谙世事——也许像极了他曾面对的那些女学生。

表演结束，灯光到后来越来越暗。他向她招手。她依偎过来，贴近他，慢慢解开那件大路货的沙滩短袖，松松垮垮。手开始抚摸，那已经成了褶子的粗糙皮肤。他有点慌乱，或者急不可耐也可能，忙乱中抓了几把才脱下那副金丝边眼镜，亲她，然后她俯下身，打开他两腿，嘴里说：老师，老师……后来是：爸，爸……

想起了自己的爸，在这时，安箭更愿意称之为“父亲”，在这野性之国，自己曾经也很享受的一整片沙滩，也曾有泡过类似年纪的女人的记忆。他本来和一群人来泰国，先是在曼谷开会，后来就自由活动，每个男人都心知肚明接下来最好不要结伴。他多请了几天假，飞到这片岛，这片沙滩。

他爸走了，在这时，他更愿意称之为“父亲”，那个其实他并不熟悉的人。那个人的历史，在二十世纪八十年代被拦腰斩成两截，因为国营企业里的这个词——“作风问题”。安箭见过传闻中的那女人,长得有些像演员陈冲,特别是胸和臀,在轰然出厂的一阵下班自行车铃声中有节奏地扭摆。那时十来岁的安箭,感觉身体有了反应,他一边绷着自己,一边看那扭摆远去的身体。

她是美的,带着诱惑的清香。她又是遥远的,与自己无关的。他羡慕父亲,可以因为成年人之身,可以因为工作的接近,或是职位的醒目,更轻便地接近她。而他自己呢,一个刚开始发育、梦遗的瘦小男孩,站在厂房门口,就像一张没有人会多看一眼其结构的机床。

人走了也就走了,本来就知道 Moyamoya 病,烟雾病预后不好。这个,他早和母亲说过。母亲说:走了也好,我这辈子就砸在他手上。

那个俯身的舞女女学生模样,似乎唤起了什么,也消除了世界的界限,安箭想。夜其实已经很深,只是眼前这地方总让人感觉不出时间,像有一双大手在方圆几十里的空中,拨拉胡撸了一下,清晰的刻度和凛然的规范于是都消失了。他挑了一位最老的女人,年龄大约近五十。女人看着他,有些惊讶。

从未如此强烈,感觉到时间的存在,他总是自信自己可以活过二十一世纪。有这样的先例存在,一百多岁的老人并不稀奇。他也可以相信那些在波士顿的测定基因图谱的生物技术公司,在分析时有一定的依据。只是,他从没有像现在这样清晰地感受着时间,当他的手和眼睛一寸一寸扫过眼前这女人的身体。“你不会嫌我老吧?其他男人都这么说,他们来这里是来找青春的,找那些已经不在了的东西。我其实,已经五十岁了。”她盯着他。

“我吻过一个比你还要老的女人，是护士，人好，坚强，我们一起抽烟，然后我禁不住亲了她。”安箭说。

女人没有再问什么：“你，倒不像是来做交易的人。”

安箭本来想问她什么意思，但女人说不了几句英文。再说这种时候，大多数语言交流其实是不必的。

本以为父亲走也就走了，像朽木挨过一季又一季，到冬天禁不住大雪重压，垮掉，趴在地上，倒在雪污中……医院里这样的事情见多了。仅他自己经手的病例，加起来不下一百例。

何况父亲的存在，曾经像秤砣一样，让人感觉到重量。安箭想自己倒也无所谓，因为他不再是十几岁那一张没人关注自己结构的机床。他会想着办法朝向世间更鲜美更光亮的地方飞过去。他很喜欢自己的手艺，披着二十来斤的铅衣把那些坑坑洼洼的血管捯饬平整，这可能是这个世纪最带劲的事情之一。他也很喜欢遇到的那些女人，每一个他都当珍贵礼物收下，在每一刻他用自己可能的赤诚面对，冲向巅峰。他是跟别人吹牛，说自己的基因序列分析下来，极有可能活过二十一世纪，别人有时会觉得他疯了，但那也没关系，自己的那些事也有很多人觉得是疯了。疯了，倒也可能是一种赞美呢。再说，“正常”这个词，有劲吗？

他前面的时间真的还很长，他也从来没有想过“剩下的时间”这件事，更没有想过“如何度过”这件事，因为眼前的一切都是丰沛的，赤诚的，蓄有能量的，朝着熵增的方向。

他曾放慢放轻脚步，走近丧夫后的母亲。以为父亲走了她那些可以一并消失了的埋怨和憎恶，会让她变得轻起来。但她并没有像预料中的解脱，更大的重量压在她斜削下去的肩上，眼泪从那一团皱纹围着的眶中一格一格溢出来。

“人没了，倒惦记上了？”

“以前恨他，怕他，现在，没人可恨，没人可怕了。”

“没事可做了？其实，你俩之间也没什么感情吧。”

“我们那时不都这样？但一起三十多年了，就像身上的一块掉了。”她继续抹眼泪。

安箭觉得不耐烦准备起身时，她无望看着其实也不再属于自己的儿子，迟疑了一下：“等等，给你看样东西。”

“是你爸走了以后，从他床边抽屉里收拾出来的。”她又说，依旧有点迟疑。

她从锁着的抽屉里掏出一张照片，这回语气无比肯定：“该死的，其实和这女人一直都没断。”

一副女人的身体。斜躺着，一丝不挂，从下巴起照到小腿。乳房微垂，体毛颓败，腿微张。脖项间有一道道棱，左边一颗黑痣，戴着的一道细细白金项链倒是秀美，但这挡不住腰间两三道游泳圈。

“是她，肯定，因为她左边脖子上，有颗痣。”

安箭一边绷着自己，一边看那照片，如同二十年前看那下班扭摆远去的身体，那时她是美的，那时她带着诱惑的清香。那时她又是遥远的。

一个刚开始发育的瘦小男孩，站在巨大厂房门口，像一张没有人会多看一眼其结构的机床。

异国他乡，他关了灯。在这片狂野之国，他抱紧这个晚上的这具年近半百的身体，带着海洋刮来的海腥味。他越抱紧，越感觉有些遥不可及。他越进入，越感觉有些貌似枯败但更深不见底。即便，他是一个对别人吹嘘可以活过二十一世纪的人。

此刻的他，是他自己吗？也不一定，也许他还是那个对着照片怀有最后一丝梦想的父亲。照片反面是父亲的钢笔字迹：别梦依稀咒逝川。

如行走在空无一人的世界里，安静得能听见宇宙间其他行星的喘息。如被明弓挽手牵领，跨过门槛进入“赤子之心”，一道光穿进未来，照见未来的生涯。

——“我歌颂肉体，因为它是岩石，在我们的不肯定中肯定的岛屿。”

7.笼中笼外

像常见的体检中心，角落里一个行政助理模样的女孩，开始派发固定早餐。

女孩说：早餐进食时间规定是十分钟。有人大叫起来，有人嘴里发出感叹词，有人低声对自己嘀咕。

明弓不作声，心想：吃了就吃了，该干吗干吗。她并不知道，这片并不大但隔成很多小房间的办公室里，每个角落都安装了摄像头。它们摄入了包括听说早餐时间只有十分钟之后的每个人的反应。

有几个实在忍不住，在聊一场关于合规的风暴即将来临。前晚公司的高规格晚宴就传出各种谣言。参加这种晚宴，对于明弓如低空飞行，非人非鸟，记忆空白。但这次晚宴她倒记得三件事。一是人群中 Maya 素面朝天，脊梁挺拔，周围汹涌的暗流，于她倒如微风细雨。二是一位头发花白、在公司工作了三十年的英国人发言：明年这时，我大约是在某个海边度假村的沙滩上，那时我的身份是个退休老头，离开前，我想给大家唱首歌，唱什么呢？这个最适合了，滚石乐队的《It is all over now》。

隔天，市场部宣布开始全面人才评估，分成三个级别，一组入门级，一组是直接向傅满洲汇报的，一组是像明弓这样的中间段。有人评论，新的洗牌即将开始。前晚，在英国老酷哥唱完滚石的歌后，众人或心知肚明或不明就里地鼓掌，明弓出去透口气，远远看见干戈的侧影，拿张面巾纸像在擦眼睛。一个人一年前被认为是人才，一年后就因为合规被逐走。这是明弓能记得的第三件关于晚宴的事。

这家能力评估公司，据说最初是帮美国 FBI 找特工的，几位行为心理学家圈定必需的能力，定义标准的样板行为，对照人选一一评估。至此，明弓才明白为何这家公司的每个角落都装着摄像头，它们一一录入那些被评估人的"行为"。走入一只笼，被观察，被研究，最后被打分。

这个，明弓并不陌生。作为产品经理的她，经常需要听客户调研，躲在那大块玻璃窗后可以看见访室里的一切，访室里的人却浑然不知。是在这类似情境中，她又一次碰到安箭的。如果不是那样的场景，也许就不会有因之逼生的亲切感。是在这类似情境中，裴旻在培训课上突然站起来发飙，明弓想起了曾经的自己，不由朝她会心一笑。

一整天的笼中生活，从吃早饭开始到下午六点。扔来一堆资料，扮演一个角色：某公司上岗第一天的业务单位负责人。业务领域，关于机器人。明弓心里笑：真是科幻级的一天！

先阅读六十页资料，再有两页纸问题。虽隔成小小的房间，隔音并不好，隔壁是部门里嗓门最大的一位同事，开始和扮演的销售总监吵起来，声调越来越高。

即便在一个生产机器人的公司，一个科幻色彩的行业，被定义的“公司生活”，仍有它现实的生存原则。按这些常识去行事，按商业文明的本质去行事，按与人群相处的礼貌去行事，才是被这个世界所拥抱的“行为”（对，这家公司绝对是“行为”的拥护者，它的创始人就是行为心理学的顶尖人物。只有被观察到的行为，才能说明能力的存在）。这些，在十分钟吃早餐的空隙里，明弓已想明白。

那个白天的自己，是可以做得八九不离十的吧。她想。

先是做一套幻灯，分析目前市场和产品现状，接下来一年需解决的核心问题，匹配的策略。（看，还是幻灯，还是得对着幻灯演讲，还是要记得茅小姐提醒自己的：声调要一直向上，对着空中某个地方砸过去——那其实就是“激情”。）

做幻灯期间，不时有电话穿插进来。客户打来抱怨产品质量的，内部销售打来抱怨市场部的，其他部门打来邀请参加会议一起做决策的……还有两个电话，居然是打来问候新上岗同事，纯社交的……绝对真实公司生活的复刻。中途，一位扮演其他业务部门销售总监的闯进来，劈头盖脸一阵挑战——考察的是即使没有位置权力，如何发挥影响力达成沟通。一位扮演下属的进来，抱怨了对公司的不满，对前任的不满，希望提升和发展，否则就跳槽——考察的是如何沟通如何管理人。

两页纸上列出的问题，有的需自己打电话，有的需发 email 解决，有的需召集会议设立跨部门合作小组，需准备 PPT……明弓算了算，与平时在公司的比例差不多。看,一个生产机器人的公司,仍然需要做幻灯、发邮件、打电话……老三样。又有人敲门,扮演人力资源部,说是有一位员工被查出有合规问题,请面谈解雇问题——这考察的是什么呢?能否做一些艰难的谈话?

一个典型的碎片式白天,林林总总,一地鸡毛。一会儿抡刀,一会儿舞剑。左手矛,右手盾。她努力动用新晋表演术:不久前公司刚组织过高级经理,专门培训如何解雇员工。在培训会场上,明弓忍不住的荒诞感,短信告诉虞盾:这也许是我经历的一场最啼笑皆非的培训。虞盾说:请述大意,让我身临其境。明弓答,大意如下:经理是什么?是帮公司办事的。谈话时,要有同理心,绝不激怒对方,对方会哭会闹会想抽你会作跳楼状会骂你祖宗,你要平静,似乎面对一面墙,惜字如金不妄言,但说一句顶一句,每句话态度鲜明,绝无含糊。宣讲完理论,一些经理烦躁了起来,那个担任培训老师的台湾女人说:建议背一些常用语句,比如这三句,我非常理解你的心情,但这是公司管理层共同做出的决定,也谢谢你之前为公司的工作……到真正演练时,被解雇的那人呼天抢地,痛斥没人性,频繁动用国骂。演经理的那人,一遍遍重复这三句:我非常理解你的心情,但这是公司管理层共同作出的决定,也谢谢你之前为公司的工作。虞盾回:相比之下,茅小姐对我完全本色出演。

如此一天撑下来,到最后一项,六百道人格测试问题。演了整一天的那个自己有些累了。另一个自己探出来,说着纳博科夫的话,“我不属于任何俱乐部或团体。我不钓鱼不烹调,不跳舞……不合署宣言,不吃牡蛎，不醉酒，不去交谈，不去见心理分析学家，不参加示威游行”。另一个自己望向窗外。落地窗下，是下班人流车流开始滚滚的巨幅长安街，不远处巨幕液晶屏正播送新闻，液晶时间一格格飞变，今日温度渐渐变凉。六百道测试题，一定会让自己对这世界假装提起来的兴趣原形毕露吧？不如打开这房间门，离开这只笼，回到大街上淹没人流中。

“参与机器人产业，是我的职业理想之一。”台上人比画。这位长相酷似机器人的卓越女性，是否也有两个自己？

“不是很多人抱怨上班太忙太累吗？特别做到高管。我每天早上四点起床，运动一小时，读书一小时。司机开车去公司的一路，思考公司接下来的策略和一天需要做的最重要三件事，用去一小时。这样，我每天最重要的事，都可以在比别人早起的三小时内完成。”

合规运动，衍生出一个侧枝，公司全球的“关注少数群落”运动。重点之一是关注女性，关注女员工的发展和平等。有时，总部发来的沟通信中也会涉及关怀同性恋雇员，避免歧视。如同“坚强勇敢”的邮件一样，也附有案例解析。人力资源部推选了公司里几十名女性，参加“卓越女性论坛”，入座没多久，爱说话的茅小姐和前后左右之邻已交换名片，大都外企，涉及通讯、快速消费品、咨询、IT、会计事务所、制药……

台上这位机器人职业理想的卓越女性，是著名IT公司的亚太副总裁。她列举了生活的附加品：丈夫，两个孩子，一只爱犬。她列举了保证务必做到的事：每天健身一小时，读书一小时，与家里人待一小时（不出差时），思考公司最重要的事一小时，看行业进展一小时……。她的脸像她的毅力一样工整，没有多余表情，一丝生之疲乏。一套黑色正装将她包裹得严严实实，看不出曲线。

茅小姐感慨：铁人，不，铁娘子！

有人提问：有没有不想坚持的时候？

铁娘子答：能成为公司全球副总裁中的唯一女性，在于意志，许多人想说放弃时，我没有。

人群鼓掌。又有人问：您对下属的最核心要求是？

—— Entrepreneurship。企业家精神。

接着一位“卓越女性”是著名 4A 公司的大中华掌门人，长发，阴柔裙装。先是鼓捣电脑，想给大家放段录像。她求助身后一人：对不起，我不太会用电脑，请我助手帮一下忙。长发女士讲了广告界的知名案例，中间不时得放录像，每次都转过去求助那助手。她介绍公司的工作环境，有电影放映厅，咖啡馆，亲子乐园，供加班随时躺下休息的床位。“大家想必耳闻 4A 广告公司加班是常事，我也曾经连续三天不睡觉靠抽烟扛过去，出门时差点从楼梯滚下去，为什么能忍受这些呢？广告这件事，似乎永远有那么点新鲜吸引着我。再次抱歉，我的电脑水平实在烂。”

茅小姐说：这个，有点人味。

又上来一位，一家德国化学公司的中国总经理，虽然一张中国脸，因在德国留学工作十年多，一家人说德文，她解释自己的中文已不利索。“主办方邀请我来谈谈我对成功的理解，我其实没什么理解……我敬佩刚才第一位嘉宾那么有意志力，也羡慕第二位嘉宾有创意，我呢，其实就是老老实实学化学工程的理科生。从小听说：学好数理化，走遍天下都不怕。挑了化学工程，在德国读到博士，进了这家公司，从最普通的技术工程师开始做起……如果还算成功，我想是因为勤奋，另外就是时机好，赶上公司希望发展中国业务。”她中间好几次卡壳，没有成功学，没有培训出来的高昂演讲音调，人群没有反应。

茅小姐评论：这个，倒是最真实的。

“形象包装，是现代女性追求成功第一需要思考的事，”新上台的此人，号称中国第一现代女性形象设计师，“我今天早上来，本来里面穿了一件黑色短袖，刚才又回酒店，换成了现在这件，一件有闪亮珠片的短袖。我认为，这是对你们的尊重，对自己形象的在乎，也是一个现代女性应做到的起码要求。”

人群鼓掌。

你们看，美国前国务卿赖斯左额总有一缕头发盖住，这是经过特意设计的形象。你们再看这位，大家都熟悉的，戴安娜王妃，她的形象也是经过设计的。邓文迪，在座的每位希望成功的女性更熟悉了，她成功完成了“三级跳”，你们看一下她现在的形象，再对比当初出国前的形象……所以一个成功女性形象，是需要设计的。

中场休息时，急于包装形象的听众纷纷围上去，询问服务价格。她们包围着的，是那个打辆车回酒店换一件闪亮短袖衬底的女人，一个其实你也说不出她身上这片衣衫与那片衣衫之间关联的人，但那肉身外的装饰已然成为一套理论……坐在大厅后面的明弓，一人喝着咖啡提神，隐隐一种熟悉的感觉越来越近。

又上来两位时尚达人对谈，一位是王枪枪杂志的主编，方姓女。另一位是著名女痞，她的痞是建立在十几岁就去美国留学，一直住到二十来岁，做过投行、咨询、中国首代……到三十来岁时一双大脚踩上自己的过去，玩痞，揶揄，嘲讽。她登台时显然没经过什么形象师设计，从头到尾一件黑袍，显不出胸，显不出腰。她这次说的并不痞，是女性在职场的天花板："以我的经历，有一些无形的职场天花板女人无法突破，并不是能力问题，是我们的意愿问题。女人随时都有选择撤退的自由，并没有那么多的雄性荷尔蒙，驱使她去战斗。"

"我不这么认为，以我在杂志的奋斗经历，心有多大，舞台就有多大。"方姓女说。人群鼓掌。

"特别是生在这个时代的中国女性，有的是机会，最后说放弃的只能是自己。"中国第一形象设计师也加入。人群鼓掌。

茅小姐看着明弓：为什么，我俩一点都没被打动？！

明弓环顾人群，刚才那种熟悉的感觉脚步声越来越近。

"中国市场高速增长，在座的每位女性，把握时机，让它来成就自己！我们杂志，展现的是一种成功生活，其他国家用了几十年，而我们几年内就可以实现。"

"您对成功生活的定义是？"痞女好不容易插上一嘴。

"奢华、自信、享受。"一串词从方姓女嘴中蹦出。形象设计师点头，胸前亮片跟着上下闪动。

茅小姐两只手一直在卷讲义,卷起又拆开,拆开又卷起,举手蹭地站起来:“应该不只一个标准。我更同意:我们有选择的自由,并没有那么多的雄性荷尔蒙,驱使去战斗。”

人群唏嘘。

你看,你是大自然的闪电,我充其量只是电熨斗的闪电,明弓说。茅小姐笑了。明弓又问:可是当初为什么要选我呢,选我做B.A.D.综合征?茅小姐说:这问题,也许你亲自去问Margo更合适,我越来越这么想。

“轻言放弃,就是人生败笔。”这时亮片形象师终于插话。人群一阵掌声。是这掌声渐渐掀开明弓身体某处,曾经无比熟悉的感觉。它随着下一个节目的到来,越来越强烈地从身体涌出。主办方宣布重头戏,某奢侈品牌的新一季走秀。翻开印刷精美的会议手册,此品牌是赞助商,方姓女所在的杂志也是,亮片形象师的自创工作室也是。她们站成一队,面对一群渴望成功的台下,一起定义“更高级”“更成功”的生活。JBL音箱输出女中音旁白:一个奢华的梦,藏在每位女人心底,将它翻开,变成全新的自己,将它放飞,迎向天空……人群又一阵掌声。这掌声如铁拳轰向胃。四周灯光尽灭,沉入黑暗无边……这一天来自己一直在一毫米一毫米辨别的熟悉感觉,原来来自曾经的“过敏性词语症”。台上不断出现的那些“词”,台下人群失去辨识感的热烈呼应……明弓捂着胃,冲出大厅。

站在大街上,回头看那耸立在繁华街区的奢华酒店,外形一格一格突出，如一只编制精美的鸟笼。在一寸一寸西斜的阳光之下，它轮廓清晰，突兀挺立。

在回望中她笑了：看来，它只是沉睡了一段，它还在。

它的袭来让她恢复了感知，还能犯病，看来自己还没彻底麻木。它如古远记忆，即便是苦难记忆也是提醒着某种更深邃的存在。"因为我的病就是没有感觉"，歌声，回荡在一如既往的现实街道上，它炸响眼前这一如既往的现实人群，炸响自己，像针尖扎进血肉，像青春时靴子里藏着一把刀，像红萤烟头烫进皮肤。那一刻，长舒一口气，知道自己仍旧存在。

8. 雾中行

Union Square 附近没什么可逛的，一些衣服打折商店，位于沿街底层铺面，门口有高音喇叭放着 hip-hop 音乐，头顶上是古老斑驳的楼层。几个黑人聚在路边，开心敲着大桶小桶，路人偶尔会弯下腰投点钱。他们血液里流动着的天生节奏感，倒是让人们的目光有一刻得以穿越这座某些部位老态龙钟的城市。

明弓爬上二楼，一家叫 Strand Bookstore 的折扣书店，号称拥有十八英里长的新书和旧书。十八英里，多美妙的想象。她一格一格爬上找书的梯子，找到《基本粒子》的英文版本。又到生物类，找了本《分子克隆实验指南》。

离队已一天，她向傅满洲解释：这次来纽约，还有几件重要的事要办，希望这个周末自由活动。来的时候在洛杉矶转机，与 David 见了一面。他没去 Google，倒成了 Facebook 的一位高级工程师。为什么最后选了这家？他说也许是自己在准确和秩序之上还期待些暖意，一些靠人与人信息交流支撑起来的暖意。他正在设计几种通过精确计算产生高度沟通匹配推荐的程序，在遥远的、陌生的人群之间架起一道虚拟的精确桥梁，一条精确暖意的知己纽带。在飘忽的生活中，那是下一种秩序和准确性存在的可能。

傅满洲慷慨准了假，因为之前在纽约总部的汇报很顺利，额外投资计划也获批了。但他在门外抽烟时，看上去有些恍惚。他说：当心哦，天气预报有大雾，可能还会下雪。

他又问：你没想过，到总部来工作？

明弓笑：那要看，我工作是为了什么。

他说：也是，起码每天醒来，对着镜子，自己还能不讨厌自己。

不远处，是电影《美国精神病人》的男主人公在纽约清晨中把自己每个毛孔洗干净的住处，明弓依旧记得这台词："我叫 Patrick Bateman，现年二十七岁，我信奉自己照顾自己，定量进餐，大量运动……"他也曾对着镜子说：Patrick Bateman 是一个意象，抽象得很，并非真正的我，只是那么一个意象……

明弓管理的 B.A.D. 综合征产品，超预算 120% 完成，年增长 90%，这是傅满洲此番来总部大可包装一用的业绩。在他们汇报期间，公司总部传出人事变动的谣言，两小时后，全球公司每个人的邮箱里都收到一封关于总部组织架构变动的邮件。当初傅满洲的靠山提前退休，民间预测，将很快牵连一大批亚太区的人。

在总部大楼照明不足的走廊里，明弓还撞见了曾经熟悉的背影。那曾是世上唯一的背影。如今浸泡在汇报、业绩、总部权力结构、组织变动……这些纷繁世事中,再度相遇。那背影看上去清冷,和眼前的大楼散发出来的气息呼应。站在会议室边上,他和傅满洲一人端一杯咖啡,低头小声交换信息。两人都在不停喝咖啡,每喝一口,沮丧和下沉的气息就铅一样灌进这两个人的身体。对着那曾经熟悉的背影,曾是世上唯一的背影,唤不醒曾经的留恋,唤醒的是这个词:苍老。面前这座大楼如一座古旧城堡,迷宫一样折绕,如国家之间的角力与斗争。身在其中,复杂,繁乱,灰黑,也走不出去。

还有两件事要做,她付完两本书的书款想。

来纽约之前,她找到 Margo 的私人邮箱发了封信,希望能在纽约见一面。收到一份自动回复:"我去欧洲冬眠。"

住进时代广场附近喜来登酒店的那晚,她查邮箱,有封名叫"大秘密收集者"发来的邮件。

"退休后,我开始做一件事,回访全世界曾管理过 B.A.D. 综合征产品的人,收集他们的大秘密。我是大秘密收集者。如你在纽约,我常去 Strand 书店,可在书店旁的咖啡馆见一面。"署名是她,Margo。

"我今天来见您,都与 B.A.D. 综合征有关。对我来说,事到如今,这已不是份谋生的工作。它甚至成了我希望能一窥底细的和人有关的难题。也是我实验可以结题之前的最后一个步骤。此外,我渴望与站在 END 标志回望的人交谈,它可能是我这辈子觉得最有意思的事。"明弓拿着两本刚买的书说。这三点,是她在来时的国际航班上仔细梳理出来的。

“和人有关的难题？这个说法听上去挺有趣的。关于这 B.A.D. 综合征，差不多三十年前，我有了最初的想法。算是初念，像一粒种子，一直在那里，有天碰到合适的气候它钻出来了。在哈佛上学，听过一位生物学教授讲课。他说，生物的生理结构日趋复杂，神经系统日趋精细，人类呢，跃居想象的进化顶点。想想吧，三十五亿年前，所有生物都是单细胞，如今有了甲虫、海马、人类……但百分之八十的多细胞动物，进化得很成功，也没发展出复杂的神经系统。鱼类并没有一支远亲登上陆地，但也没被消灭或停止进化，地球百分之七十的海洋，仍然是它们的世界。这位教授，是古生物学者，他认为，人类历史不过占了这个星球的几个微瞬，宇宙英里的一两英寸，宇宙年的一两分钟。以为是万物之灵，却有可能在我们朝更高级的状态前进时，被神经系统的运作所摧毁。

“仅仅是五十年前的事，那时莫斯科有一个展会，美国展示了在科研和物质方面的成就。一个样板房，陈列了美国普通工人家庭的全貌：地上铺着地毯，客厅里有电视机，两个厕所，厕所里都有坐式马桶，这东西如广告中说的：用仅仅两加仑的水，冲走十只苹果和一大堆松蟹糕。整套房中，装有中央取暖器，有洗衣机、滚筒式烘干机和冰箱。莫斯科的那些媒体们根本不相信，一个普通美国工人家庭，在二十世纪五十年代能过上这么奢华的生活，嘲笑它是虚拟出来的泰姬陵。但现在呢，患 B.A.D. 综合征的这些人，从纽约到莫斯科到北京，都生活在泰姬陵中。这是进步的表象，是物质的那部分。在我们身上，顽固的社会文化的偏见，生理偏好，心智的限制，一直存在。越接近问题核心，我们自造的困难越明显。

“很多人问：为什么会发掘出这个 B.A.D. 综合征的产品？为什么世间千万双慧眼，唯独你碰到它，就像碰到感应器一样？确实遇到这产品时，我被拨动了某根弦，它是一直埋在我心里的情结，或者说，它映射出世界在我心中的真实样貌。它的出现，是对一些进步的讽刺。我们以为在进化之梯往上攀爬，其实是另一种形式的下坠。当然，这些说出来，需要健壮的肠胃才能消化。所以呢，我一般也就对人说些皮毛而已。”

明弓问：“我做过你设计的 WORSE 问卷，也听同事说过，你定下做这个产品的产品经理的 profile。它，究竟是什么呢？”

“顺着我刚才说的，被选择去做这个产品的人，应具有以下特征：第一，心中藏有大秘密。第二，既敏感又疏离。第三，驱动结果，知道来这个商业社会是做什么的。”

“虽然业绩还不错，但我已不打算继续做这行了。”

“为什么？”

“我在拿自己做实验，看一个不适合活在群体中的人，放在一个加速前进的群体年代，压缩饼干一样浓缩的扁平人年代，怎么活下来。短则八年，长则十年，现在八年过去了，可以去找我那费城的犹太老板汇报了。”

“你提到了一个最有趣的候选人特征，是第四点：最终这人会自己选择离开这一行。但，又有多少人舍得？所有这些特征，是我设计的

WORSE 问卷，可以评分测出来。这最后一个特征，并没多少人能理解，连我自己也没能做到。但我是这么认为的，疏离感、消极性可以起到净化的作用，尽管要付出虚无主义的高昂代价。那是有些忧郁、略带辛苦的享受。”

“WORSE 问卷，几百道题中有这么一道：你会对口头交流、书面交流中的词语保持高度敏感吗？为什么会有这个？”

“这是测试既敏感又疏离的特质。疏离感，是人本身有一个他特别看重的东西，因为周围环境或历史原因，他不得不看着自己看重的东西被变形、夸张、异化。经过这番折磨的人，他会努力维持平衡，能同时活在这世上和活在内心的某种平衡。现在轮到我提问你了，说说你心中的大秘密，如果你不介意的话。”

“哦。”眼前这间咖啡馆，整片棕色调，年龄应和眼前这人差不多，有窗边的风掀动不了的厚重窗帘。在它的结实护卫下，整个空间飘漾醇香，如从隔壁十八英里书架中抽出的一本经典，让人冷静也让人轻笑。纽约这座汪洋，充满共生、形变、动荡和混杂。眼前的它，是漂浮在汪洋中的真相之舟。异国他乡，它倒像是虞盾说起志愿者经历的“变地”，David 说相信秩序与确定性的“太空舱”。后来，明弓回想起这情景，觉得也像是后来安箭提起的普吉岛一夜。在不经意的驻足处，看似俗常词语拼贴起来的对话背后，它们无一不在揭开帷幕，让人深吸口气，那一瞬热与冷并存，大与小齐在。

“我是一个过敏性词语症患者，从十岁开始。如果要说大秘密，这可以算是我的大秘密。听到一些词,会有强烈的生理反应,有时,反应会强大到意志根本控制不住。我出生在中国的二十世纪七十年代。这时间出生的人,他往后的生活都会有对应的词语组合。像是词语生态。什么词被滥用的,什么词被夸张的,什么词被歧义的,什么词又被创造的,什么词人人放在嘴里成了通用工具……逃到美国,不管是实验室还是生活都搞得狼狈,也没什么可输的了,就决定回去,拿自己做个实验,看看有这样问题的人,还能不能活下去。我花了两年,试了各种自己琢磨出来的治疗,一一忍受公司生活里的过敏词。居然我业绩不错,阴差阳错,升职也还顺利。应该算治好了自己的病。但后来发现,不仅是词,某些腔调也让我过敏。它们,其实是一种试图推你融入洪流的力量。"

"我倒更愿意这么猜它背后的机理。让我们试着换个角度想,你的病,可能不是病,倒可能是生理的一种自净机制呢。用强烈的生理反应,让你对世界保持自己的洁净。增加你的清醒度,疏离感。是从生理机制上安装一道高严格度的保险阀门,保有你的原始判断力。"

"但,人的适应性其实很强。或者反过来说,生活的黏性很大,腐蚀、塑形能力很强。那试图推你融入洪流的力量,无处不在。我把自己投入这公司,我也就很快成为了一个在公司里打工的人的样子。常年与大家一起开会,脸上也就有了常年和同事相处的那种表情。从前,我听到很多词就过敏,希望能治好自己的病。但真动用千方百计治得差不多了,有时,我远远地看着众人中的自己,冷眼看着公司里的自己,又有点难过,我其实并不认识这个人。直到有次,参加一个卓越女性论坛,过敏性词语症又犯了，我反而松了口气。这一行，几乎是以操纵一群人的认知为基本原理。每家公司，都会给员工灌输一套理论，或是文化，驱使他们为公司效劳。我其实并没找到这意义感。”

“个人一旦进入群体，个性消失了，群体占上风。人们彼此感染，接受暗示，如同进入某种催眠……你也许知道《乌合之众》这本书。我倒在想，也许可以做这么一个实验：取出你的血，提炼其中的抗体，有可能是下一个治疗 B.A.D. 综合征的升级版药物。给每个在现代文明中昏天黑地的人，打一针你这样的筛选、抵抗、拒绝，恢复某种判断的本来状态。”

“那，人，必将痛苦。我其实靠着心底另一个自己，才撑到今天。”

“也是。有些东西，已成为势不可挡的群体游戏。而且，我们活着，真需要接受那么多药物的暗示吗。真意识到这些，却是在我离开这家公司之后，有一天我躺在西西里岛的陶尔米纳海滩上。之前，我可能恰恰是参与操纵群体游戏和药物暗示的那个人。躺在海滩上，我才发现自己其实也没有真明白三十年前哈佛那位教授的话。”

那一天的纽约，三百年炼成的汪洋，比电影中的末世场景要整洁很多。这样的整洁，并非因为热闹，也不指向荒凉。即便是可能降临的大雾，空中悬浮着的灰尘颗粒，也扰乱不了这整洁。

这是最后一次和傅满洲出差了。

他利用在纽约的时间，活动了整栋总部办公楼，找到另一职位，既是升职，也回到纽约，离开亚太区这个暂时充满不确定的地方。在他的告别晚会上,有人唱歌,有人念起诗,有人送上骏马图。轮到茅小姐,她说:哎呀,还是来一个结实的拥抱吧,多的就不说了。

他起先也与众人一起抒情,离别之情,答谢之情。屏幕上打出他挑选的照片,第一张是正在沙发上打瞌睡的总经理。“我要感谢我的直接领导,是他教会了我什么叫授权,这样他可以在办公室里美美地睡觉。”众人大笑。

第二张是与销售总监的合影。“貌合神离,这个成语你们知道的。但每个男人,都需要遇上一个强大对手,我要感谢我的搭档,是他让我丰富了斗争经验,如何在竞争中获胜。”众人轻声笑。

第三张是他和各部门总监的合影。“我更愿意相信,这些人成天不只是为了自己的地盘在工作,像纽约总部的那些人一样。”众人鬼鬼地笑。

接着是他在中国的生活照。他盯着屏幕看,沉默两三分钟,他说:

——决定离开一个地方,有时是不得已。我曾问一位同事,有没有考虑到总部来工作?她说,那要看我工作是为了什么。她说得对,起码每天醒来,对着镜子自己还能不讨厌自己。我想,我其实是会想念中国的……

他开始哽咽。

——我甚至不知道会不会有一天,我早上醒来,对着镜子自己还能不讨厌自己。

——在中国,我喜欢卡拉OK,有次,一位同事给我点了首歌叫

Pretender。这是我很喜欢的歌。需要改很多版营销计划很多版财务报表时，办公室音箱里就会放这首歌解闷。解闷？是的。当领导，其实是件很闷的事。那些装模作样的开会发言，年会上反复告诉大家要有信心的假高潮讲话，教训下属要热爱这家公司的伪宣言……作为一个在拉斯维加斯长大的孩子，我其实都不喜欢这些，这些纽约的家伙华尔街的家伙制造出来的东西。

——做了这个职位，你没有朋友，没有真正的朋友，别人都在想怎么利用你，提防你，甚至干掉你。我想，如果对他们自己有利，我领导，我领导的领导，也许会毫不犹豫地一枪把我轰掉。但谢谢你们，你们这些下属，这几年一直在包容、忍耐我这个其实不懂业务的傻老外……你们听说过《马戏团之夜》中的那些大猫吗？跳上为它们准备好的摆成半圆形的台座，坐在那里，喘着气，对它们自己的服从感到满意，然后，无论它们表演了多少次，它们都会带着新的惊讶想到，它们的服从并不是出于自由，而是用一个牢笼交换了另一个更大的牢笼。只有在那不受保护的一刻，它们才会思考它们神秘的服从，大感震惊。

他泣不成声。

——不过，这些是今天喝多了说的。仅止于这个房间，大家不要外传。

他一桌一桌敬酒，走到明弓这桌，他说：我在中国这段，B.A.D. 综合征这产品给我挣足面子。他又小声对明弓说：我其实也吃药的，但已不止于 B.A.D. 综合征，吃比这更猛的，治疗精神分裂的，有两年了。

他眼角甚至闪过泪花。明弓看着他说完走向另一桌。比起B.A.D.综合征，他已走得更远。也许，回头的那一天都不存在了。

很多都不存在了。最初那一刻，天地无我，无词语，无腔调。依然只有十三岁，读着凡尔纳或威尔斯的作品，悄然入梦。包括，火炬树前一老一少的拥抱。在纽约见完Margo，实验可以结题了，明弓计划搭当天傍晚的火车去费城。该怎么向犹太老板汇报实验结果呢？蘸着八年的汁水，毛笔弯弯绕绕，写下的无名字。这实验，现在她才意识到，也许是不可复制的。一个特定的人，一个特定的年代。那人不具普遍性，那年代也将一去不返。与其说是实验，不如说是一截标本，一只琥珀，一种可能性。实验至此已不重要了吧，无论阳性还是阴性结果。如果听自己说起这句，犹太老板是不是倒会更激动地站起来，火炬树前和她一老一少拥抱？

三十一街的火车站Penn Station，每天都有潮水般的人群在此装货或是卸货一样搬运着自己。她打电话到费城实验室，电话那头，一位浓重中欧口音的女人像隔着一扇玻璃说：犹太老板？不在了。

什么时候在？

不在了，一年前，中风走了。

那一晚，浓重的雾笼罩着纽约。不错，天气预报说得真是一点也不错，全城有雾，明日降雪。实验人于雾中穿行，一手拿《基本粒子》，一手拿《分子克隆实验指南》，一本送给安箭，一本打算送给犹太老板。在试图穿越浓重迷茫的车灯、路灯的隐晦指引下，实验人盘旋在三百年的纽约城，大楼隐身，人语消退。如行走在世界之初，时光短暂，星际辽远。

这一画面，清晰刻进明弓的脑中。如同最初打量"赤子之心"的眼神，如同再过几年后夜晚驱车戈壁滩，像一直以来的处境。这盘旋在现实与幻象的边界处，这打量"世界"与"自己"之间关系的眼神。

不错，说得真是一点也不错，每个搞生物的，都是试图独立于这世界的疯子。

9. 再见,二十一世纪

有时我觉得,对我一生中发生的所有这一切,一种更合理的解释是,我好想依然只有十三岁,读着凡尔纳或威尔斯的作品,悄然进入梦乡。

——乌拉姆,《一个数学家的奇遇》

让我来,帮你想象一下如何说再见吧,对着二十一世纪。亲爱的。

我自如地叫你亲爱的,因为我们已相遇。但你弥留之际,我铁定不在场。

从见你第一面起,你就吹嘘能活到下一个世纪。吹嘘时,你没想过吧?活得太长,未必像你之前想象的那么轻而易举。那时像大部分年过一百的人,你将是孤独的。你身边的同行者,纷纷像秋天落叶一样自树枝撤退。最后你环顾四周,整棵树只剩你盘踞其上。你目睹或耳闻的死亡,一日日堆积体内,幽灵缠绕心头,你与它们交谈。你周围不断窜生出新物种，盘生着蛇、麒麟一样的东西，或是恐龙转世也不一定。一日日，你更多的是在积累感伤，在每片落叶撤退时，然后在体内与它们交谈。这多过你享受那年过一百的时光。

总有一天，一个人会变成一张相片。只是照片的价值，不在事，不在物，在于时间。比如，一幅早期拍摄的伯利恒照片，有令人晕眩的三重时间：两千多年前耶稣在这里诞生时，近百年前摄影师摁下快门时，以及，人们观看这张照片时。比如，你父亲抽屉里的那张照片，有如此五重时间：他按下快门时，他一日日独自观看沉吟"别梦依稀咒逝川"时，你母亲战栗翻看时，你接到手中时，你在普吉岛深夜回想时。

一个活得太长的人，就是起初像摄影师一样摁下快门，又在很久很久之后观看照片。

你说起普吉岛那夜，透过你那零零星星的词语，它虽力有不逮，但依我这些年的患病经历，反能穿过词语的二十斤铅衣，贴近你真实跳动的心脏，贴近十几岁遥远的凉凉的有铁锈味儿的机床。

一场实验下来，我才知道，除了躲避某些词，某些词背后的腔调，或是其他力量。我们其实也找不到有些词。有些体验，我们拼命挥舞双臂，拼命张嘴，却无法发声，我们已没办法找出词语去准确地形容它。比如爱，各种各样的爱，明亮的幽暗的张扬的隐秘的归于一中心的爱。又比如苍老，各种各样的苍老之途，一路上时间的流水声在心脏上划过的印迹，一秒间就拧了开关的苍老。

弯弯绕绕，就是进入不了核心。

也许，我们已放弃了努力，试图进入核心。

也许，我们已根本放弃了对核心的敬畏。

也许，某种力量在控制我们，永远不要接近核心，模糊，隐晦，臆断……反倒舒服一些。

听说福特刚造汽车时，并没有倒车档，如果开过家门几步远，想回家取点什么，也要绕整个城市一圈回来。听说爱因斯坦最终问：知道整个世界又怎么样——知道所有关于电子，质子，中子，和遥远的星系——却不知道你自己？如果能再活一次，宁愿当个水管工人，“那样有更多时间去看自己的内在”。

我想，有必要思考一下年老这件事。为了你在这世上比我更长的日子。为了你在告别二十一世纪时，能找到更确切的词——那也不枉我们后来一起选择沉默多年，以这唯一可行的方式向确切的词语敬礼。

你说得不错，人不是慢慢才变老，是一下子就老了。是一秒间就拧了开关的老。你说：吻秦护士的那一刻，吻的也是当年那女人的强悍。你喜欢那强悍，从里到外喜欢。面对泰国老妓的那一刻，你是不能的，但她的功夫将你唤起，这点燃了你的悲伤引子：你一直在寻找一些浅表的东西——只不过以礼貌和尊重的方式，却未进入深层，如果说深层，其实只有一个人，就是当年那女人，你无法以实力接近的女人，你父亲以其实力占尽先机的女人。而她，终将会死的。按一般概率，终将先你而去。

还有好几十年，比同龄人长过的好几十年。你将如何打发剩下的老年时光？你的惊觉和醒悟，因为父亲的离世、泰国的游历也未免来得太早了点。

我们都曾一样,都在那些比我们老很多的人上留下最深的爱。那是因为,父母离我们那么近又那么远。他们远得像从未和我们真正拥抱,他们已失去任何希望亲近的表情。那是一种我们已不知道去埋怨什么的掠夺,他们就这么被某段时间掠夺了。剩下我们,如同孤儿。而我们,也不想去制造什么下一代。我们已失去这样的热情。并非因为什么愤怒,或是要反抗什么,而是淡淡的,仅仅是对那事提不起什么劲。我们不再在苍茫人群中去签订一个什么契约,或是圈起一个叫“家”的房间。倒是在记忆之宫里,因为想象,一些曾经有一刻靠得很近的人,他们于记忆中沉敛,像一枚枚岛屿。

为什么那个装疯卖傻的酒鬼竟是我父亲
为什么我的母亲至今尚未创造出应有的母爱
可以不生下我
但　但是　但是啊　我不生谁生
那么多人都死去了　只有我不怕活着

回望时,你会去想:二十一世纪发生了什么大事吗?商业、战争、政治、生活……回望时,你会去想:过去的这一个世纪里,自己都获得了什么,又失去了什么吗?你会总结概括自己的得失吗?回望时,你会去想:身边那一片片树叶如何飘落的轨迹吗?他们这些家伙,似乎不是死于心梗、中风、癌症，就是死于地震、车祸，死于厌倦，死于不舍……回望时，你会去想：哪一条山涧溪流的声音曾让你清爽？哪句话曾散发着光芒，点燃了闪电？哪一阵风曾让你回到悠阔天地间？哪一台手术，让你荡气回肠？又是哪一次做爱，让你血脉贲张？

你一边回望记忆之宫，一边盘踞在孤寂的树上，俯瞰人世。还是那么多受不了寂寞的人。还是那么多集聚的群体，无论是以组织的形式，还是以结婚和繁衍的方式。还是那么多新鲜玩意儿，闪着光，越来越清晰的图像分辨率。使用它们的人，那脸那表情，似曾相识却也越来越陌生。他们渐渐成了新的物种。

这一路，从未以人们想象未来的常见方式加速前进，或是飞船一样蹿向前方。它不过仍旧是火车行进的哐当哐当，压着一格格铁轨的咔嚓咔嚓，一天二十四趟，真切地时间流逝感。有时行进，有时歇站。

——“那么多人都死去了，只有我不怕活着。”当你对二十一世纪说再见时，这会不会是最确切的字句？一百年前，提着行李箱登上去美国的航班，别过头与二十世纪告别时，我只惦记着自己那点了无结局的感情留下的惆怅，它混着二十来岁的年轻身体，对某些词语过敏的身体，并不惦记大事，并不去盘点各领域的里程碑。对一个年轻人来说，一个世纪那时不过是一个词而已。它成为不了一个过程，更不是一种起伏，一种颠簸，一种最终可站在其上的俯视姿态。其时，它没有记忆一层覆盖一层之上的凝结，也还没有筑成记忆宫殿。

曾在“赤子之心”读到这段，在脑中数次想象这些场面切换的节奏，以及氤氲其后的音乐：利玛窦脚穿绣花鞋，站在"记忆之宫"门口，眼前掠过一堵堵墙壁一段段回廊一扇扇大门，在这些之后，存放着他的知识、阅历、宗教、各种记忆形象。他看到了怒发冲冠的太监马堂夺走他的木刻十字架。他听到了众人呼喊，狂风颠覆船只，把他和同伴抛入赣江。他闻到了缭绕于圣像周围的烟雾，那是他崇敬地将之放于句容的一座花园的异教神坛。他尝到了肇庆农民准备的粗茶淡饭……他去向宫殿深处，到达自己从未遨游过的思想空间，又无法确定归途是难是易，犹疑是否应当返回。他曾写信给朋友："虽然，我年纪还轻，可我早已具有许多老年人的特征，总是喜欢颂扬那逝去的年代。"他曾拥有超人记忆力，熟悉数学天文学光学音乐，通晓中文熟读五经，他曾希望借助这些，由记忆力的此岸过渡到他传教的彼岸……一六一〇年五月，大限将至，有人问：留给世人什么。他答："一扇功德之门，但不无艰苦磨难。"他关闭了记忆之宫的大门，空气中隐约传来北京城的喧嚣街声。

曾模仿这段想象着你站在"记忆之宫"门口，但我又想起这件事难免泪流满面：八十五岁时马尔克斯身边的人说，他已开始失忆，忘了自己曾写过一本叫什么《百年孤独》的书众人捧阅。记忆之宫筑成不易，耗费一生一世，说坍塌就坍塌也就顷刻之间的事？

不如回到看不见的城市，在对二十一世纪说再见时，你面前其实如展开一副棋盘。每局棋的结果非输即赢，但赢了什么输了什么？真正的赌注是什么？赢家或输家之手把王推开后，王位的脚下其实只有一个黑格或者白格。不如看，那棋盘上镶嵌着两种木块：黑木和枫木。那一个棋格的木头,是从一株干旱年份长成的树上砍下来的。再看这枫木的年轮、木纹是怎么排列的。这儿,细看还能看出一个结子:在一个早春,一个幼芽正要冒出,可是夜里下霜,它又停住了。

我也曾在一张与语言有关的棋盘上较量,和一些披着陈词滥调或是硬壳的词语较量,后来又和嘴中吐出它们、手中写出它们的腔调较量。细细密密针脚,其实较量的是身上夺之不去的异世感。但这异世感,亲爱的在你替我回望二十一世纪时,一切都变成不过是你面前展开的一副棋盘,那棋盘上枫木的年轮,或是木纹。所以亲爱的,你的回望眼神,不如不看那些曾存在的。不如变成消解,包括帮我消解我自己。

不如让一切都变得轻轻的,回到原材料本身。

剥开后,每个人都是那棋盘上木头底料的真实虫洞,一个结子:在一个早春,一个幼芽正要冒出,夜里下霜,它又停住了。

语词退隐无形,唯风声亘古依旧。

后记

这篇小说写完时是2012年。当时想要一种站在未来回望的时间感，我把开头的一段引子置于三年后。阴差阳错如今2015年，却是它真正面世时。如此，所谓的时间纵深感，便成了一个笑话。

这就想起来，2012年夏听阿城在某艺文季谈一个关于“阅读未来”的话题，他说：

> 第一，我们常常不自觉地认为未来它是遥远的。但不是这样的，未来常常很快到来。上世纪八十年代，电影导演田壮壮有一部电影，拍摄之后，请了些人来看看，对这个电影有什么看法。张承志、史铁生当时认为这个电影不好，田壮壮跟我说，这是拍给二十一世纪的。现在，二十一世纪已经过去十年了。所以谈到未来的时候要想到威胁性，否则当场就被很快到来的未来质疑了。
>
> 第二关于阅读。阅读从我认知的经验来看，比如甲骨文，它预

卜，也是有未来概念。但是没有过多久，也就是到战国，基本就对甲骨文不认识了，因为书写的各种问题，就已经不能被阅读了，所以世人读不回去了，设身处地的来说，我们想自己写的东西，未来有人读，未必，他读不懂。我就怀疑未来的阅读可能是图像。

如今重读这两段，一一对应眼下境况。

曾把生活中 2010 至 2012 年的时间，用于写这篇小说。曾找过一些借口，和别人说，想跟你聊聊找些素材，为了我眼下正写的一本书。也曾坚持了不短的时间，于上海清晨的六点青黛色中闹钟叫醒，对着一面白墙一个字一个字码起来，等世间生活的沸腾声音成为某种白天浑厚背景的早晨九点到了，我一脚踩进现实上班生活，穿越的失重感随之而来，仿佛已劳作一天踩进接下来的黑夜，"像一个天文家离开了望远镜，从热闹中出来闻自己的足音"。那时周末，常常关上一扇门，就一杯酒，对着电脑和键盘，丰沛的两天余裕写作于我如同奢侈犒赏。

这些，竟成了身后一地就快遗忘了的过去。

写字人的认真眼神，抵死不用黑莓收工作邮件的固执，对公司生活那些陈词滥调的过分敏感病症……这些青葱、激愤也热情的模样，对于蹿向未来的人群洪流中一分子的我，竟成了身后一地快要遗忘了的过去。

不过才三年时间。

你一边回望记忆之宫,一边盘踞在孤寂的树上,俯瞰人世。还是那么多受不了寂寞的人。还是那么多集聚的群体,无论是以组织的形式,还是以结婚和繁衍的方式。还是那么多新鲜玩意儿,闪着光,越来越清晰的图像分辨率。使用它们的人,那脸那表情,似曾相识却也越来越陌生。他们渐渐成了新的物种。

2012年，曾在上海拥挤的田子坊同一家啤酒屋里对别人说：你看，人如果长期用几根手指去划智能手机，那么小一个屏幕，那么蜷缩的手指和身体，时间长了，整个表情都可能会变得局促吧，所以，我应该尽可能晚地用它。

现在呢？阿城说得太对。未来来得异常的快，这不，手持iPhone的我当场就被很快到来的未来质疑了。黑莓也夹进历史，成为文物。

2012年，捧七八本新买的书，度过一个周末，一个黄金长假。现在呢？阿城说得太对。“我们想自己写的东西，未来有人读，未必，他读不懂。我就怀疑未来的阅读可能是图像。”如同铁路之后运河的衰落，喷气引擎之后客轮的衰落，电脑之后打字机的衰落，iPhone之后黑莓的衰落……几年间，字典里涌现曾经不明所以的词：MP3，视频流，YouTube，维基百科，微博，WeChat……甚至有一两年，WhatsApp显示新信息的图标，一枚鲜绿，每每亮相手机屏幕上端，心如鹿撞。

跟随人流急急蹿向未来，身后一地遗忘了的过去。

2010年在台北，对着一位小说家（如今我叫她老师，其实二十年前就是文学启蒙师之一），我说：想辞职，像你们这样，做一个自由写作者。她说：其实不一定要这样，当年上着大学，我想退学，胡老师就问，英雄美人，你不生在此世又生在何世。

之后我开始了白天公司上班晚上回家写作的生活，渐渐地，在出差飞机上写：“有这么一种人，藏身世俗之中，胸口贴身放着那点小火种，那一小块玉。他不站在任何一个阵营。因为任何一个阵营，都有让他不满足，不敢看，不忍身陷的地方。他索性站在最脏最复杂的那阵营中——表面上。因为，他心中，毕竟爱着某一点，他竟不知道把它放在现实的哪一块物理地盘中。或者是，风暴中心之处，反而可能最安静。外人看最脏最复杂之处，反而可能是最清净之地。"

年轻时，写点什么是容易的。因为有激情，有精力，还有荷尔蒙，还有无知。到后来，得静静等，那些特别想写点什么的时刻，另一个新问题也开始出现，常常会问自己为什么要写。在什么时候，会是"特别想写点什么"的时刻呢？写下这些乱七八糟的字、词不达意的字，究竟是为了什么？马尔克斯说，为了让我在乎的朋友们更喜欢我。我的答案是，为了和自己在意的人们进行一场隐秘、纯粹、深入的交谈。

这一次的交谈，是关于语词和文字，关于个人和群体，关于个性和异化。

这本书献给A，2013年末读后A写下：

"一本从敏感、细致的心灵出发的书。

局外人以为参透内情，局内人会心微笑，却又点到即止。

中英混合的文字增添不一样的现代感，该是一个反讽刺。"

就来说一人分饰两角吧

唐诺

"这没什么……大不了的，"他说，"没什么……只不过……只不过出现十分之一秒……等一等……刹那之间，我的身体被照亮了，……非常奇特，我突然看进自我……我可以辨认我一层层肌肉的深处；我也可以感觉到疼痛的区域……环形、柱形、羽毛形的疼痛。你看见这些活生生的形式，我受苦的这几何图形吗？这些浮光掠影有一部分正好就像思想观念，它们使我了悟——从这里，到那里……但到头来却让我觉得不确定。不确定不是贴切的字眼……当它就要出现时，我发现自己混淆起来或涣散起来。有些区域……模糊不清在我内部发生，宽广的空间进入视野。然后我从记忆中选择一个问题，任何问题……我一头栽进去。我数着沙粒……只要我看得见……但逐渐加剧的疼痛迫使我观察它。我想着它！我等待着大叫一声……我一听到叫声——那个对象，那可怕的对象，变得更小，愈来愈小，从我内在的视线中消失。"

这段稀有的文字，是人（台斯特先生）试图描述自己身体的剧烈疼痛，出自于瓦莱里，卡尔维诺的说法是："瓦莱里这位冷漠而严苛的诗人则在使台斯特面对痛苦，并让他以演练抽象几何图形来和肉体上的痛苦搏斗，展现了最高度的精确性。"

说它稀有，是因为这违反着人的某种本能，躲避痛苦并遗忘痛苦的自卫本能，是"因为追求精确的热情必然注定要受苦"——剧痛的终点通常是昏厥，让感官断线（当然，如今我们借助各种药物让它提前，让人少受点苦）。我年轻当兵时有过这样的经验，再醒来时一身冷汗把急诊室病床的充皮床垫整个湮湿了一层，人像躺在水上，剧痛连同那段剧痛时间（多久呢？）如某一团东西整个离你远去，或者更像是这一截经过整个被抽走，感觉很虚浮而且鬼魅，你清清楚楚记得刚才剧痛的发生，却再也记不起它的真实模样和作用，身体的、感官的遗忘似乎远远快过、彻底过心智上的遗忘。我在想，人的身体也许非如此不可，否则包括人的生育繁衍将会变得非常非常困难，没有几个母亲愿意再怀孕一次。

但这样，便在文学书写上形成一个难以绕开的悖论，这是确确实实一直发生的——书写者写自己非比寻常的受苦经历（各种理智上的原因，也许单纯的情感理由就够了，他知道自己该写这个），但这却是一段他当时拼命想避开、努力转移注意力，而且事后又大量遗忘的经历；乃至于，书写者（怀着正当的不平之心）试图揭穿、批驳某个他极厌恶的人、厌恶的事物，但这却是事发当时他最不愿多看一眼的一张脸、最掩耳不愿闻的一些东西，凡此。也因此，这样的事后书写反而往往呈现"实际材料"不足的诡异麻烦，事后的回忆以及想象（对失忆空白部分的必要填补，如博尔赫斯言）当然有帮助，也必须讲究（有技艺成分），但没有足够的实际材料，这样的书写很难搭建出层次，层次意味着分解、穿透、及远；这样的书写很难挣脱出抒情的重复性陷阱，事实上，为了呼应这样强烈的书写题目，书写者只能大量地、反复地涂抹他停止于最初级一层的感受和了解。这真的有点冤枉，我们实际上看过很多诸如此类的不幸作品，书写者慷慨写他生命中如此非比寻常、一生不会再有几次的珍罕经历，我们能读到的却只是字词强烈的虚张声势作品，我们甚至不以为书写者于此知道的比我们多，阅读连“长知识”的成分都没有。

博尔赫斯常讲，文学的“任务”之一是把人生命中的不幸、苦难化为幸福的诗歌，化为作品，我以为，这与其说是一种说明，不如说是一个叮嘱，书写者有这样一个特殊的工作要求，由此多出来一个特殊的身份，得时时记得，尤其在受苦时、在临界不堪忍受时，也许最后一样会昏厥过去，但昏厥会延迟一点发生——就像台斯特先生这样，有一个和你我一样承受着剧痛的台斯特，但这里多出来一个“冷漠而严苛”地盯住这一切不放的台斯特（瓦莱里）。剧痛、不幸、苦难处处有时时有，无须召唤，不劳制造（因此不必如芥川龙之介《地狱变》里那个烧死亲生女儿来写生的画家，也就是说，书写者不必变态更不必表演，而且由此得到的数据往往是扭曲的、污染的），这是人类世界和人基本生命经验的必要构成部分，书写者只是不马上躲开它而已；也许会像诗人兰波那样，书写者还自讨苦吃地多迎向前几步，这不是原来的台斯特，而是多出来那个台斯特的要求，有点像知道自己不得已非待在火山爆发前夕（时间）、前沿（位置)不可的地震研究学者(什么时间点才是最适合或最后的撤离时刻呢?);或是那种和所有人逆向行驶、飞车追着龙卷风跑并试图进入它内部取得各种数据的气象学者。会怕吗?当然是人都会害怕,唯害怕如费里尼说的是人的精致感觉,会怕的人注意着比较多的东西。

两个台斯特先生,这就是"一人分饰两角",这部小说原来的书名。我在想,也许丰玮会比瓦莱里更称职,如果运用正确的话,当然不是因为她比瓦莱里是个更好的文学家,而是因为她比瓦莱里更富医学知识,对疼痛可以有更准更细的掌握和预见,她有机会是更好的那个多出来的台斯特先生。

多出来两个书名

这部小说现场是跨国大药品公司的营销部门,挤满了各色人等及话语,如大型渔场的交汇猎食之地,其背景还有热气升腾的如今中国。故事是明弓这名年轻女子的"闯入"和她在此长达八年的经历;明弓是学生物的,原在美国费城跟个犹太裔老教授研究基因,一人实验室,地老天荒,就连每天看的、想的都是地老天荒的东西。这因此是一段非常刺激非常背反的特殊生命经历。我们并非不熟悉(也许太熟悉到已丧失感觉了)的职场世界,因为进来了一个异质的人、一对新眼睛、一具不同感官的身体,也许还携进来一整组不同的知识和技艺,从而一切重新陌生起来,分解开来,也变得危险。

所谓原来的书名意思是,在我写这篇文字的此时此际,我所拿到的最新一份书稿,首页赫然多出来两个书名。新书名其实都不错——"B.A.D.",谁都懂的英文单字,却也是busy、anxious、depressive三个词的缩写,所以这也是一个已被充分确认的现代文明病症,"包括心理疲劳、失眠多梦、记忆力减退、注意力涣散、偏头痛、月经失调、性欲减退……如果直译为中文,就是'糟了综合征'"。还有,明弓告诉我们,这还是已故Michael Jackson的一首歌名,当年"发明"此病的医生,便是在雪花如手掌的明尼苏达州夜里,边听这歌边写论文如蒙天启并据此命名,"我很B(busy),但不A也不D,我很B(busy),仅仅是为了治疗这世界的癫狂"。"再见,二十一世纪",这则是个时间空阔、镜头拉远,仿佛让这一整个世界连同所有人一下子退入远方取得平靖人世微波的书名,但这其实一样也有故事和其医学依据,说这话的人是书中的奇怪医生安箭,他早年在波士顿某医学院做了个神奇DNA测试,发现乐透中奖般,他居然是个可以活到二十二世纪初的人,人群里的几率大约是千万分之一。然而在现实中国此时此刻,安箭却像是个找死的人(小说家布洛克讲的那样,用二三十年时间谋杀自己)。工作时,他日复一日身穿二十斤的铅衣在高辐射手术室为病人动刀,下班后,他放浪自己追逐女色,"我可是要活到下一个世纪的人呢"。"求我吧,我可以帮你,向二十一世纪说再见。"安箭自己相不相信那个DNA测试结果呢?唯我们都听得出来话语中那一点点荒唐、那一点点微光晶莹的虚无和哀伤不是吗?包括说,上天千万人挑一地给了你不可思议的长长生命时间,但显然它又不为什么、没因此要你做什么，这一奇特的生命拣选和人的实际生命处境差这么多，完全得不到支持，而且人刚跋涉过二十世纪，有谁还有什么剩余的话跟二十一世纪说吗？

这样三个书名，平摊在同一张纸上，如三点构成一平面，其实挺好的，仿佛多透露了一点东西，尤其是书写者本人的某些思索、选择和希望（谁说"作者意图"不重要？），这些在全书正式完成，只留下一个书名时会又隐没于小说之中，比较容易错失或说难以确认。我想起来小说家黄锦树有一部小说因此正式取了两个书名，让出版社不知道怎么处理封面才好。但这里不仅仅如此，我们看，这三个书名，除了文字所显示的本来意思，因为医学的缘故，各自多了一个（或不止一个）来历，一整组知识线索，以及一种纵向的、深入追究的意图，如同在横着展开、蓬松成一团的文学隐喻中竖起来一根坚硬的脊骨，让这一切同时有着文学的丰硕和科学的清澈和秩序。

第三个书名也就是我一直知道的书名，"一人分饰两角"，这个意念贯穿着整部小说，我猜想这才是书写者丰玮心里真正的"那个图像"（加西亚·马尔克斯以及一干小说家再三说过的，小说书写往往启始于，并试图完成书写者心中那一个清晰的、挥之不去的具体图像）——这样一种破题似的、仿佛直问直答不闪躲的小说命名，有一种"古意"，兼有着老时代的笨拙和其书写美德，其实曾经是小说的基本命名方式，在那种小说受着较多科学启示、小说比较专注面对问题也比较确信自己的书写年代，像是《战争与和平》《罪与罚》《傲慢与偏见》云云。近代小说，也还有一些问题意识较强烈、不愿分心只想直指核心追究某事到底的书写者仍这么做,最典型的大概是格雷厄姆·格林(《问题的核心》《人性的因素》云云);卡尔维诺会另外想漂亮的书名,但他的小说(也许除了最早的《通向蜘蛛巢的小径》)几乎每一部都是针对某个单一疑问的一个回答,或一次实验;昆德拉也是,他不止一次讲他的小说就是几个关键词的不断交织思索,是的,跟学术论文一样,只是依循的是小说的独特前行方式——“不偏离角色生活的神奇领域”而已。昆德拉还说过,他的《生活在别处》这部小说原名“抒情时代”(可能因为太直接太老派不为出版社所喜,“在一些朋友的压力下,我在最后改了题目”),这部小说如他自己所言是建立在这几个问题的直接询问上:什么是抒情的态度?作为抒情时代的青年时期是怎么回事?抒情/革命/青年这三者联姻的意义是什么?做一个诗人是什么意思?日后,他的这部分思索持续下去并变得更激烈,他相信荣格所说,这样的感性、抒情是暴力的上层结构,他还引述了已故罗马尼亚裔作家齐奥朗的这段回忆文字:“不幸就不幸在当时我还年轻。鼓吹那些不宽容教条的人是年轻人,将其付诸实行的也是他们。他们酷嗜鲜血、需要叫喊、动乱以及野蛮行为。在我年轻的时代,整个欧洲都相信年轻人,都将他们推向政治、推向国家事务。”

这部小说往往被“读错”,也许是因为“生活在别处”这个太柔美、切中年轻人心某一点的书名遮住了大部分的反讽和质疑,有人遂因此对书中这名“无法进入这个世界”的年轻诗人太过认同不是吗?但也难说,也许仍叫“抒情时代”照样受到鼓舞而非冷静思索。

一如“抒情时代”,“一人分饰两角”这个书名也可能从此不被看见,让我个人变成那种目睹命案、但尸体稍后消失的人,以下,我们顺着这道可能隐去,但贯穿着一整部小说的路试着走下去——

实验者 / 实验动物

一人分饰两角,在一般以职场为书写范畴的小说,这两角通常就是上班时的我和下班时的我,意思是白天被工具化、单面化的我和晚上努力拼凑回来堪堪恢复完整模样的我,这保留在这部小说之中,明弓俏皮(但无可奈何)地把自己分裂成“明弓黑”和“明弓白”(她是否也因此想到昆德拉所说“早上的自由”和“晚上的自由”呢?当然,昆德拉是隐喻年轻和老年)。但这里一人分饰两角有它更深沉许多的意思,或说明弓本人更执着难忘的企图——还分饰着哪两角呢?既是实验者本人,也是供实验用的动物。这不禁让人也想起据说亲尝百草而且居然很幸运没被毒死的古昔神农氏(所以说此行非常非常危险,如明弓实验室里的老鼠一批批死去),唯这回时间是新世纪初的二〇〇三年,卡尔维诺所说下一轮千禧年的开端,我们所有人的此时此地,决意返国的明弓说的是:“我呢,打算把自己当成一枚DNA探针,回去测试一趟火热的中国生活,虽然它并不属于我,但它是这个年代。再说,本来也就没有哪里属于我,不是吗?就当是一组实验吧,实验者的意志,实验动物的意志集于一身,怎么样,这想法?”这有点疯狂动人(尤其对知道DNA探针为何物的人而言，但放心，小说中有教我们这个知识）的离职理由（抑或借口？），轻易地说服了一样疯且内行的犹太老头，换来一阵大笑声音——记得这笑声，让它一直伴随这折腾人的八年很好，不记得也无妨。无论如何，这挤满着人、让明弓（实验用动物）头破血流、屡屡无法再忍耐界临极限的药品营销工作八年，于是同时有另外一个明弓（实验者）远远地冷冷看着、记录着、捡拾着、思索着并试图一一说明着。这里头原来隐藏着一个约定，多出来一种“信”、一个季札挂剑似的静静许诺、一个会让人生出力量的东西，远方有人在等着听取此行结果，就算那个人已不在了，这依然必须做成、必须履行，只因为那个“远方”已浮现，也从此一直在那里——

或者我们用实际点的方式来说，实验者和实验动物的意志集于一身，意思是这里多出来一个意志，这让时间可以延长至八年，实验动物明弓的意志耗尽想逃走，还有实验者明弓的意志接手撑住——小说中，明弓第一次辞职是工作后两年多时，我们可以说这就是明弓的原来忍受极限，如果小说停止在这里，戛然止于第二章明弓和茅小姐的那通辞职电话，这样，我们就能很实际地一一察看，接下来哪些事将永远不会发生，哪些人明弓会错过如陌路，哪些进一步的丰硕不欺真相、“晚上的真相”会等不到它显露出来，比方茅小姐（以及根本还没出场的老外新老板傅满州）将“来不及恢复成人”，只能如陈映真小说笔下那样纸板人形的、资本主义罪恶象征及其代理人的所谓“经理”；比方说虞盾这全办公室最异质的人，她接下来的故事及其心思，明弓也无从知道，尤其是虞盾和她女儿在家玩亘古游戏那一段，消失掉是非常非常可惜的。当然，明弓可以由此岔向另一种人生，就像我们每个人不知不觉但时时发生的那样，不是非待这家公司不可，谁说别处不会有也许更有意思的事，但这么一场生命经历大概就只这样，不仅仅是只剩三分之一厚度，而是止于一种初步印象，甚至只是一次毫无获取的“证实”（“这种吃人的大公司果然不是人待的”云云），一个只有挫败和沮丧、人宛如坠落陷阱、日后回忆都困难的不堪往事。这样的小说也就不那么让人期待，它很难超出那种常识性的、查查维基百科足矣的控诉多少，而回转感性层面时，又很难不是某种忏悔录，最多再加一个“彻悟”。小说不该只是这样，“小说不是作者的忏悔，而是对于陷入尘世陷阱的人生的探索”。这两句话是昆德拉在他《不能承受的生命之轻》里讲的。

实验者的意志要求的不只是时间的徒然延长而已。现实人生中我们知道，更多时候人好不容易觅得一份工作，进到一家公司，往往（顺利的话）就是十年二十年乃至于一生，难有其他选择，让人无可奈何的强韧，人只能忍受它，而忍受不必太久就不再那么困难，这可以转换成为一种还算偶尔有事发生的一成不变日子（借用一下反乌托邦的名言：“还算偶尔有事发生的坟场”）。上班超过两年三年，人每天出门、搭车、埋头工作八小时十小时、回家，像运行于一个再没摩擦力的循环轨道上，完全自动化到不必动到一分脑子，我自己在出版公司的后期上班日子便大致如此（是的，即使是看起来得时时用脑用情感的书籍出版工作）——实验动物想办法让自己昏厥，实验者则要求自己时时清醒（小说中，明弓有拿铅笔尖刺自己手臂好保持疼痛感觉的骇人“恶习”）；实验动物尽可能做到不看，实验者则要求自己观察，一种比看更看的稠密视觉使用；实验动物看向时间“不变”的这一面，努力让所有的流逝平稳不惊乃至于无不熟悉自然，苏东坡《赤壁赋》告诉我们，这种方式可让人转哭为笑，至少让人心思平复可以继续喝酒至安然入睡；实验者则注视着“变”的另外一面，捕捉、记录时间中每一分可能的变异、流逝和衰竭，长时间来看，这可能比单纯的忍受更困难，时间每拉长一分，人心里的某一条细线仿佛也跟着不断拉长、绷紧，时时界临挣断。

福克纳在他那场著名的诺贝尔奖演讲里说，人不是只忍受而已。这句严格到苛刻的话当然是对他的文学同业说的，对实验者这个身份说的，不好对一般人、对实验动物这么要求。

不是并置，而是分裂

职场经历，就当下的世界实况来说，这极可能是人们最普遍、最人皆有之的经历。作为一个小说书写题目，诡异的是，其经验总量，或至少是人类耗用于此的时间总量，和由此得到的书写成果如此不成比例。想想看，地球上远远超过半数的人，一个人算二十五年（姑且这样），一天平均八小时，这乘出来是个很吓人的天文数字，但好的职场小说并不多，稠密深入的尤其少，野心大一点的，总是往惊悚、大阴谋的通俗方向去，好像我们面对的是个特殊的恶魔而不是一种人的根本处境。原因之一可能正因为如此普遍如此理所当然，理所当然到再引发不了人的惊异所以最难穿透如昆德拉指出的，这需要一个外来的人（小说家林俊颖所说一个异心的非其族类之人），用不那么理所当然的眼睛来看它，并且带进来一个不同于此的世界，才可能比对出、还原出它的不理所当然、它的种种荒谬乃至于不义不人性。但这又有另一个难以克服的相对麻烦，那就是职场世界早已是一个巨大无匹的层级体系、一座迷宫（马克斯·韦伯，或卡夫卡的《城堡》《审判》云云），你又非得深入它内部且有足够长的时间才行。所以说这里所谓的外来者又无法是才上班一个月、才刚闯进来领第一笔薪水的人，这得是一种多出来的位置，乃至于一种沉默的自觉和坚持，携带着一颗异心如携带一个违禁品那样，经年累月。

小说中，明弓同时为一家杂志写专栏，小说第四章也是最末章的第三节“语言的伤疤”里（可稍留意一下这一标题），彼时的明弓已是公司的中高级主管，也出了她第一本书。新书发布会上，有记者指着她书上所谓跨界新女性，职场、科学、文学并置一身的介绍词问她，明弓的回应正是：“并置一身？可能用‘分裂’这个词更准确些。”——说得好，当然是分裂才对、才行，这是基本数学。职场、科学、文学若是和平融洽的并置，那只能是三者的公约数，意思是，你得把职场、科学、文学都限缩到最小，只取、只停留于那一点点三者的叠合部分，也就是皮毛的职场、皮毛的科学和皮毛的文学。所以我们看某大企业巨子同时也拉小提琴，我们赞誉他通常不真的是他小提琴拉得好，而是他的某种风雅裕如并可以期待他掏钱赞助艺术文化，这就像我们在YouTube上看某家爱犬用两脚走路，我们的惊异不是它走得多好（任何人走成这样我们都会觉得悲惨),而是因为它是狗从而非比寻常。

职场、科学、文学如果各自依循自身应当的思维路径向前进展,这若不是四分五裂也至少是三分三裂,人把这三样和解不易、去向不同的东西放入一己身体,怎么可能不时时承受其拉扯撕裂的疼痛呢?

回到最原初的问题模样

尽大地是病。这家大药品公司,在负责医治世界的同时,它的员工并不因此拥有疾病豁免权,至少几乎所有人都是B.A.D.综合征患者,忙碌、焦虑、抑郁在此也许比外头世界还肆虐还持续;但独独有一种疾病是明弓一人独有的,由她带进这家大药品公司,那就是明弓自行诊断并命名的"过敏性词语症",听见某些词语,会迅速引发恶心、晕眩、反胃呕吐等症状。小说中,率先出现的三个过敏词是"沟通"、"战役"和"鼓舞士气",正喝着水的明弓把水洒了一地,还溅到大义凛然祭出这三个词语的茅小姐身上。

这个有趣的病,带给我和身边几个以书写为业的朋友私密的阅读乐趣。我们循此也各自列出自己的过敏词,比方我自己最受不了的是"分享"、"感恩","挺"也蛮严重的,最近"创意"这个词颇有后来居上之势。朱天心第一个想到的则是"往生"。

然而,我仍然不相信这会是一种普遍疾病,因为罹患此病的人不会太多,而且通常会自行痊愈如同适应,所以人数还会持续减少不具威胁。

相对于此一稀少疾病的是卡尔维诺所指出的“语言瘟疫”,这才是普遍性的,即人们轻率地、粗暴地、随便地滥用词语,乃至于,有意藉由某些虚矫不通的词语,来遮掩事实真相,来转移并逃离我们对某些不堪现象和行径的直视和反省。人感染语言瘟疫,自自然然对过敏性词语症产生抗体,百分之百免疫——所以治疗过敏性词语症很简单,你只要不再认真、不再分辨、不再相信并追究即可,不要听从博尔赫斯所说“我们有义务成为另外一些人”,顺流而下,不药自愈,在这样一个大游戏时代。

层级体系或说迷宫,是一个弯弯曲曲、明明有限却仿佛不见尽头的欺瞒世界,它的构成不仅仅是复杂的硬件结构部分而已,更重要或说更依赖的可能是它的语言——应该没有什么东西比语言是更好的迷宫建材了,是吧。语言方便弯折不占空间甚至不必施工,贴上即可;语言歧义本来就滑溜不易掌握,何况有意用来误导;语言柔软蓬松且不具实体,能吸收各种直接撞击破坏力量,不易摧毁;语言欺瞒的不只是人的视觉部分而已,而是人的全身感受包括源头的人脑人心,凡此。拿掉语言,纯硬件的迷宫很难不粗陋、笨重、走个几趟就简单能看穿;倒过来,语言则可以完全无需硬件结构的支持,语言自身就可以是一座最巨型的迷宫。

阿加莎·克里斯蒂的谋杀小说《魔手》(不是多好的小说,这里只是顺手取用,换另外一本也行),写小镇里一连串揭人不堪隐私的匿名黑函,以及随之而来的连续杀人。破案的马普尔小姐最后才登场,她说这案件本身是简单的,或者说对外来的人是简单的,外来者比较不会陷入小镇闲言闲语的迷宫之中,不去看“烟”,而是直接看到“火”,不跟随这根手指挥舞引示的方向，而是直接看到事实——所以，事实上发生的只是，死了一个女人，一个妻子，她为什么非死不可？她妨碍了谁或什么？钱？或一场不伦情事？由此，我们的思维就能挣出迷雾和泥淖，可以顺利而且“方向正确”地上路了。

或我们用真正的好小说来讲，托尔斯泰和他的《战争与和平》——俄国形式主义派大师什克洛夫斯基告诉我们，对此“托尔斯泰经常使用的一种方法……在于他不说出事物的名称，而是把它当作第一次看见的事物来描写，描写一件事好像它第一次发生”。什克洛夫斯基举了一排实例，我们只看其中一则，是《战争与和平》里描写沙龙和剧场的一幕——

> 舞台中间是整齐的木板，两边立着涂颜色的表示树木的纸板，后面是在木板上拉着一块布。舞台中心坐着穿红胸衣和白裙子的女郎，其中有一个穿白绸衣的长得特别胖，坐在矮板凳上的姿势很特别，板凳后面粘着一张绿色硬纸板。她们都在唱些什么，唱完之后，穿白绸衣的女郎走到提台词的小室前，一个腿粗壮、穿绸紧身裤的男子走到她旁边，张开双手唱了起来。穿紧身长裤的男子一个人唱完之后她再唱。然后，两人都不作声，响起了音乐。男子开始用几个手指头摸弄白衣女郎的手，显然是在等着和她一起再唱一曲。两人一起唱完后，剧场里的人都拍巴掌和叫喊起来，台上那些装成恋人的男男女女也微笑着张开双手鞠躬起来。

再多加一则短的——在《克莱采奏鸣曲》里，托尔斯泰这么描述婚姻，或说这么返回源头地发问："为什么人们心灵相亲就应该一起睡觉？"

已经算是缺德了，是吧，把一场荡气回肠的歌剧这样子"重新"描写。我们也可以自己试试，看电视时把声音关掉（我自己经常如此，其实是怕吵到人），抽走语言（话语的、音乐的），或说脱去语言的这一层华美外衣，只留下人们未经解释的行为和动作，除了变得突梯好笑，有时候也会有某种原来如此、由此窥见某些有意思真相的积极效果。也许更觉难得的是某种重新获取的自主之感、清醒之感，得以离开某个已设定完成、要你哭要你笑只此感受一途的封闭情境，不踏进去一个一切已抹平、已理所当然还百无聊赖的世界。

什克洛夫斯基明确地指出，托尔斯泰并不只把这种书写方式用在他否定的、只打算破毁拆除的事物，也用于他愿意相信并且想知道更多的事物。我们说，就像"为什么人们心灵相亲就应该一起睡觉？"这一问，它可以就停在这里，并没要答案，或者说问题本身已是答案了，由此得到一个高度腐蚀性的结果，一种不信（婚姻情爱不过是什么什么而已），把过往所有加诸情爱婚姻的语言当一件国王的新衣那样；另一种可能是，这真的是个核心问题，一个追问，充满前行乃至于意图走得更远的动能。至少书写者本人不满意他所知道的一切既有解释，乃至于感觉之前加诸其上的语言，已把人们不自知地带离了此一必要疑问，貌似答复，实际上是某种保护、隔绝装置，为的是不被问题的锐角、其中某些极不舒服的真相割伤，息事宁人，大家可以安心地继续一起睡觉。是的，真实通常有着太过锐利的锋芒，我们绝大多数人以及绝大多数时候并无法在全然的真实之中过活。返回源头，如同第一次发问，这也是一种书写和思维的时间魔法，如此，所有稍后的语言、稍后才赋予的如拆开大门，解释因而像是还没有发生（事物还没有名字，必须伸手指头去指），这样的来一次清理悬空，更多新而有益的东西、新而有益的思维和讨论才能清风般吹进来。我们倒不必否认人类某种素朴的持续进步，尤其是基本知识层面，比方说有关婚姻情爱性欲，较之托尔斯泰的那次清理重问，这一百多年来我们又有更多样、更多种具体形式的尝试、经历和证实，我们也积累了更多人类学的、生理学的、心理学的、社会学的乃至于经济学的与此相关的基本知识，不重新开门怎么行呢？

也因此，这样的返回询问，便不是托尔斯泰独有的，也不该止于托尔斯泰。小说书写历史的真相，这一直存在所有认真书写、有足够问题意识的小说之中，也许不像托尔斯泰以这么刺激的书写手法来；我们意识到这个，便不难在一部一部小说中找到它，就像我们此刻读丰玮这本书、通过明弓这个异质异心之人的眼睛重看一个个也许我们其实已熟稔的老世界。当然，每隔一段时日像托尔斯泰这样总的、旗帜鲜明地来一次是好的，可能还有其必要，好让人们重新惊异恢复感知，从太舒服到已成某种柔软床垫的既有语言中醒转过来；书写者这边同样需要提醒（书写一样会深陷语言之中，成为那种昏昏欲睡、有写就有的自动化书写），让小说像是洗干净一次自己，让小说每隔一段时日开一次大门，重新完整地衔接一次世界，尤其接纳它这段时日的进展和收获，让小说书写仿佛更始。

以我最熟悉无误的实例来说，朱天心便是这样每隔一段时日会回头问一次直通通问题的书写者，只是没托尔斯泰的嘲讽味道，也不如托尔斯泰的清澈有把握。“为什么人们心灵相亲就应该一起睡觉？”这像是天真不解事的小儿问的，但背后却是个人生阅历丰富乃至于目光穿透一切的辛辣成年人、老者，所以这毋宁更接近是个精妙的书写诡计；朱天心没有这样的诡计感，甚至还有放弃小说诡计（技艺）及其保护的倾向，感觉是她自己满心疑惑待解，也因此更像是在时间流逝中这才鼓足一次勇气，把某个一直徘徊心里不去、想不清楚的东西整个拿出来。小说被她写得更像个问答题，高悬一个无法遁逃（或放弃遁逃）的问题开始，再缓缓让它沉入时间之中，一次一次沉进到深层的回忆里——《远方的雷声》中，她直问的是，如果你得永远离开这座岛（死去、流亡或只是迁徙移民），那最后一刻你回头，出现在、留在你心里的记忆画面会是哪一个；在刚写成的《大雪》则是，如果你神奇地可以回去你生命中的某一天二十四小时，那你会选择你有过的哪一天。

本雅明说卡夫卡从寓言向着小说展开，有两种方式，一是像小孩把折好的纸船打开恢复成一张纸，一是从花蕾绽放成为一朵花。曾经，小说家希望把他眼前折好的人、折好的世界、折好的这一切一个一个打开成纸，万事万物都有原来如此、自此不疑不惑的一个明确答案，但小说家很快便发现，这一切远比他想的要复杂（昆德拉），文学终究不是也无法只是“准确度稍差的科学”（博尔赫斯）。如今，一切绽放成花，也许太花了，小说放弃了答案，进一步放弃了询问，失去了问题的引领和因之而来的专注，小说遂走向了装饰、表演和游戏，也走向了因此很难避免的柔弱和百无聊赖。也许，理想的小说应该是这样——小说家努力想把眼前某物恢复成纸，却发现它总是绽放如花。

这部小说末尾，明弓去了趟美国纽约总部出差，八年了，实验可以结题了（原来明弓一直记得），她打算立刻搭火车转费城，但是该怎么跟犹太老板汇报实验结果呢？“这实验，现在她才意识到，也许是不可复制的。一个特定的人，一个特定的年代。那人不具普遍性，那年代也将一去不返，与其说是实验，不如说是一截标本，一只琥珀，一种可能性。实验至此已不重要了吧，无论阳性还是阴性结果。如果听自己说起这句，犹太老板是不是倒会更激动的站起来，火炬树前和她一老一少拥抱？”

也就是说，明弓以为犹太老板会听懂并欣然于她这八年，他俩是实验者，一起站在外部的位置，也一样拥有整个掌握、穿透并理解这一场的必要专业学养知识——但电话里，犹太老板不在了，一年前，中风走了。这样事，和谁细讲？

不如让一切都变得轻轻的，回到原材料本身。

剥开后，每个人都是那棋盘上木头底料的真实虫洞，一个结子：在一个早春，一个幼芽正要冒出，夜里下霜，它又停住了。

语词退隐无形，唯风声亘古依旧。

整部小说结束于这段话语的思索上，我非常喜欢、连书写者本人卡尔维诺(如此自谦的人)都忍不住自己喜欢、人类书写历史上所能有过最好的话语之一。只是,这艰困的八年,让这段明亮的话,渗入了一点疲惫和时间流逝的忧烦,光影粼粼——《看不见的城市》里,忽必烈汗注视着棋局的进行,理性(几何化、代数化、概念化……)的终点处总是"只剩下虚无",但棋盘另一边的马可·波罗要忽必烈汗更仔细看看他认为是虚无的东西(先忽必烈后马可·波罗,亦即先虚无后具体凝视,这"背反"一般书写顺序,却是卡尔维诺对人、对我们最温暖最明亮的同情,明弓或说丰玮,注意到这个吗?):"大人,阁下的棋盘嵌有两种原木:黑檀木和枫木。阁下聪慧的目光所注视的方格是从干旱年头生长的树干上的年轮砍下来的:您瞧见了它的纤维组织如何排列吗?这里可以看出一个隐约浮现的节瘤;这代表曾有一个嫩芽在一个早春正要冒出,可是夜里下霜,它又停住了。……"

这里,我忽然想起来,这个同时也化身为马可·波罗说话的卡尔维诺,他父母亲都是热带植物学者,父亲还出任过植物园园长。他原以为自己也会继承家业,日后却不知不觉走进了文学——这段往事他写过文章,收在《巴黎隐士》一书里。

做一件更困难的事

一人分饰两角。

明弓究竟有没有离开呢?不知道;但写小说的丰玮本人,倒是还任职于原来的跨国大药商中不动——明弓使用的是书写者本人的这八年职场经历,也就是说,小说中,明弓“演化”了这部分的丰玮本人。

为什么要说起这个呢?因为惭愧不安的缘故。事情大致是这样子——丰玮一直有辞职专心写小说的念头,极可能不仅仅是念头而已,尤其写成了她第一部长篇《九月里的三十年》之后。我们一干文学里的人(我、朱天心、朱天文、初安民……)很没志气地总是很用力劝阻她,我们深知文学的当前处境,更预知着文学难以逆转的接下来处境,尽管大陆这边“暂时”还好,不像中国台湾作家的寒伧,但这是全球性的,是人类历史走向的整个位移,我们确确实实已来到昆德拉讲的后文学时代,真正的文学书写(有别于成为流行时尚一个小环节的那种文学书写)愈来愈只能是纯粹的志业之事,很难同时是一个职业,也就是说,你得另外想办法养活它。也因此,读这部小说,我个人惊心动魄的程度是不一样的,我当然不至于把小说事事当真,但我也有基本的分辨能力,真实的东西有它特殊、不欺的“样子”。如德·昆西讲的某种毛边某种裂纹,有些就不可能只是听来看来凭空想来的,尤其是那些深入到真皮组织底下的东西。我还多知道,丰玮写这部小说用的是每一天不休的清晨时光,这是专业的、玩真的书写者才使用的书写方式,这意味着她每天不会晚于早上六点进入工作,也就意味着她必须与此配合的每一天严格的生活安排、生命安排(一个每天一早得保持心思清明的人,不会有太奢侈太欢乐的夜间时光),凡此。我有把她推入火坑推向双重 B.A.D. 风险,至少劝她留在火坑的犯罪感觉。

好吧，其实我一直是知道的，我们是不怀好意的，我们这是让她做一件更困难的事，包含着某个文学请求——不是“并置”的，坐领高薪并在闲暇时写两篇那种成功者的、含笑（当然含笑）看世界指导世界的优雅睿哲短文；而是“分裂”的，两种工作两种生活都得用尽全力，一人分饰两角。

如今，文学有愈来愈限缩于自身封闭专业的走向，这让人不安。和其他专业学科不同，文学一直连通着外头世界，也一直需要一个外部世界、需要有站在外面的人。根本地来说，文学是以所有人为对象的（如卡尔维诺说的只有文学不限制自己，不得不时时有选择但不限制），它的基本工作场域理应是一整个完整世界（如昆德拉说文学问的是人“存有”的问题），以及，文学坚持使用可感受的语言文字说话、用所有的语言文字说话。但世界持续分割并竖起专业高墙，挡住书写者的脚步和目光，太多地带鳞次栉比没有专业知识的通行证是进不去的，硬冲进去也是言语不通的（光靠维基百科是不行的，更是丢脸的），这使得掌握、穿透、理解完整世界只能是一个不懈的理想。无论如何，像达·芬奇那样一个人既是这个家又是那个家、深入每一领域仿佛什么都懂的美好时代已不可能了而且不实际，如今，试图通向完整世界只能是曲折的、触类的，乃至于某种支点式的、杠杆式的（“给我一个世界之外的支点，我就能撑起这个世界”云云）；也就是说，一人多角也许做不到了，但在文学专业（一种常被低估的专业）之外，还拥有另一个可匹敌的专业，拥有另一道同样可持续、可及远的进入世界途径却是犹有可能而且很必要的，由此，人获得另一个可长时间地、稠密地观看世界的立足点，另一个完整的世界图像，另一个有“磁力”可吸纳可选择的认知核心。“一”和“二”是完全不同的，决定性的不同：一是唯一、是理所当然、是地老天荒本来就如此；二是拮抗、比对、讨论、争辩和取舍，有了二才让一显现。只有一个，就认知的意义来说往往等于零等于不存在。

丰玮选择了小说书写（看得出来年轻抒情时日更吸引她的是诗和歌，她是那种愿意追着某些乐团跑的人）。文学之中，小说尤其连通着外头世界，小说比其他任何一种文体更需要、更时时意识着一个外部世界的存在，这原是小说书写的由来，也是它的基本书写形式设计——小说家林俊颖最近在他一篇自况文章里经验地说，小说“征用”一双双他者的眼睛，希冀能够交织地、稠密地、尽可能没死角地、不遗漏地看人、看事情看世界。我们说，人要说出他自己，并不需要小说，人早已拥有诗、歌或音乐、舞蹈等等更久远更熟练也更直接的种种表述方式。也就是说，引发小说惊异的原不是“我”，而是他者，居然和我这里那里不一样的他者；不是“一”，而是“二”，由此，在一次一次的惊异和比对中，小说的目光旁透过具体的个人，穿透过他也穿透过自我，投向了每个具体个人后面更稍远处，固定在某个世界图像或真相上，或者说由此察觉出人的某种真实生命处境（昆德拉讲的，“小说成为我们最后一个观察孔，从这里我们还可以将人类生命当作一个完整的全体来看待”）。小说中的“我”何在呢？我分裂开来。就跟小说中的明弓一样，我一样进入到这个世界中，和所有的他者站一起，我成为一个他者，一样承受着这个世界，也一样被观看（不同于非小说式的忏悟自省，而是“他远远离开自己，从遥远的地方观看自己，对于自己竟然和他想象中的自己很不一样而感吃惊。在这种经验之后，他知道一个人绝不像他自己想象中的那样”）另一个我，某个隐身的我、幽灵也似的我，则一次一次进入到不同的他者里面，但这便不是小说书写形式所能单独决定的，形式打开门放你进入，但其成败或说成败的程度则只能取决于书写者一己的准备和能耐。书写者如博尔赫斯讲的无法写出高于、深入于自己太多的东西，这也正是为什么小说中某些太美好、太睿智或太专业的角色，很常失败、虚假而且尴尬（一个物理学者不会是这个样子、一个毕加索层级的画家不会画出如你所说的这张画云云），这无法靠模拟来解决，这硬碰硬的需要知识、需要技艺。

通过小说这样奇特的分解和观看比对，小说书写对于“我”的了解，于是有异于诗和抒情散文的了解，有它不同的、多出来一些的部分，但这也是有代价的，最清楚的代价极可能是，“我”失去了唯我的那个特殊的发言位置，我很难直直地讲出我想说的话，我下降一层，我受到世界的限制，也受到他者声音话语的限制，这对那些有太坚定企图、有太单一信念，乃至于太自恋的人是很难受的。

一人分饰两角，也许最困难的还不是人同时做好两件事的辛苦，而是时时站在两个不同世界不同的“力场”之中，两个世界都变得不理所当然，都无法进入某种怡然安全的状态，明确的、可以不想、不取舍选择的东西变得很少，人被迫得每天保持着某种高度警觉状态、全身感官完全打开云云。但我得残酷地说,这对文学书写是好的,也许只有对文学书写一事是好的,你晓得,文学书写历史上,爱尔兰几乎是个奇迹,这个“国家”没多少人口,但几百年来持续贡献给这个世界多少了不起的书写者,两者完全不成比例。这一书写奇观很难有一般性的解释(生理学、基因学,乃至于教育制度、社会整体智识水平云云),我想到的正是,这块小小土地上的人,因为历史奇特或说不幸命运的缘故,长时间地置身于这样无法理所当然、朝不保夕、时时警觉无法安睡的状态,简单说,一人分饰两角一直是这个国族的经常性处境。

所以,先就这样吧,趁着年轻犹有足够体力可转换为承受的韧力,也许多储备一些粮草(包括经济上的,也包括小说书写题材),文学的风暴方兴未艾(依眼前这般光景这种天色),荒年应该会来的,没有理由不来。

图书在版编目(CIP)数据

B.A.D./丰玮著. —南京：译林出版社，2015.11
ISBN 978-7-5447-5802-4

Ⅰ.①B… Ⅱ.①丰… Ⅲ.①长篇小说-中国-当代
Ⅳ.①I247.5

中国版本图书馆CIP数据核字（2015）第227929号

书　　名　B.A.D.
作　　者　丰　玮
责任编辑　王　维
特约编辑　尹晓冬
出版发行　凤凰出版传媒股份有限公司
　　　　　译林出版社
出版社地址　南京市湖南路1号A楼，邮编：210009
电子邮箱　yilin@yilin.com
出版社网址　http://www.yilin.com
经　　销　凤凰出版传媒股份有限公司
印　　刷　江苏凤凰新华印务有限公司
开　　本　880毫米×1240毫米　1/32
印　　张　11.375
插　　页　2
字　　数　221千
版　　次　2015年11月第1版　2015年11月第1次印刷
书　　号　ISBN 978-7-5447-5802-4
定　　价　39.80元
　　　　　译林版图书若有印装错误可向出版社调换
　　　　　（电话：025-83658316）